FOREST DARK

暗黑森林

NICOLE KRAUSS

〔美〕**妮可·克劳斯** 著

青闰 译

人民文学出版社

著作权合同登记号　图字 01-2019-2447

Nicole Krauss
Forest Dark
Copyright © 2017 by Nicole Krauss
Simplified Chinese translation rights arranged with Melanie Jackson Agency，LLC.，
through Andrew Nurnberg Associates International Ltd.
All rights reserved

图书在版编目(CIP)数据

暗黑森林/(美)妮可・克劳斯著;青闰译.—北京:人民文学出版社,2022
ISBN 978-7-02-017156-9

Ⅰ.①暗… Ⅱ.①妮… ②青… Ⅲ.①长篇小说-美国-现代 Ⅳ.①I712.45

中国版本图书馆 CIP 数据核字(2022)第 082885 号

责任编辑	朱卫净　邰莉莉
封面设计	钱　珺

出版发行	人民文学出版社
社　　址	北京市朝内大街 166 号
邮　　编	100705
印　　刷	山东新华印务有限公司
经　　销	全国新华书店等
字　　数	162 千字
开　　本	890 毫米×1240 毫米　1/32
印　　张	8.375
版　　次	2022 年 6 月北京第 1 版
印　　次	2022 年 6 月第 1 次印刷
书　　号	978-7-02-017156-9
定　　价	59.00 元

如有印装质量问题,请与本社图书销售中心调换。电话:010-65233595

献给我的父亲

被逐出天堂就其要义而言永无止境，因此被逐出天堂已成定局，尽管这尘世间的生活无法改变，但这一过程的永恒性质使我们不仅期望有一直留在天堂中的可能，而且事实上一直有留在那里的可能，不管我们在这里是否知道这一点。

——卡夫卡

目录

一

- 3　阿耶卡
- 37　出其不意
- 85　众生奇异
- 104　为迦南打点行囊
- 128　是否
- 149　为卡夫卡祈祷

二

- 163　吉尔古尔
- 183　以色列的森林
- 201　要带何物
- 210　最后一任国王
- 225　到沙漠去
- 246　莱希·莱查
- 254　已在那里
- 261　作者后记

阿耶卡

　　失踪之前，爱泼斯坦在特拉维夫一直住了三个月。谁也没有见过他的公寓。他的女儿露西带着孩子们一起前来探望，但他把他们安置在了希尔顿酒店，满足了他们享用丰盛早餐的要求，而他只是小口喝茶。露西请求过来探望，他婉言谢绝，解释说那地方窄小简朴，不适合接待人。她还在为父母亲最近离婚的事感到震惊，眯眼看着他——爱泼斯坦使用的任何东西以前都没有窄小简朴过——不过，尽管心存疑虑，但她不得不接受这一事实，同时又不得不接受父亲身上发生过的所有其他变化。最后，是那些警探把露西、约拿和玛雅领进了他们父亲的公寓。公寓原来是在雅法古老港口附近一座摇摇欲坠的大楼里。油漆纷纷剥落，淋浴器就在马桶正上方。一只蟑螂招摇地爬过石地板。警探一脚踩住它，爱泼斯坦最年轻也是最聪明的孩子玛雅突然想到，说不定再也见不到自己的父亲了。爱泼斯坦到底是不是真的曾经在那里住过呢——唯一表明他曾经住过这个地方的东西就是一些书，这些书因从一扇窗户吹进来的潮湿空气而扭曲变了形，还有五年前发现心房纤颤后他服用的一瓶香豆定丸。尽管称不上邂逅，但跟孩子们和他们的父亲在阿马尔菲海岸①和昂蒂布

---

① 阿马尔菲海岸是位于意大利南部萨莱诺省泰勒赫尼安海上萨莱诺海湾北部海岸的一段海岸线，是该地区乃至整个意大利的热门旅游目的地，每年吸引成千上万的游客，1997年被联合国教科文组织列为世界遗产。

海岬①住过的那些房间相比,这个地方与加尔各答的贫民窟有更多的共同点。不过,像其他那些房间一样,这一间也有海景。

最后的那几个月,爱泼斯坦已经变得难以接近了。无论是白天还是晚上,他都不再雷厉风行有问必答了。如果放在以前,最后一句话总是他来说,这是因为他从来不曾拒绝回答过。但是,慢慢地,他的消息变得越来越少了。时间在他们之间扩展开来,因为它已经在他的内心扩展开了:他曾经把二十四小时填得满满当当,现在却遵从数千年的时间尺度。他的家人和朋友们都渐渐习惯了他没有规律的沉默。因此,当他在二月的第一个星期一直沉默时,谁都没有立刻惊慌失措。最后,是玛雅夜里醒来时感觉到了一阵颤动,沿着那条看不见的线,这条线依旧把她和父亲连在一起。她让父亲的堂弟莫蒂去问问。莫蒂从爱泼斯坦处得到一大笔钱,他抚摸了一下身旁熟睡的情人,点燃一根香烟,赤脚穿上鞋子,尽管已是半夜,但他很高兴有理由与爱泼斯坦聊聊一项新的投资。而当莫蒂到达他手掌上潦草记下的地址时,他给玛雅回了电话。他告诉她说,一定是搞错了,她的父亲不可能住在如此邋遢的一个地方。玛雅给爱泼斯坦的律师施洛斯打去了电话。施洛斯是唯一可能知晓些什么的人,但他确认

---

① 昂蒂布海岬是蔚蓝海岸上的半环形海角。昂蒂布全名"昂蒂布·朱安-雷宾"(Antibes Juan-les-Pins),位于法国东南角地中海沿岸,是法国普罗旺斯-阿尔卑斯-蓝色海岸大区滨海阿尔卑斯省的第二大城市,著名景点有老城、海岬、毕加索博物馆、沃邦海港和普罗旺斯市。

地址没错。最后,莫蒂用一根粗短的手指摁响二楼的门铃,年轻女房客确认爱泼斯坦在过去的几个月里一直住在她的楼上,而她已经好多天没有见到他的人影,实际上也没有听到他的声音,因为她已经习惯了他夜间在屋里的踱步声。这个年轻女人睡眼惺忪地站在门口,向楼上邻居的谢顶堂弟陈述着,而后事态会迅速发展,她会渐渐习惯许多人在她楼上来来往往的脚步声,反复追寻一个她几乎一无所知却又感到莫名贴近的男人的脚步声。

警方只负责了半天时间,安全局①就接管了这个案子。西蒙·佩雷斯②亲自给这家人打电话说,真相一定会浮出水面。六天前搭载爱泼斯坦的出租车司机被追踪到并被带进警察局问话。他吓得六神无主,却始终面带微笑,露出一颗金牙。后来,他带领安全局的侦查员沿着死海那条路向前走,一度紧张得辨不清方向,最后设法找到了爱泼斯坦下车的地点,那是昆兰山洞③和英格迪山洞之间荒山附近的一个十字路口。搜寻队伍在沙漠里呈扇形散开,但他们只找到了爱泼斯坦印有交织字母的空公文包,正如玛雅所说,这只会使他脱胎换骨的可能性显得更加真实。

在那些日日夜夜,他的孩子们聚在希尔顿酒店的客房

---

① 安全局是以色列情报界的三大主要组织之一,与Aman(军事情报)和Mossad(外国情报机构)并列。
② 西蒙·佩雷斯(1923—2016),出生于波兰,以色列前总统。历任以色列总理、财政部长、外交部长、国防部长等多个内阁职务,从政六十余年。
③ 昆兰山洞是一系列洞穴,有天然的,有人工的,位于约旦河西岸犹太大沙漠的昆兰考古遗址周围。正是在这些洞穴中发现了死海的卷轴。这些洞穴在以色列被公认为国家遗产。考古学家在出土死海卷轴的昆兰山洞里发现了九个印有圣经文字的小型卷轴。新发现的卷轴可以追溯到两千年前,被隐藏在经匣里,虔诚的犹太男人会携带这种经匣。

里，时而满怀希望，时而悲痛欲绝。一部电话总是响个不停——施洛斯独自负责三个人——每次都是这样，他们要第一时间知道传来的最新信息。约拿、露西和玛雅获悉了从不知晓的有关父亲的一切。但是，最后他们还是没有弄清他说的这一切到底是什么意思，也没有弄清他后来的境况如何。随着一天天过去，电话来得越来越少，也没有带来任何奇迹。慢慢地，他们自己适应了一种新的现实。在这个现实中，他们的父亲在生活中如此果断坚定，最终留给他们的却是一种完全说不清道不明的行为。

有人请来了一位拉比。这位拉比用口音很重的英语向他们解释说，犹太律法要求在能够举行哀悼仪式之前完全确定死者已亡。在没有尸体的情况下，律法认为有一个死亡证人就够了。哪怕既没有尸体，也没有目击证人，一份报告说这个人要么被盗贼杀死，要么被淹死，要么被一头野兽拖走，也足够了。但是，现在这种情况，既没有尸体，也没有证人，更没有报告。据人们所知，一没有盗贼，二没有野兽。只是他们的父亲在曾经待过的地方莫名其妙地消失了。

谁也想象不到这一点，而到头来这似乎是一种合适的结局。在爱泼斯坦看来，死亡微不足道。回想起来，甚至根本不可能发生。在生活中，他曾经占据了整个房间。他块头不大，只是无法克制。他感情充沛，总是满溢出来。激情、愤怒、热情、对人们的蔑视和对全人类的爱，这一切都倾泻而出。争论是他成长的媒介，他需要通过争论来知道自己还活着。他跟所有交往过的四分之三的人都闹翻了；剩下来的人不会做任何错事，爱泼斯坦永远爱着他们。和爱泼斯坦交往，不是被他压垮，就是疯狂膨胀。在他的描述中，人们几乎认不出他们自己。他有一长串的门生。爱泼斯坦将自己注入他们，他们就像他偏爱的每个人那样变得越来越大，最后像梅西百货感恩节大游行的气球一样飞升。但是，后来有一天，他们会触到爱泼斯坦高高的道德枝杈，一下子泄气。从那以后，他们的名字就成了诅咒。就无限膨胀而言，爱泼斯坦显得相当像美国人，但是他一心想着小团体，又不像美国人。他是另类，这种另类导致了一次又一次的误解。

在膨胀的势头下，他有办法招徕人，把他们笼络到他身边。内心的光芒照亮了他，而且这种光从他身上散发出来，仿佛一个不需要节衣缩食的人那样漫不经心。跟他在一起，永远不会觉得沉闷无趣。他的精神时而高涨，时而低沉，继而又高涨；他的脾气也会发作，尽管不依不饶，但他始终全神贯注。他的好奇心旺盛，如果对某件事或某个人产生兴趣，他就会钻研下去。他深信没有人会像他那样对这些问题感兴趣。能比得上他的耐力的人寥寥无几。到最后，餐桌上的友人坚持要先行告退，而爱泼斯坦会跟着他们走出餐馆，手指戳向空中，急切地想阐明自己的观点。

他始终独占鳌头。先天能力不足不是问题，他凭借纯粹的意志力把自己逼到了极限。比如，他并不是天生的演说家，口齿不清曾经妨碍了他。他也不是天生的运动健将。但是，随着时间的推移，他在这些方面的表现尤其出色。口齿不清得以克服——只有侧耳细听时，才能发现他在何处做了必要的举动——在健身房苦练，凶狠的本能愈发凌厉，使他成为轻量级摔跤冠军。每当遇到障碍，他就一次又一次撞上去，重新振作，直到有一天完全克服障碍。他所做的每一件事都能感受到这种巨大的压力和努力。而在他看来，其他人努力奋斗的结果似乎都是一种恩典。小时候，爱泼斯坦就志向远大。在长岛长滩，爱泼斯坦每月收取十家的维护费。为此，他每天二十四小时待命，每月每家的上限十小时，服务项目清单越来越长（割草、遛狗、洗车，甚至疏通厕所，因为他身上似乎并没有关闭其他人的开关）。他将有花不完的钱，因为那是他的命运；早在坐拥金钱之前，他就清楚该怎么用钱了。十三岁时，他用积蓄买了一条蓝色丝巾，经常系上，就像同龄人穿运动鞋一样。有多少人知道该怎么用钱？他的妻子丽安妮就对她的家庭财产过敏；这使她变得僵硬，落落寡欢。她早年试图在古典花园里抹去自己的足迹。但是，爱泼斯坦教会了她如何对付钱。他买了一幅鲁本斯油画、一幅萨金特油画和一条莫特莱克挂毯。他把一小幅马蒂斯油画挂在壁橱里。他会不穿裤子，坐在德加画的芭蕾舞女下面。这既不是一个表现粗俗的问题，也不是他不擅长的问题。不，爱泼斯坦举止优雅。但他不想表现得过头——不希望失去自己的杂质——他已经够引人注目了。人生得意须尽欢，他不觉得有什么需要遮掩的；他的渴望真切而宽广，因此即使面对最高雅的东西，他也能感觉自在。每年夏天，他都在格拉纳达租赁同一座"破旧"的城堡，住在那里时，报纸散落一地，脚高高架起。他在墙上标记孩子们的身高。后来，一提到这座城堡，他就泪眼模糊——他犯了许多错误，把事情弄得一团糟，但是在格拉纳达，孩子们可以在橘子树下自由地玩耍，他深感欣慰。

但是，最后却有一种飘忽不定的感觉。后来，当他的孩子们回过头试图弄明白发生了什么时，他们可以确定，他之所以开始转变，是因为他失去了对享乐的兴趣。爱泼斯坦和他的强烈欲望之间出现了裂隙——欲望退到了他内心深处的地平线之外。之后，他与自己购买的高雅之美分开生活。他缺乏使这一切融为一体的能力，或者厌倦了这样做的野心。尽管那些画仍在墙上挂了一阵子，但他已不再关注它们。它们继续着自己的生活，在画框里做着梦。他的内心已经发生了变化。爱泼斯坦的强气场不再向外扩散。一种巨大而反常的寂静笼罩着一切，就像极端天气来临前一样。接着，风向改变，转入内部。

就在此时，爱泼斯坦开始把东西送人。首先是把亨利·摩尔的一尊小雕塑送给他的医生，因为这个医生在一次出诊时表示过欣赏。爱泼斯坦因患流感而卧床，从床上指示西尔弗布拉特医生可以在哪个壁橱里找到泡沫塑料来包装。几天后，他从小指上拧下那只图章戒指，把它放在门卫哈龙的手里，代替小费，门卫目瞪口呆；在秋天的阳光下，他赤手空拳挥舞着，对自己微微一笑。不久，他又把自己的百达翡丽手表送人。"朱尔斯叔叔，我喜欢你的手表。"他的侄子曾经说过，爱泼斯坦解开鳄鱼皮表带，把手表递给了侄子。

"我也喜欢你的奔驰车。"他的侄子说,爱泼斯坦对此只是微微一笑,拍了拍男孩的脸颊。但是,他很快就变本加厉,送得更远,送得更快,开始以他之前那种凶猛姿态施舍。那些画一幅接一幅地被送给博物馆;他有自动拨号的装箱服务,知道谁喜欢黑麦火鸡三明治,谁喜欢哪种熏肠,他们到达时,熟食店外卖已在等着他们。当爱泼斯坦的儿子约拿并不是为自己考虑,单纯地劝阻他不要再行善时,他告诉儿子说,他是为思考腾出空间。如果约拿指出他的父亲一辈子都是严谨的思想家,爱泼斯坦也许会解释说他期待的是完全不同性质的:尚且不知道自己观点的思想,是一种没有成功希望的思想。但是,一天晚上,约拿独自去大都会的新希腊和罗马画廊看展,遇到爱泼斯坦站在一尊二世纪的半身像前沉思——他以冷冷的沉默回应父亲。正如爱泼斯坦所做的一切,约拿把父亲故意挥霍资产看成一种侮辱,这也是另一个让他感到愤愤不平的理由。

除此之外,爱泼斯坦没有努力向任何人解释,只向玛雅解释过一次。玛雅比约拿晚出生十三年、比露西晚十年,在爱泼斯坦相对平和的生命阶段出生,她以另一种眼光看待自己的父亲。他们之间有一种天然的和谐感。在中央公园的北边散步,那里的冰柱悬挂在片岩上,他告诉最小的女儿说,周围的一切东西都开始让他感到窒息。他觉得对轻盈有一种不可抗拒的渴望——他现在才意识到,这是他一辈子都没体会过的特质。他们在湖边停下来。湖面上结了一层淡绿色的薄冰。一片雪花落在玛雅的黑睫毛上,爱泼斯坦用大拇指轻轻拂去,玛雅看着戴露指手套的父亲推着一辆空购物车顺着上百老汇大街走去。

他送朋友们的子女上了大学,送了一台台冰箱,为律师事务所长期门卫的妻子换臀手术买单,甚至为一位老朋友的女儿首付了一笔房款,不是普通房子,而是希腊复兴式建筑,其中有一些古树和更多的草坪。这位吃惊的新主人不知道该怎么办。他的律师施洛斯——他的遗产执行人和长期亲信——不准干涉。施洛斯也遇到过这样的客户,患上了极端慈善病,把自己的房子一栋接一栋地送人,接着把脚下的土地也送人。他告诉爱泼斯坦说,这是一种瘾,以后他可能会为此后悔。毕竟,他还不到七十岁,还能再活三十年。但是,爱泼斯坦几乎听不进去,就像他不顾律师极力反对,让丽安妮带走她的全部财产,就像几个月后他听不进施洛斯的劝阻,这次是他想从经营了二十五年的律师事务所退休。坐在桌子对面的爱泼斯坦只是微微一笑,把话题转到了他的阅读上。那促使他发生了一次神秘的转变。

他告诉施洛斯说,是从玛雅当作生日礼物送他的一本书开始的。她总是送给他一些怪书,有些他读过,许多他没有读过,她并不在乎。玛雅生性无拘无束,与哥哥约拿完全相反,很少对任何事情动怒。一天晚上,爱泼斯坦翻开这本书,本来没打算读它,但它简直是用磁力把他拉了进来。这是一位在波兰出生的以色列诗人写的。这位诗人去世时六十六岁,比当时的爱泼斯坦年轻两岁。不过,那本自传体小书是一个单独面对上帝的人的遗嘱,诗人写作时只有二十七岁。爱泼斯坦告诉施洛斯说，这使他不知所措。二十七岁时，他自己已被野心和欲望蒙蔽了双眼——追求成功，追求金钱，追求性，追求美，追求爱，追求数量，也追求本质，追求一切看得见、闻得到、摸得着的东西。如果他自己以同样的强度投入到精神领域，他的生命可能会怎样呢？他为什么把自己完全封闭了起来呢？

当他说话时，施洛斯打量着他：他锐利的目光，垂在衣领上的银发，他对自己的外表总是一丝不苟，引人注目。"你对牛排和它的竞争对手有什么看法？"大家都知道爱泼斯坦会向侍者提出要求。但是，现在那盘多佛鳎目鱼没有动过，这可不像他平时的胃口。侍者过来问有没有什么问题时，爱泼斯坦低头看了看，才想起了食物，但他所做的也只是用叉子把它来回推了推。施洛斯意识到，爱泼斯坦身上发生的一切——离婚、退休，一切都变得松散殆尽——不是从一本书开始，而是从他的父母亲去世开始的。晚餐结束后，施洛斯让爱泼斯坦坐进等候在餐厅外面的黑色轿车后座，律师的一只手在车顶上停了一会儿。在黑暗的车内，他看着奇怪而模糊的爱泼斯坦，不禁怀疑自己的长期客户是不是有了更严重的问题——也许是一种神经紊乱，这种紊乱在被诊断为医学疾病之前可能会发展到极点。当时施洛斯很快地打消了这个想法，后来他又觉得自己有先见之明。

事实上，在经历了将近一年的人生积淀之后，爱泼斯坦终于到达了最底层。在那里，他突然想起了父母亲。战后，他们被冲到巴勒斯坦的海岸上,在一个烧坏的灯泡下怀上了他,因为他们没有足够的钱来更换灯泡。到了六十八岁,他腾出了思考的空间,发现自己被那种黑暗吞噬了,深深沉浸在那种黑暗中。父母亲把他——他们唯一的儿子——带到了美国;一旦学会了英语,他们又开始用其他语言进行尖叫比赛。后来,他的妹妹琼妮也来了,但她神思恍惚,反应迟钝,拒绝上钩,因此战斗依旧呈三足鼎立之势。他的父母亲冲对方尖叫,也冲他尖叫;他同样冲他们尖叫,时而冲他们俩,时而一对一。他的妻子丽安妮从来没有能够习惯如此暴力的爱,尽管她来自一个连喷嚏都不敢打的家庭,一开始,那种热度吸引了她。早在他们恋爱时,爱泼斯坦告诉她说,他从父亲的残暴和温柔中明白了一个人不能被削弱。这是指引他一生的一课。很长一段时间里,丽安妮把这一点——爱泼斯坦自身的复杂、他对简单分类的抗拒——看成一种值得去爱的东西。但是到最后,这使她疲惫不堪,就像它使许多人疲惫不堪一样。他的父母亲却从来没有疲惫,他们孜孜不倦地当着他的陪练,爱泼斯坦有时候觉得他们如此顽强地活下去只是想让他受罪。他一直照顾他们直到最后,他们住在他给他们在迈阿密买的顶层豪华公寓里,那里铺着漫过脚踝的深绒地毯。但是,他从来没有跟他们安宁相处过,只有在他们死后——父亲死后不到三个月母亲也去世——在他几乎把所有东西都送人之后,爱泼斯坦才感到了锥心般的悔恨。当他试图睡觉时,那只光秃秃的灯泡在他发炎的眼皮后面时暗时灭。他睡不着觉。他是不是不小心把睡眠和其他东西都一起送人了呢？

　　他想以父母亲的名义做些什么。但是，做什么呢？他的母亲健在时，曾经提议在她常去的小公园里设置一把纪念长椅，而他的父亲在楼上当着住家护士康奇塔的面放弃了自己的想法。他的母亲爱读书，常常随身带一本书去公园。在生命的最后几年里，她开始读起莎士比亚。有一次，爱泼斯坦无意中听到她对康奇塔说她应该读读《李尔王》。"他们可能有西班牙语版的。"她告诉护士说。每天下午，日光西斜，他的母亲乘坐电梯下去，背着山寨普拉达包（从海滩上的一个非洲人手上买的），里面装着一部大字版莎士比亚的戏剧——爱泼斯坦说他要给她买一个真的，可她要真普拉达包有什么用？公园破旧不堪，游戏设施上落满了海鸥屎，反正这附近地区六十五岁以上的人谁也爬不上去。他的母亲是真的这样想，还是带着惯常的讽刺提出的呢？爱泼斯坦说不上来，他只知道，为脏兮兮的佛罗里达公园订购了一把能经受热带气候的重蚁木长椅，椅子上固定着一块黄铜牌子，上面写着：纪念伊迪斯・"伊迪"・爱泼斯坦。"我不必用自己的回答来讨好你。"——威廉・莎士比亚。他给父母亲所住公寓的哥伦比亚门卫留下了200美元，让他每月擦两次长椅上的黄铜牌子。而当门卫给爱泼斯坦发了一张简陋长椅的照片时，他觉得这比他什么也没做更糟糕。他记得母亲常常在过去很长时间之后才给他打回来电话，她抽了六十年烟，声音沙哑，引用上帝对堕落的亚当的呼唤："阿耶卡？"你在哪里？但是，上帝知道亚当身在何处。

在父母亲去世一周年的前夕，爱泼斯坦做了两个决定：一是以在第五大道的公寓为担保申请 200 万美元的贷款，二是去以色列旅行。尽管借贷是新的，但以色列是他多年来经常返回的一个地方，像被一种纠缠不清的忠诚拉回去。按照惯例，他总是会坐在希尔顿酒店十五层的休息室里，接受来自朋友、家人和商业伙伴跑马灯似的一连串拜访，参与每件事，分发金钱，散布意见，解决旧争端，引发新争端。但是，这次他吩咐助手不要像往常那样排满日程。相反，他要求助手与哈德萨大学医疗中心、魏兹曼研究所和本-古里安大学的发展办公室进行预约，探讨以他父母亲的名义捐款的可能性。爱泼斯坦告诉她说，剩下的时间应该保持空闲；也许他最终会租一辆汽车到他已经多年没有去过的那个国家旅游，他经常说却没有真正做过，因为他一直忙着排疑解难，过分投入，没完没了。他想再看看基尼烈，看看内盖夫，看看朱迪亚的岩石山。还有死海的矿蓝。

他说话时，助手莎伦抬头瞥了一眼，在雇主那张熟悉的脸庞上看到了一些她觉得陌生的东西。如果说这让她有点儿担心的话，那只是因为她知道爱泼斯坦想要什么，而且正是他喜欢事物的方式，才使她擅长自己的工作，而擅长工作对她来说至关重要。挨过他的火暴脾气之后，她渐渐意识到了与爱泼斯坦的脾气相伴而生的慷慨，这些年来他以自己的慷慨赢得了她的忠诚。

在动身前往以色列的前一天，爱泼斯坦和马哈茂德·阿巴斯一起出席了由中东和平中心在广场酒店举办的一个小型活动。大约五十名代表美国犹太领导层的人士应邀与巴勒斯坦权力机构主席坐下来商讨。阿巴斯来纽约对联合国安理会发表讲话，三道菜之后他同意打消犹太人的恐惧。以前，爱泼斯坦常常会欣然接受邀请，应酬各位。但是，如今这些有什么意义呢？那个来自萨法德的正直男人还能告诉他什么呢？他厌倦了这一切——厌倦了吹牛和应酬话，厌倦了他自己与别人的吹牛和应酬话。他也想要和平。直到最后一刻，爱泼斯坦才改变了主意，向莎伦发了一条短信。莎伦不得不赶紧从国务院一个后期加入的代表团那里抢回一个位置。尽管他已经放弃了许多，但他还没有失去好奇心。尽管施洛斯苦苦哀求，但无论如何他都会事先到银行的律师办公室签署以他的公寓抵押贷款的文件。

然而，爱泼斯坦一坐下来，看到身旁人忙着把细香葱黄油抹在面包上，语气温和的巴勒斯坦人说着结束冲突，他后悔自己改变了主意。房间很小，无路可逃。他一度会这样做。去年在白宫举行的纪念西蒙·佩雷斯的一次国宴上，他在伊扎克·珀尔曼的《小步舞曲》的演奏中途起身去小便——他一生中总共有多少小时在倾听珀尔曼？整整一周？特勤局的人向他扑来；总统落座后，谁也不准离开房间。可是要解手时，所有人都是平等的。"是内急，先生们。"说着，他从那些穿黑西装的人身边挤了过去。有些事儿发生了，就像爱泼斯坦常常发生的一切一样；他在护送下经过扣着黄铜扣的军警，来到洗手间。但是，爱泼斯坦已经不再需要维护自己的权利了。

恺撒沙拉端上来了,发言开始了,德肖维茨[1]洪亮的声音——"我的老朋友阿布·马赞"——传来。在爱泼斯坦的右边,沙特阿拉伯大使正在摆弄着无绳麦克风,不知道它如何工作。桌子对面,玛德琳·奥尔布赖特像晒太阳的蜥蜴一般坐在那里,眼皮沉重,散发出一种内在的智慧。她的心思也不在现场,已经转向了形而上学性质的问题,或者在爱泼斯坦看来是这样。他很想把她拉到一边,讨论更深层次的问题。他拍了拍内口袋,想拿那本绿布包着的小书,就是玛雅送给他的生日礼物,上个月他一直随身携带这本书。但是,它不在那里;他一定是把它落在大衣口袋里了。

就在这时候,爱泼斯坦从口袋里抽出手,眼角第一次注意了那个身材高大、蓄络腮胡子、穿黑色西装的男子。只见那个人头戴黑色无檐小帽,站在人群的边缘,他还不够坐到桌上来。嘴唇上的小小微笑使他的眼睛周围出现了皱纹,双臂交叉在胸前,仿佛拥着一种生生不息的能量。但是,爱泼斯坦意识到他身上起作用的不是谦卑带来的克制感,而是别的东西。

美国犹太精英继续提着不是问题的问题。印度侍者撤下了沙拉盘,端上了炖三文鱼。最后轮到爱泼斯坦讲话了。他倾身向前,打开麦克风上的开关。一阵静电的响亮噼啪声让

---

[1] 德肖维茨,全名艾伦·德肖维茨(1938—),美国当代最著名的刑辩律师、著名法学家、哈佛法学院教授。曾在辛普森杀妻案、克林顿绯闻案与弹劾案、泰森案等一系列备受瞩目的案件中担任辩护律师。

沙特阿拉伯大使吓了一跳。在随后的沉默中，爱泼斯坦环顾四周，望着那些充满期待的面孔。他没想好要说什么，思绪像无人机一样围着目标徘徊。他继续盯着周围。其他不知如何回应他的沉默面孔，突然令他着迷。他们的不安令他着迷。他以前对别人的不安免疫吗？不，"免疫"这个词过于强烈。但是，他并没有太注意过。现在，他望着他们低头看着自己的盘子，在座位上来回挪动，直到主持人忍不住插话："如果朱尔斯——爱泼斯坦先生——没有什么可补充的，我们就继续——"主持人被迫转过身来，因为她被身后的一个声音打断了。

"他不想发言，我来说。"

爱泼斯坦循着声音寻找，迎上了那个头戴黑色针织无檐小帽的大个子的锐利目光。他正要回答时，那个人又插话了。

"阿巴斯主席，感谢您的光临。抱歉，我像同事一样，没有问题要问您，只是有话要说。"

一阵轻松的笑声回荡在整个房间。他的声音洪亮，显得麦克风像多余的东西。

"我的名字叫梅纳凯姆·克劳斯纳，我是拉比。我已经在以色列生活了二十五年。我是吉尔古尔的创始人。吉尔古尔是一项把美国人带到萨法德研究犹太神秘主义的计划。我邀请你们所有人来看看，或许还可以加入我们的一个静修会——我们现在每年多达十五个，而且还在增长。阿巴斯主席，欢迎您来，您肯定比我们大多数人更了解萨法德的那些高地。"

拉比暂停了一下，捋了捋光滑的胡子。

"我站在这里聆听朋友们讲话时，想起了一个故事。实际上是拉比教我们的。一位真正的圣贤，是我最好的老师之一——要不是他，我的生活就会完全不同了。他过去常常给我们朗诵律法。那天是创世日，当念到'第七天上帝完成了自己的工作'这一行时，他停下来，抬起头。你们注意到什么怪事了吗？他想知道。我们挠了挠头。人人都知道第七天是安息日，所以有什么奇怪的呢？

"'啊哈！'说着，拉比从座位上一跃而起，每当他激动时就是这样。可这并不是说上帝在第七天休息！是说他完成了自己的工作。创造天地花了多少天？他问我们。我们说六天。那为什么不说上帝是六天完成的呢？是第六天完成、第七天休息吗？"

爱泼斯坦四下看了看，想知道这一切是怎么回事。

"拉比告诉我们说，当古代圣贤讨论这个问题时，他们得出的结论是，第七天一定也有一种创造的行为。可到底是什么呢？海洋和陆地已经存在了，太阳和月亮已经存在了，植物和树木、动物和鸟类已经存在了，就连人类也已经存在了。宇宙还能缺少什么呢？古代圣贤问。最后，一位始终独自坐在房间角落、头发花白的老学者开口了。米努查。他说。什么？其他人问，大声说，我们听不见你说话。在安息日，上帝创造了米努查，老学者说，然后世界就完整了。"

玛德琳·奥尔布赖特把椅子往后推了推，走出了房间，她的裤料发出了轻微的摩擦声。演讲者似乎处变不惊。一时间，爱泼斯坦想他甚至可以一把抓住她的空椅子，就像他抓住了爱泼斯坦已经丧失的机会一样。但是，他依旧站在那里，这样能更好地俯瞰整个房间。附近的那些人已经慢慢后退了，在他周围腾出了一片空间。

"'那么，米努查是什么意思？'拉比问我们。一群焦躁不安的孩子盯着窗外，他们对这个世界唯一的兴趣就是出去打球。没有人说话。休息，他说，休息！拉比惊叫着，像他兴奋时那样，唾沫从嘴里喷出来。但不仅仅是这样！因为米努查并不仅仅意味着工作的停顿。从劳累中解脱出来。这不仅仅是辛苦与劳动的对立面。如果它用一种特殊的创造行为来实现它，那它肯定是一种非凡的东西。不是已经存在事物的负面，而是独特的正面。没有它，宇宙就不完整。不，不只是休息，拉比说，安静！宁静！休息！和平。没有冲突，没有战斗。没有恐惧与不信任。米努查。人类静止的状态。

"阿布·马赞，如果可以的话——"克劳斯纳压低了声音并调整了滑到脑后的小帽——"在十二岁学生的那个教室里，我们中没有一个人明白拉比的话是什么意思。可我问你：我们这个房间里的人会更懂得吗？理解独立于其他人的创造行为是唯一没有建立永恒之物的行为吗？第七天，上帝创造了米努查。他却使它变得脆弱。无法持久。为什么？他创造的其他一切都不受时间影响，为什么会是这样？"

克劳斯纳停了一下，目光扫过整个房间，硕大的前额因出汗而闪闪发光，但除此之外，他并没有表现出任何用力的迹象。爱泼斯坦倾身向前，等待着。

"因此，这落在了人类身上，让人类一次又一次地重新创造它，"克劳斯纳最后说，"为了重新创建米努查，他应该知道他不是宇宙的旁观者，而是参与者。如果没有他的行动，上帝为我们预定的宇宙还是不会完整。"

房间远处响起了懒散的鼓掌声。没有人跟着鼓掌。当掌声渐渐沉寂时，巴勒斯坦领导人开始讲话，讲一段暂停下来，等待翻译传达他八个孙子都参加了和平种子营的信息，传达关于并肩生活、鼓励对话、建立关系的信息。他的发言结束后，最后几位发言者纷纷讲话，然后活动就结束了。大家纷纷站起来。阿巴斯沿着桌子往下走，与众人一一握手后，才走出房间，随从跟在后面。

爱泼斯坦也急着赶路，朝大衣寄存处走去。但是，站在那里排队时，他感觉到有人在拍他的肩膀。他转过身，与那个抢时间布道的拉比迎面相遇。他比爱泼斯坦高一头半，身上散发着久居黎凡特[①]的人那种被太阳晒得结结实实的力量。近距离观察，只见他那双蓝色眼睛里闪烁着储存的阳光。"梅纳凯姆·克劳斯纳，"他重复道，以防爱泼斯坦没听到他的介绍，"我希望我没有踩到你的脚吧？"

"没有，"说着，爱泼斯坦把寄存牌拍在桌子上，"你刚才讲得不错。我可讲不出来。"他真的这样想，但现在不想再谈这个了。那个负责寄存大衣的女人一瘸一拐，爱泼斯坦

[①] 黎凡特指的是中东托罗斯山脉以南、地中海西岸、阿拉伯沙漠以北和上美索不达米亚以东的一大片地区，不包括托罗斯山脉、阿拉伯半岛和安那托利亚，有时候奇里乞亚也被包括在内，有时候西奈半岛被包括在内，一般被看成是黎凡特与埃及北部之间的一个边缘地区。

看着她去拿他的大衣。

"谢谢,不是我想出来的。大部分是来自赫舍尔[①]的作品。"

"我以为你说的是你的老拉比。"

"创作一个更吸引人的故事。"克劳斯纳扬了扬眉毛说。他额头上深深的皱纹走向随着每个夸张的表情而改变。

爱泼斯坦从来没有读过赫舍尔的作品,不管怎么说,房间太热,他最希望的是到户外去,让寒冷的空气振作精神。但是,那个负责寄存大衣的女人从旋转衣架回来时,胳膊上搭着别人的大衣。

"这不是我的。"说着,爱泼斯坦把大衣推回去。

那个女人轻蔑地看着他。他用更严厉的目光回敬她,她只能甘拜下风,一瘸一拐地返回了衣架边。她走路不容易,可是衣服拿错就是拿错了。

"实际上,我们以前见过面。"梅纳凯姆·克劳斯纳在他身后说。

"是吗?"爱泼斯坦几乎没有转身。

"在耶路撒冷,在舒尔曼女儿的婚礼上。"

爱泼斯坦点了点头,但回忆不起那次邂逅。

"我永远不会忘记爱泼斯坦。"

"那是为什么?"

"不会忘记爱泼斯坦、阿布拉瓦内尔或达扬,不会忘记

[①] 赫舍尔,全名亚伯拉罕·约书亚·赫舍尔(Abraham Joshua Heschel,1907—1972),出生于波兰的美国拉比,被许多人认为是20世纪最重要的犹太神学家之一,也是犹太民族领袖、教育家和社会活动家。

任何可以追溯到大卫王朝时期的人。"

"爱泼斯坦？除非你指的是某个穷乡僻壤的贵族，否则你对爱泼斯坦的看法是错误的。"

"噢，毫无疑问，你是我们中的一员。"

这时候，爱泼斯坦不禁笑了。

"我们？"

"自然。克劳斯纳是大卫王族谱中的一个大名鼎鼎的人物。注意，和爱泼斯坦可不太一样。除非你的一位祖先凭空取这个名字，这似乎不大可能，否则你的先祖直接追到以色列王那里。"

爱泼斯坦迫不及待地想从钱包里掏出五十美元，以避免克劳斯纳向他提出更多的要求。拉比身上有一些令人信服的东西，可现在不是谈这些的时候。

那个女人继续懒洋洋地转动衣架，不时地停下来查看挂钩上的号码，取下一件卡其布风衣。"不是这件。"她还没来得及递过来，爱泼斯坦就大声喊道。她不以为然地斜了他一眼，又转身回去。

爱泼斯坦无法再忍受下去了，就巧妙地走到了桌子后面。女人惊慌失措地后退，好像她以为他会打她的头一般。爱泼斯坦开始自己翻找大衣，她又代之以一种看热闹的表情。她一瘸一拐地走过去拿梅纳凯姆·克劳斯纳的寄存牌，这位具有三千年犹太血统的布道师抗议道："不，不。我不介意等待。这件大衣是什么样子的，朱尔斯？"

"是藏青色的。"爱泼斯坦喃喃说着，一边翻着粗花呢和羊毛袖子。但是，他说不出那件大衣和桌上的这件有什么相似之处，只是软得多、贵得多，哪里也找不到。"这真荒唐，"他气急败坏地说，"一定是有人拿走了。"

爱泼斯坦可以发誓他听到了那个女人的笑声。他飞快地转过身，只见她躬着背，已经在帮助排在克劳斯纳后面的人了。爱泼斯坦感觉热气喷到了脸上，喉咙发紧。自愿放弃数百万是一回事，但要把大衣从身上脱掉则是另一回事。他只想离开那里，穿着自己的大衣独自穿过公园。

电梯到达时，有铃声一响，门开了。爱泼斯坦二话没说，抓起放在桌上的那件大衣，匆匆奔向电梯。克劳斯纳在他身后叫了一声，但电梯门及时关上了，电梯把爱泼斯坦独自送了下去。

到了酒店侧门出口，只见阿布·马赞那伙人挤进了豪华轿车。在最后一个人身上，爱泼斯坦发现了他的大衣。"嘿！"他一边呼喊，手里一边挥动着那件粗糙的衣服，"嘿！你穿的是我的大衣！"但是，那个人没有听见，要么是不想听见，砰地关上车门，豪华轿车驶离了路边，顺着第58街飘然而去。

爱泼斯坦难以置信地望着那辆轿车。酒店门卫紧张地打量着他，也许是担心他会出丑。爱泼斯坦瞥了一眼他手里的那件大衣，叹了口气，一只胳膊伸进袖子，另一只胳膊伸进另一个袖子，耸了耸肩，袖口遮住他的指关节。当他穿过中央公园南部时，一阵冷风吹透了薄薄的料子，爱泼斯坦本能地把手伸进口袋，去掏自己的皮手套。但是，他掏出的只是一盒印有阿拉伯文的薄荷糖。他往嘴里塞了一块薄荷糖，吮吸着；薄荷糖太辣了，辣得他的眼睛都流泪了。所以他们胸毛浓密。他下了台阶，走进公园，沿着池塘边长满芦苇的小路走去。

现在的天空像一朵落满灰尘的玫瑰，西边渐渐变成了橘黄色。很快，灯就会亮起。起风了，一个白色塑料袋从头顶上呼啸而过，慢慢地改变着形状。

灵魂是我们游泳的大海。这边没有岸，只有远处那边有岸，那就是上帝。

这是玛雅在差不多两个月前他生日时送的小绿皮书里的一句话，其中一些内容他已经读了许多遍，熟记在心。经过一把长椅，爱泼斯坦又折返，弯腰坐下来，一只手伸进上衣的内口袋。意识到内口袋是空的，他惊慌地跳了起来。那本书！他把那本书落在了大衣的内口袋里！他的大衣此刻正穿在向东而去的阿巴斯的一个随从身上。他摸索着找手机给助手莎伦发短信。但是，手机也没有着落了。"×！"爱泼斯坦大声喊道。一位推着双轮婴儿车的母亲警惕地看了他一眼，加快了步伐。

"嘿！"爱泼斯坦喊道，"对不起！"那个女人回头看了一眼，但继续快步前行。爱泼斯坦向她追去。"听我说，"他气喘吁吁地跑到她身边说，"我刚意识到自己把手机放错了地方。我能借你的手机用一下吗？"

女人瞥了一眼她的孩子们——看来是双胞胎，裹在毛皮衬里的睡袋中，鼻子湿漉漉的，乌黑的眼睛保持警觉。她板着脸，一只手伸进口袋，掏出手机。爱泼斯坦从她的手上拿过手机，背对着她，拨通了自己的号码。电话转到了他的语音信箱。是他早在贷款结束时关掉了手机，还是阿巴斯的人关掉了呢？一想到要给巴勒斯坦人打电话，他就忧心忡忡。他拨通了莎伦的电话，但也没有回音。

"再发了一条短信。"爱泼斯坦解释说，他用麻木的手指发出了信息：尽快联系联合国安理会。大衣在广场搞混了。阿巴斯的一个随从把我的大衣穿走了：诺悠翩雅牌，藏青色山羊绒。他按下发送键，然后又打了一行字：手机和其他贵重物品都在大衣口袋里。然而，正当他要把那一行字也发走时，他转念一想，又把它删掉了，免得向阿巴斯的人告密，让那个人无意中得到自己拥有的东西。但是，不，这太荒唐了。他要一个陌生人的电话和一位去世的以色列诗人的一本晦涩的书能有什么用？

双胞胎开始打喷嚏和抽鼻子，那位母亲不耐烦地从一只脚挪到另一只脚。接受别人的照顾，这在爱泼斯坦还是第一次，他重新打了一遍短信，发送出去，然后继续拿着电话，等待着助理的回复。但是，手里的手机依然没有回应。她到底在哪里？显然不是我的手机，他打字说，再打给你试试。他转向那个女人。那个女人怒气冲冲地嘟囔着一把拿回手机，大步走开了，懒得道别。

他本该四十五分钟后在艾弗里·费舍尔大堂会见莫拉。他们从小就认识，他离婚后，莫拉成了他在音乐会上的常伴。爱泼斯坦向西拐，再向北，穿过草地，在脑海里疯狂地写着短信。当他经过一丛灌木时，一群褐色麻雀突然从灌木丛中飞起，四散在昏暗的天空中。它们获得自由，爱泼斯坦感到一阵安慰。那只是一本旧书，难道不是吗？他肯定可以再找一本。他会让莎伦接手这件事。或者更妙的是，为什么不让这本书像它来时那样轻松消失呢？他不是已经把他需要的东西拿走了吗？

他陷入沉思，进入了人行天桥下面的一条隧道。当他在潮湿的空气中打着哆嗦时，一个无家可归的人从黑暗中走出来，挡住了爱泼斯坦的去路。那个人头发又长又乱，浑身散发着尿骚味和溃烂东西的气味。爱泼斯坦从钱包里掏出一张二十美元的钞票，塞进了那个人长满老茧的手掌。他想了想，翻出了那盒薄荷糖，也想给对方。然而，这是一个错误的决定，因为那个人急促地动了一下，在黑暗中，爱泼斯坦看到了刀子的寒光。

"把钱包给我。"他咕哝道。

爱泼斯坦吃了一惊——真的吗？下午的事儿还能把他折磨得更厉害吗？难道他付出了这么多，让世界闻到了施舍的味道，现在就可以从他手中自由地夺走吗？或者，恰恰相反，是不是想设法告诉他，他还没有给够，直到什么东西都不剩下还不够呢？难道真要在中央公园遇见一个抢劫犯吗？

尽管的确非常惊讶，但他并不慌张。他一生都在跟许多疯子打交道。甚至可以说，作为一名律师，他有一定的天赋对付他们。他估了估情况：刀子不大。它可能会伤人，却不会致命。

"那好吧,"他平静地开口说道,"我给你现金怎么样?这里肯定至少有三百美元,也许更多。你把它统统拿走,我只保留这些卡。那些卡对你没有任何用处——它们两分钟后就会被取消,反正你可能只是把它们扔进垃圾桶。这样我们都能高兴地离开。"爱泼斯坦一边说话,一边把钱包举到面前,远离身体,然后慢慢地拿出了那叠钞票。那个人一把夺走。但是,他显然跟爱泼斯坦并没完,因为此刻他在咆哮着要别的东西。爱泼斯坦一头雾水。

"什么?"

那个人飞快地用刀子划过爱泼斯坦的胸部。

"那里有什么?"

爱泼斯坦后退一步,一只手捂住心口。

"哪里?"他喘着气问道。

"里面!"

"什么也没有。"他平静地说。

"给我看看。"那个无家可归的人说,要么是爱泼斯坦这样想,几乎听不明白对方的含糊其辞。爱泼斯坦脑海里闪过了一个念头,那就是他父亲的话语在一次中风后就永远含糊不清了。那个人继续喘着粗气,手里拿着武器。

慢慢地,爱泼斯坦解开了不属于他的大衣,然后是属于他的灰色法兰绒西装外套。他打开了那个通常装着那本绿色小书的丝绸里口袋,踮起脚尖倾身向前,让那个人看它是空的。要不是一把刀贴近他的喉咙,他说不定就会笑出声来。这一切太荒谬了。它毕竟可能致命。爱泼斯坦向下瞥了一眼，看到自己躺倒在脚下的一摊血泊之中，无法求救。一个问题出现在他的脑海里，这个问题已经隐隐约约地逗留了几个星期，现在他试了一下，好像要测试它是不是合适：上帝之手伸下来指着他吗？可为什么是他呢？当他再次抬起头时，刀子不见了。那个人已经转过身，正匆匆离去。爱泼斯坦僵立了一会儿，直到那个人消失在另一端的光晕里，他独自留在隧道里。只有在举起手去摸自己的喉咙时，他才意识到自己的手指在颤抖。

十分钟后，爱泼斯坦安全赶到达科他酒店的大堂，借到另一部手机。"我是罗森布拉特夫妇的一位朋友，"他告诉门卫说，"我刚才被抢劫了，手机也被抢劫了。"门卫拿起内线电话要打给14B。"别麻烦了，"爱泼斯坦迅速说道，"我只是打个电话，就继续赶路。"他走到桌子后面，又一次拨打自己的电话。它再次转到了他的语音信箱，早就被录音，但还没有人听见。他挂断电话，又给莎伦打电话。莎伦接起了电话，为错过他早先的电话而连声道歉。她已经给联合国打过电话。阿巴斯要在十五分钟后发言，现在联系不上他的随从，而她此刻正坐进出租车，想在他们离开大楼之前拦截他们。爱泼斯坦吩咐她给莫拉打电话，说她应该在没有他在场的情况下继续去音乐会。

"告诉她我被抢劫了。"他说。

"好吧，你被抢劫了。"莎伦说。

"我真的被抢劫了。"爱泼斯坦说，比他设想的语气更柔和，因为他再次看到自己四仰八叉躺在地上，黑血蔓延开来。他抬头瞥了一眼，看到了门卫。他看到门卫也不相信他。

"当真吗？"他的助手问道。

爱泼斯坦打断了她："我半小时后回家。到时候给我打电话。"

"听我说，"他对门卫说，"我有急事。你能借给我二十美元吗？圣诞节我会记得你的。同时，罗森布拉特一家也可以替我还。"

将钞票递过来之后，门卫招呼了一辆在中央公园西面向南行驶的出租车。爱泼斯坦既没有现金，也没有戒指，更没有余钱给他小费，只是点点头，说出了他的大楼地址，穿过公园，向北走十五个街区。出租车司机恼怒地摇了摇头，摇下车窗，吐了一大口唾沫。总是老样子：如果你让他们偏离他们的前进路线，让他们转向相反的方向，他们总是不高兴。纽约市出租车司机几乎都是这样，爱泼斯坦经常这么告诉一起坐在后座的人。一旦汽车开动，在交通堵塞和红灯的阻碍下，他们只想继续路程。需要调头，反向行驶才能挣到钱，这让他们感到挫败，并对此表示不满。

往麦迪逊大道的车流完全静止了，出租车里的气氛顿时沉郁。爱泼斯坦摇下车窗，喊来一位警察。这位警察肌肉发达，像个棒球手。

"这里发生了什么？"

"他们正在拍摄一部电影。"警察望着天空，寻找高飞球，无精打采地报告说。

"你在跟我开玩笑,对吧?这是本月第二次了!谁告诉布隆伯格说他可以把这座城市卖给好莱坞?我们中的一些人碰巧还住在这里呢!"

爱泼斯坦从臭烘烘的出租车出来,沿着第85街大步流星地走去。街两旁有一辆辆嗡嗡作响的拖车,它们由一台巨大发电机提供动力。经过食品摊时,他拿起一个炸面圈,没有放慢脚步,咬了一口,果酱溢了出来。

转进第五大道时,他停住了脚步,因为他发现在下雪。树木被巨大的灯光照亮,披上了白色外衣,人行道上巨大的雪堆如云母一般闪闪发光。一切都静悄悄的,就像服用过镇静剂似的;就连套在灵车上的那队黑马也低头站在那里一动不动,雪在他们周围飞快地盘旋而下。透过车厢的玻璃窗,爱泼斯坦看到了一具乌木棺材的长长阴影,心里肃然起敬——不仅是对逝去的生命感到本能的敬畏,而且还有别的东西:通过其深不可测的口袋,能够感受到这个世界是什么样子。但是,那转瞬即逝。过了一会儿,摄影升降机沿着街道滚滚而来,魔术被打破了。

等爱泼斯坦终于看到他的公寓大楼里灯火通明的大堂时,他突然感到一阵疲惫,现在只想回家,让自己舒服地躺进巨大的浴缸,让白天的时光流尽。但是,他开始向门口走去时,又一次被拦住了。这次是被一个身穿羽绒服、挥舞着写字板的女人拦住的。

"他们在拍摄!"她生气地低声说道,"你得在角落处等。"

"我住在这里。"爱泼斯坦厉声回道。

"许多其他人也是这样,他们都在等待。要有些耐心。"

但是,爱泼斯坦完全失去了耐心。而当那个女人回头瞥了一眼那辆正在马匹后面嘎吱作响的灵车时,他躲开了她,用尽最后一点力气,向大楼冲去。他能看到门卫哈龙正向外面窥视街上的动静。他总是在那里,面对着玻璃。当没有什么激动人心的事儿时,他喜欢扫视天空,寻找那只在街区下方窗台上筑巢的红尾隼的踪迹。在最后一刻,哈龙看见爱泼斯坦朝他飞奔而来。就在这个住顶层公寓 B 的房客撞门之际,他拉开了门。爱泼斯坦顺利地进去,门卫又闩上门,飞快地转过身,背靠在门上。

"哈龙,这是一部电影,不是一场革命。"爱泼斯坦喘着粗气说。

门卫已见怪不怪,只点了点头,拉直身上厚重的、带金色纽扣的绿色斗篷,在寒冷的月份,这是他的制服。即使被关在室内,他也不愿脱掉。

"你知道这个城市有什么问题吗?"爱泼斯坦问道。

"什么问题,先生?"哈龙反问道。

但是,看到门卫恳切的目光——他盯着第五大道盯了五年,依然充满好奇,爱泼斯坦转念一想,就随它去了。门卫手上空空,爱泼斯坦突然想问他,图章戒指在哪儿。但他又把话咽下了。

当木镶板的电梯敞开,伊斯法罕彩色地毯出现在眼前时,爱泼斯坦松了口气。他一进去,就打开灯,把穿错的大衣挂在衣橱里,然后穿上拖鞋。自从和丽安妮离婚以来,他已经在这里住了十个月,还有几个夜晚,他想念着妻子躺在他身边床上时的肉体。他在她身边睡了三十六年,没有了她的体重,无论多么轻,这床垫感觉就不一样;没有了她呼吸的节奏,黑暗就没有了尺度。有几次,因为一度缺乏来自她大腿之间和膝盖后面的热量,所以他醒来时感到寒冷。如果他能暂时忘记他知道她可能会说的话,他说不定会给她打电话。事实上,即使他被渴望打动,那也不是因为他曾经拥有和放弃了什么。

这间公寓不大,但它的主屋可以俯瞰中央公园和南边的大都会博物馆,丹铎神庙[1]就坐落在那里的玻璃下面。在他看来,这种与古代世界的亲近是有意义的;尽管埃及神庙的罗马副本本身从来没有给他留下深刻的印象,但夜里看到它时,他有时候觉得自己的肺部膨胀,仿佛身体在回忆已经忘记的浩瀚时间。为了相信发生在一个人身上的事情的伟大和独特之处,有必要忘记那些能够标志生活的东西,就像在打字机的色带上印上新字母组合一样。但是,他不再年轻了。他是由比任何神庙都古老的物质构成的,最近,又有一些东西向自己回归。回到他身边,就像水回到很久以前形成的干涸河床一样。

因为公寓的墙壁上没有了绘画作品,他也已经把昂贵的家具送了人,所以他只需要站在空荡荡的客厅中央,望着

---

[1] 20世纪60年代,埃及建设阿斯旺水坝,不少文物古迹会被淹没。美国出资搬迁的古迹中就包括丹铎神庙。

外面黑暗中晃动的树梢,感觉到胳膊上起了鸡皮疙瘩。为什么?仅仅是因为他还在那里这个事实。仅仅是因为他活着的时间已经够长了,到了快要圆满的时候,几乎太晚了,他差点儿错过,但在关键时刻他又意识到了这一点。意识到了什么?意识到了时间的流逝就像一束光穿过地板,在其长长尾巴的末端,光线是如何穿过他小时候在长滩的房子里的花坛的。或者是穿过他头顶的天空,那是他从小就在下面走过的那片天空。不,不仅仅是那样。他很少把自己的脑袋抬到生活的激流之上,因为他忙着从水流中冲过去。但是,有时候他看到了整个景象,一直看到了地平线,而且他心里同样充满了喜悦和渴望。

　　还在这里。没有了家具,没有了现金,没有了电话,没有了衣服穿在身上,但毕竟还不空灵,爱泼斯坦感到胃里一阵疼痛。他在广场酒店几乎没有吃过东西,炸面圈已经激起了他的食欲。他在冰箱里翻来翻去,发现了一条每周为他做三次饭的厨师留下的鸡腿,就站在窗边吃了起来。是大卫的曾曾曾曾孙亲属。那个向歌利亚头上扔石头的牧童,女人们过去常说"扫罗杀死千千,大卫杀死万万"①,但为了使他不再是一个冷酷无情、精于算计的畜生,为了使他得到犹太人的温柔、犹太人的智慧和犹太人的深度,他们后来写出了有史以来最优美的诗歌。爱泼斯坦露出了微笑。关于他自己,还有什么可以了解的呢?这只鸡好吃,但还没等吃到

---

① 出自《圣经·旧约·撒母耳记》。

骨头，他就把剩下的扔进了垃圾桶。他伸手打开橱柜去拿杯子，又想了想，把头埋在水龙头下，贪婪地喝了起来。

在客厅里，爱泼斯坦按了一下开关，连接到自动调光器的那些灯亮了起来，照亮了东墙上那幅画里的两个光环。虽然他以前见过无数次，但每次看到这种效果，他都会感到一阵战栗。这是他还保存着的唯一杰作，是一幅将近六百年前在佛罗伦萨绘制的祭坛画。他没能说服自己把它送人。他希望能跟它再多待一阵子。

爱泼斯坦向它们走去：玛丽弯下腰，身体被浅粉色褶裥掩盖，要不是有彩色翅膀，天使加百列可能也会被当成一个女人。从玛丽下方的小木凳，有人推断她在跪着，或将要跪着，如果裙子下面还留存着她的肉体——她等待着被上帝之子填满。她的身体弯曲的样子与头顶上的白色拱门的弧度一模一样：她已经不再是她自己了。她的长手指交叉在扁平的胸前，脸上流露出一个少女迎接艰难而崇高的命运的严肃表情。在她身旁，天使加百列一只手捂住心口，深情地俯视着她，仿佛他也感受到了她将要遭受的痛苦。尽管画作表面裂纹斑斑，但这只会增加一种喘不过气的感觉，一种巨大而猛烈的力量在静止的表面下挣扎的感觉。只有他们头上扁平的金色光环奇怪地静止着。为什么他们坚持要画那样的光环？当他们已经发现了如何创造深度的错觉时，为什么总是回到固执的扁平状态呢？这不是普通的例子，恰恰象征着无限接近上帝，肉身也在无限接近永恒。

爱泼斯坦从墙上取下画框，夹在腋下，走进卧室。上个月，勃纳尔①创作的一幅裸体画被送走了。从那以后，他床对面的墙就空了。现在，他突然想把手上的画挂进卧室：早晨醒来时看到它，睡前再看一眼。但是，他还没来得及抓住钩子上的电线，电话就响了，打破了寂静。爱泼斯坦大步走向床，把画框靠在枕头上，拿起了听筒。

"朱尔斯？我是莎伦。对不起，但很明显，那个穿你大衣的家伙觉得不舒服，直接回到了酒店。"

外面，越过茫茫黑暗，只见西边灯光闪烁。爱泼斯坦一屁股坐在圣母马利亚旁边的床上，想象着那个穿着他那件大衣的巴勒斯坦人跪在马桶上。

"我留了一条信息，但还没有打通，"莎伦继续说道，"我等到明天再去可以吗？你的航班要到晚上九点钟才起飞，这样我第二天早上就有许多时间先去。今晚是我姐姐的生日，还有一个派对。"

"去吧，"爱泼斯坦叹了口气，"没关系。那可以等一等。"

"你确定吗？我会继续打电话试试。"

但是，爱泼斯坦并不确定；过去这几个月来自我认知在缓慢地展开，而只有现在他的助手提出这个问题时，他才感觉到清晰的翅膀拍打着飞过头顶。他不想确定。他已经失去了对它的信任。

---

① 勃纳尔，全名皮埃尔-勃纳尔（Pierre-Bonnard，1867—1947），法国画家。他与莫里斯-丹斯、保罗-赛律西埃和爱德华-维亚尔组成一团体，称"纳比派"（希伯来语预言者）。这个画派促成了新现代装潢风格的诞生，这对20世纪20年代新艺术派的脱颖而出至关重要。

出其不意

对我来说，同时出现在两个地方的想法是很久以前的事了。应该说是从我可以记事起，因为我最早的记忆是看电视上的儿童节目，我突然在小演播室的观众中看到了自己。即使现在，我也能想起父母亲卧室里的棕色地毯在我腿下的触感，还有伸长脖子看电视的感觉，电视好像高高地骑在我的头顶上。之后，当我在另一个世界看到自己的兴奋情绪让位于我从来没有去过那里的意识时，那种恶心的感觉传遍了我的胃。可以说，幼儿的自我意识没有那么稳定。海洋般的恶心感会持续一段时间，直到我们在本能的指引下努力建立自我时需要的脚手架被拆除，意识到我们的余生都用在寻求逃避，这让人深感悲伤。然而，即使今天，我也毫不怀疑自己当时看到的情景。电视上小女孩的脸跟我的一模一样，她穿着我的条纹衬衣和红色运动鞋，但即使如此，也可能被认为是巧合。而在她的眼里，在镜头捕捉到的几秒钟里，我认出了自己的感受。

这可能是我的大脑最早记下来的东西之一，但随着时间的流逝，我并没有多想它。没有任何理由这样做；我再也没有在任何地方遇到过自己。然而，那种惊奇感沉淀在那里，我对世界的感知建立在它之上，它一定已经化成了信念：并不是说有两个我，那是噩梦中的东西，而是说，就自己的独特性而论，我可能处在两个不同的存在层面上。或许从相反的角度来看，它会更准确些，当时把我内心开始形成的东西称为怀疑感———一种对现实的怀疑强加在我身上，就像强加在所有孩子身上一样，这种怀疑慢慢地取代了自然出现在他们身上的另一种更柔软的现实。在这两种情况下，同时存在于这里和那里的可能性跟我其他幼稚的想法一起被储存在底下，直到一个秋天的下午，当走进我和丈夫以及两个孩子的居住地时，我感觉自己已经在那里了。

　　简单地说：已在那里。穿过楼上的那些房间，或者睡在床上；我在哪里或我在做什么几乎都不重要，重要的是我知道我已经在房子里了。我是我自己，我觉得自己的皮肤完全正常，但同时我也突然感觉到我不再局限于自己的身体，不再局限于我一辈子都在看着的双手、胳膊和腿：总是移动或躺在我的视野里的四肢。三十九年来，我一分钟一分钟地观察到，其实我的四肢并不是我自己最远的极限，而是我可以超越和分离的。那不是抽象意义上的，不是作为灵魂或频率。身体依然完整，跟我刚才站在厨房的门槛上完全一样，但不知怎么的———又在楼上了。

　　窗外的云似乎正在飞快地掠过，但除此之外，似乎没有什么奇怪或不合适的地方。恰恰相反：房子里的一切，每只杯子、每张桌子、每把椅子、每个花瓶，似乎都放在恰当的位置上。甚或在完全正确的地方，很少出现这种情况，因为时光会让没有生命的物体稍微向左或向右偏移。随着时间的推移，才累积成一些值得注意的东西———墙上的画框突然扭曲，那些书退到了书架后面，我们大部分时间都是无所事事地度过，常常不知不觉地把这些东西移回到属于它们的地方。我们也希望让无生命体动起来，我们希望相信我们对此拥有主权。而事实上，这是我们无法控制的，我们却被束缚在一种永远无法赢得的意志的斗争中。

但是，那一天好像有一块磁铁在房子下面经过，把每一件东西都吸回到了合适的位置。一切都静悄悄的，只有云朵匆匆掠过，仿佛世界开始转得更快了一点。当我在厨房门口停下来时，我突然想到：时间已经加快了，不知何故，在回家的路上，我落在了后面。

我僵立在那里，不敢移动，背上的皮肤刺痛。已经出现了某种错误，无论是神经上的还是形而上学的，虽然它可能像似曾相识一样无害，但也可能不是。有些事变得不一致了，我觉得，如果我移动，我就可能会破坏它自然修正自己的机会。

几秒钟过去，墙上的电话响了。我本能地转过身来看着它。不知何故，这打破了魔咒，因为当我再回头看时，云不再奔腾，而我同时在这里和那里——在楼上——的感觉也马上消失了。房子又空了，但对于站在厨房里的我来说，又回到了自己熟悉的身体。

几个星期来，我一直睡不好，工作进展不顺，这让我经常感到焦虑。但是，如果我的写作是一艘沉没的船，更广阔的背景——我开始意识到自己试图驾驶的每艘船最终都会沉没大海——就是我失败的婚姻。我和丈夫已经渐行渐远。我们深爱我们的孩子，不吝于表达关爱，彼此之间不断加大的距离因此得到弥补，并被掩盖起来。不过，这种弥补达到顶点后就开始下降，直到它对我们的关系不再有任何帮助，因为它只表明我们每个人是多么孤独，而且，跟我们的孩子相比，我们是多么没有人爱。我们对彼此的感觉和表达过的爱不是已经枯竭，就是受到了遏制——搞不清是哪一个——然而，日复一日，我们都见证了对方的爱，孩子们唤起的爱的惊人力量也感动了我们。谈论困难的感情违背丈夫的天性。他很久以前就学会了隐藏，不仅要对我保密，还要对他自己保密。多年来，我一直试图让他谈这些东西，但都没有成功，我就慢慢地放弃了。我们之间不允许发生冲突，更不用说愤怒了；所有的一切都不能说出来，而表面上仍然被动。就这样，我发现自己又回到了无限的孤独中，虽然这种感觉对我来说并不陌生。"我本质上是一个快乐的人，"丈夫曾经告诉我，"而你是一个凡事都要深思熟虑的人。"但是，随着时间的推移，内外条件对他的浮力都是太大的考验，他也在自己的海里下沉。我们以各自的方式最终认识到，我们已经对婚姻失去了信心。然而，我们不知道如何根据这种理解采取行动，就像一个人不知道如何根据这种理解采取行动一样，比如，来世并不存在。

这就是我的生活状态。现在我也不能写作了，而且越来越睡不着觉。我那天下午经历的奇异感觉可能很容易被忽略，因为我的大脑压力大而思绪混乱。但是，恰恰相反，我记得自己当时的头脑很清醒，当时我站在厨房里，确信自己也在附近的某个地方。仿佛我的头脑不只是被清晰触动，而且正处在顶峰，我所有的思想和知觉都已被蚀刻在了玻璃上。然而，这并不是通常意识上的清晰感觉。就像前景和背景发生了变化一样，而我所能看到的是大脑通常不会展示的一切：无尽的不解包围着我们所能把握的小岛。

十分钟后，门铃响了。是优比速快递，我在包裹上签字。快递员拿回他的小电子设备，把大盒子递给我。我看到了他额头上的汗珠，这与空气中的寒意格格不入，我闻到了潮湿纸板的气味。我的邻居是一个上了年纪的演员，从街上向我大声打招呼。一条狗抬起腿，在一辆汽车的轮子上撒尿。但是，这一切并没有减弱我刚刚体验到的那种强烈的奇异感觉。它并没有像梦境与现实生活的接触那样开始瓦解。当我打开橱柜拿出晚餐用的食材时，它依旧历历在目。这种感觉仍然如此强烈，我不得不坐下来尽力去消化它。

半小时后，当保姆带着孩子们回家时，我还坐在柜台边。孩子们围着我，说着白天的见闻。随后，他们放松下来，跑来跑去。我的丈夫不久便到了。他走进厨房，依然穿着他骑自行车回家时的反光背心，一时间亮闪闪的。我突然想对他描述发生了什么，但当我说完后，他勉强朝我微微一笑，瞥了一眼没做的晚餐配料，取下了外卖菜单，问我是不是觉得自己像印度人。接着，他去楼上找孩子们。我立刻后悔了。这一事件触及了我们之间的裂痕。我的丈夫把事实看得比那些无形的东西更重要，他把事实收集起来，聚拢在自己周围，就像一座堡垒。夜里，他熬夜看纪录片，在社交聚会上，当有人对他知道在美国印刷的钞票中有多大比例是100美元或斯嘉丽·约翰逊有一半是犹太血统表示惊讶时，他喜欢说他把无所不知当成了自己的职责。

日子一天天过去了，那种感觉再也没有出现。我刚从流感中恢复过来。流感让我躺在床上瑟瑟发抖、满头大汗，望着窗外的天空，我的意识有了轻微的变化，一生病就会这样，我开始怀疑这是不是可能和它有关。我生病时，就像我和外界之间的墙变得更有渗透力——的确如此，因为无论是什么让我生病，都已打破身体通常的保护机制，仿佛与此相照应，大脑也变得更有吸收力。我原本不会思索那些复杂的体验。这种开放的状态，这种极度敏感的状态，使我对周围的一切都变得敏感，其他人都在忙碌，躺在床上的孤独感更加剧了这种状态。因此，即使当时我已在康复，也很容易把我经历的非同寻常的感觉归因于我的疾病。

一个月后的一天晚上，我一边洗碟子一边听着收音机，一个关于多元宇宙的节目开始了——可能存在许多宇宙，甚至是无限的宇宙集合。这是引力波在大爆炸后的第一个瞬间产生的结果——或者正如现在的证据显示的那样，是一系列大爆炸的排斥力——早期宇宙经历了一次膨胀，导致空间维度的指数膨胀，达到了我们自身宇宙的许多倍，创造出完全不同的宇宙，拥有未知的物理属性，没有恒星，没有原子，没有光，即所有那些构成了空间、时间、物质和能量的整体。

我对当前的宇宙学理论只有类似门外汉的理解，但每当看到一篇关于弦理论、膜或日内瓦大型强子对撞机工作的文章，我总是感兴趣，所以现在我多少知道了一点。那位正在接受采访的物理学家有一种令人着迷的声音，既耐心又亲切，充满了深邃的智慧。在某个时刻，在主持人不可避免的催促下，他开始涉及多元宇宙理论的神学阐释，或者至少他们肯定偶然性在创造生命中作用的方式，因为如果世界不是一个，而是无限或接近无限的世界集合，每个世界都有自己的物理定律，那么，任何条件都不能再被认为是数学上不可能的结果。

节目结束后，我关掉收音机，听到汽车在几个街区外红绿灯转弯处越来越高的轰鸣，听到孩子们清晰欢快的声音从邻近公寓楼的地下室传出来，随后听到三英里外港湾里一艘船深沉哀伤的号角声，就像一根手指按响簧风琴一般。尽管我从来没有让自己相信上帝，但我能够明白为什么多元宇宙理论可以深入某类人的皮肤——先且不论别的，说在某个地方一切都是真实的，不仅带有一丝逃避的味道，而且使任何搜寻都毫无用处，因为所有的结论都变得同样有效。当我们面对未知事物时，我们内心充满的敬畏难道不是来自这样一种理解吗？也就是说，如果它最终涌入我们，被我们所知，我们就会被改变。在对恒星的观察中，我们可以对比观照自身的不完整、我们尚未终结的状态，即我们能够改变甚至深刻转变的潜力。正因我们渴望改变、能够改变而与其他物种区别开来，这与认识到认知能力是有边界的有关，也与能够思考深不可测的问题有关。但是，在多元宇宙中，已知和未知的概念变得无用，因为所有的事物都既是已知，又是未知的。如果有无限世界和无限法则，那么，没有什么是必不可少的，而且我们从超越眼前的现实和理解的极限中解脱出来，因为超越的东西不仅不适用于我们，而且也没有希望获得比无限小的理解更多的东西。从这个意义上说，多元宇宙理论只会鼓励我们更加远离未知的东西，这是我们非常乐意做的事，我们已经醉心于自己的认知能力——已经从认知中获得了圣洁，并日夜忙着追求它。就像宗教在未知事物面前进化为一种思考和生活的方式一样，因此现在我们已经转向同样上心的相反做法，那就是认识一切，相信知识是具体的，总是能通过智力思考来到达。自从笛卡尔以来，知识的权力膨胀到极点，但是，最终并没有导致他想象中对自然的掌握和占有，只是产生了掌握和占有的错觉。最后，我们因知识而感到厌恶。坦白地说，我憎恨笛卡尔，一直不明白为什么人们应该相信他的公理是任何事情都不可动摇的基础。他越是说要沿着一条直线走出森林，我就越觉得在那片森林里迷路更引人入胜，因为我们曾经生活在惊奇中，并把那看作理解存在和世界的先决条件。现在我们别无选择，只能生活在理性的干旱之地，至于未知事物，它曾经闪耀在我们视野的边缘，引导着我们的恐惧，同时也引导着我们的希望与渴望，如今我们却只能以厌恶的情绪来看待它。

尽管如此，我关掉收音机后，这个想法开始出现在我的脑海中，这让我感到宽慰。我想，如果不是存在于一个宇宙空间中，而是我们每个人都孤独地出生在发光的空白中，是我们把它剪成碎片，按照我们自己独特的方式组装楼梯、花园和火车站，直到我们把各自的空间组成一个世界，那又会怎样？换句话说，如果人类的感知和创造力负责创造多元宇宙，那会怎样呢？说不定——

如果发生在无数的长廊上，发生在候车室和外国城市，发生在阳台上，发生在医院和花园，发生在出租屋和拥挤的火车上的生活，其实只发生在一个地方——一个人的头脑，那又会怎样？

真的如此遥远吗？正如植物需要把我们吸引到花朵上，使它们能够茁壮成长，是不是空间也可能会依赖我们？我们认为我们已经用自己的房子、道路和城市征服了它，但如果我们是那些不自觉地从属于空间，从属于它的优雅设计，通过有限生命的梦想无限传播自己，那会怎样？如果不是我们在太空中移动，而是空间在我们身上移动，在我们的思想织机上旋转，那会怎样？如果这一切都是真的，那么，这个我们躺着做梦的地方在哪里？是一个非空间的存储器？是一些我们不知道的维度？还是在一个有限世界的某个地方，数十亿个世界已经并将从此诞生，对我们每个人来说是不同地点，像任何其他世界一样平淡无奇？

在那个时刻，我毫不含糊地知道，如果我在什么地方梦想自己的生活，那就会是特拉维夫的希尔顿酒店。

首先，父母亲是在那里怀上我的。在赎罪日战争之后，父母亲在希尔顿酒店的阳台上迎着大风结婚三年之后，他们住在酒店十六层的一个房间里，我能够诞生的独特条件突然明朗起来。父母亲对后果只有最模糊的概念，出于本能采取了行动。我出生在纽约市的贝斯·以色列医院。但是，不到一年，父母亲逆流而上，把我带回特拉维夫的希尔顿酒店。从那以后，几乎每年我都会回到位于哈亚尔康街和地中海之间一座山上的那家酒店（每年，也就是说，如果有人相信我离开了那里）。但是，如果这个地方对我来说有一种神秘的气氛，那并不仅仅是因为我在那里萌生，也不仅仅是因为后来我在酒店度过了那么多假期。更是在那里的一次经历，愈发让我意识到缺口——在现实上出现的缺口。

那件事发生在酒店游泳池，当时我七岁。我经常在那个游泳池里玩，游泳池设在一个俯瞰大海的大平台上，灌的也是海水。一年前，我们遇到了伊扎克·珀尔曼。一天早饭后，我们来到游泳池，发现他就在那里，向他的孩子们扔了一个球，孩子们轮流跳进游泳池，试图抓住它。看到伟大的小提琴手坐在闪闪发光的轮椅上，我模糊地想到，使他瘫痪的小儿麻痹症可能与游泳池有关，这让我心惊胆战。第二天，我拒绝一起下到游泳池。第三天，我们离开以色列，飞回了纽约。第二年，我带着一种不安的感觉又来酒店度假，但珀尔曼再也没有出现。而且，在第一天，我和哥哥就发现游泳池里落满了钱——到处都是谢克尔，在游泳池的底部无声地闪着微光，仿佛排水管跟哈波里姆银行连在了一起。无论我对游泳有什么挥之不去的恐惧，此时都被抛在了一边。我们很快就进行了分工：哥哥比我大两岁，成了潜水员；我的肺容量比较小，眼睛比较敏锐，成了观察员。在我的指引下，他会沉入水下来回摸索。如果我是对的，我有百分之六十五的几率是对的，他就会紧紧抓着硬币跃出水面。

一天下午，在一连串喊错之后，我开始感到绝望。一天快过去了，我们在游泳池里的时间快到了。哥哥正沿着浅水区的岸壁闷闷不乐地蹚过。我控制不住自己，从游泳池中央喊道："在那里！"我在撒谎——我什么也没有看见——但我忍不住要抓住机会让哥哥高兴起来。他飞溅着水花朝我走来。"就在那里！"我高声叫道。

他下去了。我知道底下什么都没有。此刻，我在顶部踩水，痛苦地等待着哥哥也发现什么都没有。在那短短的时间里体会到的强烈内疚感时隔三十多年依然生动。对父母亲撒谎是一回事，但如此公然背叛哥哥则是另一回事。

至于接下来发生的事，我无法解释。或者说，我们坚持的那些法则只是遮蔽了对宇宙更复杂的看法。受局限的认知能力所认识的世界也有限，我们习以为常。否则，怎么解释哥哥浮出水面时手里攥着一只嵌有三颗钻石的耳环和一条红宝石项链呢？

我们穿着湿淋淋的游泳衣，跟着母亲穿过酒店冰冷的、装有空调的走廊，来到大堂里的 H. 史登珠宝店。她向谢顶的珠宝商说明了情况。他把一个镶有蓝色天鹅绒的托盘推到我们面前时，用怀疑的目光看着我们。我的母亲把耳环放在上面，珠宝商把放大镜戴在眼睛上。他研究了我们的宝贝。当他终于抬起头来时，那只被放大的巨眼在我们身上转动着。"是真的，"他宣布，"黄金是18K。"

是真的。这个词卡在喉咙里，下不去。当时我并没有像母亲那样想过耳环可能是假的。然而，只有我才知道它是多么不真实，怎么可能是我哥哥发现的呢？它是在需要时出现的。没有一个孩子天生相信现实是固定的。在她看来，它的弹簧松了；她的特别请求是可以接受的。但是，慢慢地，她被教导说要相信其他东西，那时我七岁，年龄足够大了，大到可以接受现实是固定的，不会被我的渴望所左右。现在，到了最后一刻，一只脚挡住了一扇将要关闭的门。

回到纽约，母亲把耳环做成了一个吊坠，穿到链子上，挂在我的脖子上。我戴了好几年，尽管母亲不可能知道，但这条项链使我想起了一些未知的意愿，使我想起了在所有看似扁平东西的表面下隐藏着手风琴状的褶皱。就在去年，我和哥哥才知道是我们的父亲把所有硬币都扔进了游泳池——那时他可能出于爱意，或可怕的怒火，无论哪种都会出乎我们意料。我原以为项链丢了，但当父母亲清空了一个存放母亲的一些珠宝的保险箱时，它却出现了。它被装在一个小袋子里还给了我，里面还装着父亲常用的标签，是很久以前用他信任的普贴趣标签打印机打出来的：妮可的项链，是在希尔顿游泳池里找到的。这条项链勾起了一些回忆。就在那时，父亲才不经意地提到，是他在游泳池里撒满了硬币。他很惊讶我们从来没有猜到。不过，他和耳环没有任何关系。

当我想到要从希尔顿酒店开始构想我的人生时,如我所说,我的生活和工作正处于艰难境地。我让自己相信的那些东西——坚不可摧的爱,叙事的力量,这可以让人们产生合力,家庭生活根本上是健康的——我不再相信。我已经迷路了。坚实地存在于某处,只是幻想迷失,这种想法尤其吸引我。我花时间阅读,知道自己可能要花好几年时间才能找到一条新路。在那些筋疲力尽、令人费解的时期,我有时候会觉得自己的思想在瓦解。我变得焦躁不安,想象力在四处乱窜,聚焦一些东西,判断它们没用,就把它们抛在一边。

但是,现在不一样的事发生了。希尔顿酒店像一种阻碍嵌入我的脑海。几个月来,我坐下来写作时,几乎没有其他东西出现在眼前。日复一日,我尽职尽责地向办公桌报到——事实上,是向特拉维夫的希尔顿酒店报到。一开始非常有趣:也许里面有什么东西?然后,当一切似乎不存在时,它变得令人疲惫不堪,最后只是令人烦躁。尽管酒店不会离开,但我也不能从中挤出任何东西。

它是独特的:巨大的混凝土长方形如踩着高跷,雄踞特拉维夫海岸,是以野兽派风格建造的。长方形的长边装点着露台,垂直方向数有十四个,水平方向数是二十三个。在南边,网格没有被破坏,但在北边三分之二处,被一个巨大的混凝土柱打断,这个柱状结构似乎被塞了进去,像在事后才想到的,以确保这座建筑能通过最极端的野兽派的检验。这一混凝土柱高耸,南边有希尔顿酒店标志。它上方伸展着一根高高的天线，天线的尖端晚上会发出红光，因此飞往斯德多夫机场的轻型飞机不会撞上它。人们对这个悬在海岸上的怪物思考的时间越长，就越能感觉到它正在为某种更大的目的服务，地理的或神秘的——与我们无关，而是与更大的实体有关。从南边看，酒店孤立在蓝天下，冷漠的网格中似乎包含尚未破解的信息，像巨石阵一样。

正是在这座巨石上，我在精神上被禁锢了半年。一开始是一个异想天开的想法，从一个固定点展开想象，现在变成了一种不安的感觉，被拴在这一点上，动弹不得，无法进入其他空间的梦。日复一日，月复一月，我的想象力之针划出了一道更深的沟槽。我几乎无法向自己解释心事，更不用说向任何人解释了。慢慢地，这家酒店变得不真实了。我越是停留在它上面，费尽心机试图从它身上扯出什么东西，酒店就越不真实，越像一个我找不到钥匙的隐喻。也很像我的思维状态。我不顾一切地想要解脱，想象着洪水把希尔顿酒店冲散。

后来，三月初的一天早晨，父亲的堂兄埃菲从以色列打来了电话。从外交部门退休后，埃菲每天依然保持看三四份报纸的习惯。他偶尔遇到有人提起我，就给我打电话。这次我们聊了他的妻子娜玛的结肠炎、最近的选举结果，以及他会不会在膝盖上接受关节镜手术。当话题转到我身上，埃菲问我的工作进展如何时，我对他讲了我与希尔顿酒店在做斗争，以及我如何被它困住。工作时，我通常不谈自己的工作，但在过去的四十年里，自从酒店1965年开业祖父母就来度假，埃菲和我的家人坐在大堂里、坐在游泳池边或者坐在所罗门王餐厅的次数比任何人所记得的都多，我想所有人中他最能理解希尔顿酒店对我的奇异影响。但就在那时，他被孙女用手机打来的电话分散了注意力。他简短地回答了她，又转回来继续和我聊，话题便转向了她刚刚起步的卡巴莱歌手生涯。

我们的谈话快结束了。埃菲让我代他向我的父母亲问好。我们正要挂断电话，他却漫不经心地想起了一些忘了提及的新闻，他说："你听说上星期一个男人在那里摔死了吗？"

"在哪里？"

"就是你刚才说的希尔顿酒店，不是吗？"

我以为那是自杀，但在随后的日子里，在首先不知道死者甚至不知道死者名字的情况下，我开始怀疑这是不是一场意外。尽管长方形建筑的长边南北向，但窗户和阳台呈锯齿状对角线凸出，以便能更好地看到西面的地中海。这使我们有可能欣赏部分海域，但当你向外看时，无论是西北向特拉维夫港口看还是西南向雅法看，都有一种令人恼怒的感觉，那就是无法看到足够多的风景。不想诅咒酒店建筑师的客人一定寥寥无几。为了更好地欣赏风景，有多少次我沮丧地打开房间的滑动门走到阳台上？但即使在那里，这种不满也仍在持续，因为你仍不可能直面大海和地平线，就像你身体里的每个原子都在呼唤着去做的那样。剩下的只是从阳台的栏杆上探出头来。这样，如果你想更好地观赏那将香柏树从黎巴嫩运来、把约拿载到他施的海浪，就会容易走得太远——远得跌下阳台。

尽管埃菲答应设法去找剪报，但我怀疑能不能找到：娜玛总是星期天拎出垃圾，而且他至少早在一周前读过这个故事。我在《国土报》或《以色列新消息报》或任何其他英语来源的以色列在线新闻上都找不到类似的消息。那天下午，我写信给我的朋友马蒂·弗里德曼，问他愿不愿在以色列媒体上搜索希尔顿酒店的死亡报道，他是从耶路撒冷经多伦多来的记者。由于时差的关系，我直到第二天早上才收到他的回复。他写道，他什么也没有找到，你确定是希尔顿酒店吗？

如果说我怀疑过埃菲的可靠性的话，我有自己的理由。在我的整个童年，他都是以色列驻一系列国家的领事，每个国家都比上一个国家小——首先是哥斯达黎加，然后是斯威士兰，最后是列支敦士登，之后他别无选择，只能退休。他比我的父亲大十二岁，第二次世界大战期间的可怜配给阻碍了他的成长，他只有五英尺高。我还是小女孩时，形成了这样一种印象，那就是他的身高不仅与他的外交任命有关，而且这些小国的一切都像我父亲的堂兄一样缩小了尺寸：汽车、门和椅子、小水果，还有从较大国家的工厂订购的儿童尺码的家用拖鞋。换句话说，在我看来，埃菲似乎生活在一个有点儿梦幻的世界里，这种印象就像童年时期形成的许多印象一样，从来没有完全磨灭。如果说有什么不同的话，那也是几天后埃菲给我回电话时进一步证实的。他一辈子都是在黎明时起床——这个夜晚和其他一切东西一样,对他来说不堪忍受——他对在清晨打电话没有顾虑,但在那天早上,七点钟时,我碰巧已经在办公桌前了。

电话里传来了一阵轰鸣,我听不懂电话那头在说什么。

"你说什么?"我打断说,"我没有听到第一部分。"

"战斗机。稍等一下。"电话里传来了手捂住话筒的闷响。随后,埃菲又说道:"一定是在训练演习。你现在能听到我说话吗?"

埃菲说,这篇文章还没有发出来,但其他一些东西已经有了,他认为我肯定有兴趣。他告诉我说,前一天他接到了一个电话。"出其不意。"他补充道。他对英语习语特别感兴趣,但很少能说对。

"是埃利泽·弗里德曼。我们曾经一起为阿巴·埃班工作。尽管我离开了,但阿巴当上外交部长时,埃利泽留了下来。他开始从事情报工作,后来回到大学,成为特拉维夫大学的文学教授。不过,你知道这一切是怎么回事——他从来没有放弃与摩萨德的联系。"

埃菲说话时,我望着窗外。整个早晨都有暴风雨,此时雨势减弱,天空也已经放晴,柔和的光洒了下来。我在顶层工作,在一个可以俯瞰邻近屋顶的房间。埃菲继续交谈,告诉我说他的朋友想要如何联系,这时候对面屋顶上的窗口突然打开了,我的邻居爬上了湿漉漉、银光闪闪的屋顶。他穿着黑色西装,如同在华尔街工作的着装。没有任何预兆,这位来自荷兰北部平原的瘦高个男子穿着抛光的黑色礼服鞋站上屋顶的边缘。他以外科医生的细心戴上一副蓝色橡皮手套，然后背对着我，把手伸进了口袋，好像想接听一个电话，接着掏出了一个塑料袋。他站在光滑屋顶的边缘凝望着，一时间似乎想跳。如果不想跳的话，也恐怕会滑倒。但最后，他只是跪下来，开始从沟槽里捞湿树叶。这一意义暧昧的举动持续了三四分钟。做完后，他把袋子打了个结，步履轻快地退到敞开的窗口前，回到屋里，关上了窗户。

"那你怎么看？"埃菲说。

"看什么？"

"你会和他谈谈吗？"

"谁？你的摩萨德朋友？"

"我对你说过，他有件事想谈。"

"跟我？"我笑道，"你不是当真吧。"

"我再认真不过了。"他严肃地说。

"他想谈什么？"

"他不会告诉我。只是想对你谈。"

我突然想到埃菲可能糊涂了——他已经七十九岁了，头脑不会一直清醒。但是，不，也许他只是在用一贯的方式夸大事实。后来，我发现他的朋友并不是从前的摩萨德特工，而是他朋友的朋友。或者他的朋友只在摩萨德的办公室投递邮件，要么是在他们的假日聚会上表演过。

"好吧，那就把我的号码给他。"

"他想知道你有没有随时可以来以色列的计划。"

但是，我没有这样的计划，我告诉埃菲，我这样说时，意识到自己缺乏总体计划，而且已经有一段时间没有制定计划了。当我在电脑上点开日历时，发现只有孩子们的活动。为了谋事，一个人必须能够想象自己的未来是现在的延伸。在我看来，我已经停止了想象，无论是出于无能还是缺乏欲望。但是，埃菲知道的肯定也不多。他只知道我仍然经常去以色列——我的哥哥现在和他的家人住在特拉维夫；姐姐在那里也有一间公寓，一年中在那里住一段时间。因此，我在特拉维夫也有许多亲密的朋友，我的孩子们在那里度过了足够的时间，他们也把这个地方融入了他们童年的风景当中。

"我可能很快就来。"我说，埃菲说他会告诉弗里德曼，然后再反馈给我，我并没在意。

我们之间沉默了一会儿，外面突然亮了起来，仿佛光已被冲洗干净了。之后，埃菲提醒我让我的父亲给他打电话。

一个月后，我告别了丈夫和孩子们，从纽约飞往特拉维夫。我是在半夜里突然有了要去的念头，当时，尽管我越来越累，我却怎么也睡不着。或者更确切地说，我真想在凌晨三点钟时从楼下的壁橱里拖出一个手提箱，往里面装满各种衣服，没有对丈夫说过去那里的念头，也没有给航空公司打过问询航班的电话。后来，我终于倒头睡去，完全忘了手提箱的事。因此，当我醒来时，发现它就立在门口，不仅让我的丈夫感到惊讶，也让自己感到惊讶。本来是毫无可能的。事实上，我完全跳过了规划阶段，这需要一种信念和预测能力，而目前我还没有这种能力。

当儿子们问我旅行的原因时，我说我需要为自己的书进行研究。研究什么呢？小儿子问道。他在不停地写故事，一天写三篇之多，他自己的写作不会被这样的问题困扰。很长一段时间，他一直按照自己的想法来拼写单词，中间没有任何空格，就像《律法》中连绵不断的字母一样，为他的写作开启了无限的可能。他想使用作为生日礼物送他的电动打字机，才问我们单词要如何拼写，好像是机器要求他那样做一般——这台机器以其专业姿态和巨大的空格键责成人们理解它上面写的东西。但是，我的儿子本人对这件事仍持矛盾态度。手写时，他又恢复了老习惯。

我告诉他这本书和特拉维夫的希尔顿酒店有关，我问他还记不记得有时候和外公外婆度假的那家酒店。他摇了摇头。我的小儿子不像大儿子（记忆就像钢夹一样），似乎不大记得自己的经历。我不愿把这看成是一种天生的缺乏，他的注意力都在别处，没有把太多注意力放在他几乎没有发言权的世界发生的事上。大儿子想知道为什么我需要研究一个我去过许多次的酒店，小儿子想知道"研究"的意义。我的孩子——他们自然都是艺术家。毕竟，世界上已有太多艺术家，现在几乎没人不是艺术家；我们将注意力转向内心时，也将所有的希望转向了内心，相信在那里可以找到意义或创造意义。切断了我们与所有未知事物的联系，无法与可能让我们充满敬畏的事物产生联系，我们就只能在自己的创造力中发现奇迹。我的孩子就读的私立学校尤其关注创造力，希望让每个在那里上学的孩子都相信自己是也只能是一名艺术家。有一天，小儿子在上学路上谈到了外公，突然停了下来，惊奇地抬头看着我。"这难道不神奇吗？"他说，"请想一想。外公是医生。医生！"

他们入睡后，我给希尔顿酒店打了电话，看看有没有空房间。如果我打算写一本关于希尔顿酒店的小说，或者以希尔顿酒店为原型，甚或把希尔顿酒店夷为平地，那么，我认为最终开始写作的地方就应该在真正的希尔顿酒店。

埃尔·阿尔航班像往常一样超载，即使在起飞前气氛也紧张兮兮；正统派和世俗派在这样狭小的空间里相遇，互不相让。最近几周，以色列国防军射杀了一个巴勒斯坦年轻人，随后以色列和巴勒斯坦青年遭到残杀，野蛮报复不断升级。约旦河西岸的房屋被摧毁，加沙也发射了火箭弹，其中几枚飞到了遥远的特拉维夫上空，以色列的拦截导弹在那里引爆了火箭弹。我周围没有人说起这件事，大家习以为常。但是，飞机起飞不到一个小时，一位戴着灰褐色头巾的妇女和调低座位的大学生之间爆发了口角。"从我的腿上滚开！"那个正统派妇女尖叫着，双拳猛击前面的椅背。一个四十多岁的美国乘客将手放在她的胳膊上，试图让她平静下来，这又是个新侮辱——除了丈夫，任何其他男人都不能碰一个正统派女人——几乎让她陷入狂躁的状态。最后，只有那位受过训练、会处理社会摩擦的事务长，像他接受过处理机舱压力或劫机事件的训练一样，找到愿意与这位女士交换座位的人，才安抚了她。在此期间，坐在过道另一侧的一对老夫妇一直在斗嘴,就像他们过去五十年一直如此("我怎么会知道?别烦我。别跟我说话。"那个人啐道,但妻子对他的侮辱无动于衷,还是继续跟他说话)。我们中的一些人被感动得太多了,有些人则被感动得太少了:这种情况似乎不可能纠正,而缺乏这种平衡最终会破坏大多数关系。在这对夫妇前面,一位女士把假发戴在拳头上,梳理着古铜色的头发,盯着面前座椅靠背上的小屏幕。屏幕上,拉塞尔·克劳穿着金属角斗士裙走来走去。梳完头发后,那个女人从脚下取出一个泡沫塑料头模,把假发套在上面,那种漫不经心毁掉了之前精心的梳理动作,接着把头模塞进上方的行李架,紧挨着那个多话的妻子鼓鼓的随身包——靠三个身强力大的男孩才放上去的。

十二个小时后,三十年来一直在本·古里安机场接我家人的出租车司机梅尔在行李认领处外面接我。大学期间,我在巴塞罗那的一个家庭生活了一个夏天之后,梅尔养成了用西班牙语称呼我的习惯,因为他从小就和父母亲说拉迪诺语[①],而且他的西班牙语比他的英语和我的希伯来语都好。这些年来,我已经忘记了我学过的一点西班牙语,因此在我曾经多少了解他的地方,现在已变得陌生。我们一开上路,他就开始兴奋地谈论着导弹和铁穹[②]的成功,我假装明白他在

---

① 拉迪诺语,谢法迪犹太人(西班牙系犹太人)所说的罗曼语,通行于巴尔干、中东、北非、希腊和土耳其。
② 铁穹,铁穹防御系统是以色列国有军工企业拉斐尔国防系统公司研发的全天候、机动型火箭拦截系统,主要用于拦截"喀秋莎"和"卡桑火箭炮"等射程在5至70公里的火箭弹。

说什么，因为我已经来不及解释自己并不明白了。

那是特拉维夫的冬天，这座城市的冬天并不明显，围绕着太阳和大海，这座地中海城市的调门一直是高的，会变得更加疯狂。脏兮兮的树叶和旧报纸刮到了大街上，有时候人们会随手拾起，放在头上，以防偶尔下雨。因为是石地板，公寓里都很冷，而在炎热的夏天，又会很烫，几乎无法想象它的温度会降下去，所以没有人费心去安装中央供暖系统。我打开梅尔出租车的车窗，在夹杂着雨水的海风中几乎可以闻到电热器的金属气味。它们的鲜橙色线圈在人们的公寓里像人造心脏一样闪闪发光，永远有爆炸的可能，或者至少是要使这座城市发生短路。

当我们穿过一条条街道时，我又看到了熟悉的以色列的一切——下巴、姿势、建筑、树木——仿佛在黎凡特那个小角落里忍受的奇特环境造就了一个统一的形状：在对立中生活和成长。

我为什么真的来到特拉维夫？在一个故事里，一个人做事总是需要一个理由。即使在看似没有动机的地方，后来也总会通过情节和共鸣的微妙结构揭示出有一个动机。叙事不能维持无形，正如光不能维持黑暗一样——它是无形的对立面，因此它永远无法真正传达。混沌是叙事必须背离的一个真理，因为在创造揭示生命许多真相的微妙结构时，必须掩盖与不连贯和无序有关的那部分真相。我越来越觉得，在我写的东西中，技巧的比重大于真相，将无形之物赋予形式，犹如折损猛兽的精神。一个人可以近距离观察它，不用担心会有生命危险，但得到的是其精神内核已经改变了的真相。我写得越多，就越怀疑叙事机制能达到的见识和美感。我不想放弃它们——不想没有它们的安慰而生活。我想发掘一种可以包含无形的形式，这才是把握无形更有效的方法。我应该觉得毫无可能，但反而觉得那仅仅是难以捉摸，我依然抱着希望。希尔顿酒店似乎承诺自己就是这样一种形式——能召唤世界的心灵之家——但最终我没能赋予它任何意义。

我沉浸在这些想法中，梅尔说的西班牙语抑扬顿挫的音节从我的耳边掠过，我甚至没注意到酒店已近在眼前。车停在大堂入口处，我的目光落在那扇巨大的旋转门上。只见旋转门包裹在一个钢制圆筒里，上面写着"特拉维夫希尔顿酒店"，这时候我才突然意识到真正到达此地的陌生感。精神上，我已在旅馆里待了好几个月，它真的出现在我眼前反而显得古怪。然而，与此同时，这个地方——而且只能如此——令我觉得非常熟悉。弗洛伊德把这种矛盾的感觉称为"*Unheimliche*（德语：怪异的）"。这个词比英国人的"*uncanny*（离奇的）"要好得多，抓住了这种感觉的核心——令人毛骨悚然的恐怖。我在大学里读过他关于这一主题的论文，只有模糊印象。我进入酒店房间时已筋疲力尽，只想睡一会儿。最重要的是，我终于到达酒店，周围的一切让我震惊——铺着地毯的走廊、无菌家具和塑料卡片钥匙——所有这些都是如此平常，我忍不住觉得过去几个月痴迷希尔顿的念头真可笑。

尽管如此，第二天早上，我给家里打电话，和孩子们交谈后，还是找到了弗洛伊德的论文。细读这篇论文后我那关于希尔顿的小说才能开始。躺在床上，我开始阅读这个德语单词的词源。它源自 *Heim*——"家"，因此 *heimlich* 意为"熟悉的、土生土长的或属于家的"。弗洛伊德写这篇文章是为了回应恩斯特·金特希①的作品，恩斯特·金特希曾将 *Unheimliche* 描述为 *heimlich* 的反义词：遇到不熟悉的新事物，导致了一种不确定感，不知道自己身在何处。不过，除了指"熟悉"和"如家"，弗洛伊德指出，它的第二层意思既包括"藏"和"在视线之外，"也包括"发现或披露秘密"，甚至是"不曾意识到的"（格林字典），因此追溯 *heimlich* 不同层次的意思，最终与其反义词 *unheimlich* 吻合，德国作家谢林用这个词命名"本该保持……隐藏和秘密状态却变得可见"的事物。

如何能引起这种离奇的感觉，弗洛伊德首先提到的是双重概念。就像一巴掌打在我的额头上一样，我回想起早在半年前发生的事。当时，我回到家，却确信自己已在家里。正是那段经历引发了一连串的思考，并最终把我带到了希尔顿。弗洛伊德给出的其他例子是不由自主地回到同样的情境，以及重复一些随机事件，创造出一种宿命的或不可避免的感觉。无论哪种情况，反复出现是核心特征，而且，弗洛伊德最终提出 *unheimlich* 是一种特殊的焦虑类型，源于反复被压抑的事物。在词源上，*heimlich* 和 *unheimlich* 其实一致，

---

① 恩斯特·金特希（Ernst Jentsch，1867—1919），德国精神病学家。

弗洛伊德告诉我们，这种焦虑的产生不是因为遭遇陌生的新事物，而是因为遭遇了熟悉的过去。思绪被压抑的过程所疏远。有些事本该隐藏，却被暴露。

我合上笔记本电脑，走到阳台上。我低头瞥了一眼下面，突然感到一阵恶心，随后想起了那个人，他可能已经在那里折断了脊椎或摔碎了头骨。前一天晚上，在细雨中散步的路上，我在大堂里看到了酒店总经理，差点儿追上他，询问他这件事。但是，他停下来，跟一个客人握手。我感觉到他缓缓散发出一种自信的光芒。在我看来，他的自信来自他了解客人们的思想甚于他们了解自己，了解他们的欲望，甚至是弱点，同时又假装不知道，因为他工作的秘密在于让客人觉得是自己在掌握主动，是自己在请求和接受，是自己的命令让每个人都在奔忙。望着忙碌的总经理，隐藏的智慧光芒四射，灯光照亮了他翻领上的金徽章，默默彰显着他的级别，我失去了从他身上打听消息的希望。如果一位客人倒地身亡或跳楼自杀的话，为了不使其他客人不安，这位总经理会尽一切可能不让这个消息泄密，就像现在他已经尽一切可能让他们忽视这样一个事实——导弹可能偶尔从加沙上空发射过来；毕竟，几秒钟后，它就会从真实转换成虚幻，空留下音爆。

现在太阳又出来了，世界再次显得明亮。没有任何骚乱的迹象。蓝绿色的水面上波光粼粼。我看过多少次这种景色？比我记忆中的次数多许多，这是肯定的。如果弗洛伊德是对的——离奇源于被压抑的东西暴露了出来，还有什么能比回到一个你意识到自己可能永远不会离开的地方更怪异的呢？

Heim——家。是的，一个人一直待着的地方，无论在意识里隐藏得多深，都只能这样称呼，难道不是吗？而另一方面，难道不是一个人离开家，家才会成为家吗？因为只有距离，只有在回归中，我们才能认识到它是庇护我们真实自我的地方。

或许我用了错误的语言来寻找答案。在希伯来语中，世界就是 *olam*，现在我想起父亲曾经告诉过我这个词来自词根 *alam*，意为"隐藏"或"隐瞒"。弗洛伊德在研究 *heimlich* 和 *unheimlich* 在哪里相互融合，并揭示出一种焦虑（这种焦虑本该隐藏，最终却被暴露）时，几乎触及了他的犹太祖先的智慧。但最后，他被德国人和现代人的焦虑困扰，思考得并不像他们那样激进。对古代犹太人来说，世界就是既隐藏而又暴露的。

两天后，我终于见到埃利泽·弗里德曼时，迟到了半个多小时。我们计划在离希尔顿酒店步行几分钟路程的福尔图纳·德尔·梅尔酒店吃早饭。不过，在凌晨三点钟才睡着，睡过了设置的闹钟，直到弗里德曼打电话到房间里我才醒来。这是我们第一次说话——所有的安排都是通过埃菲完成的。他的以色列口音却带着儿时的德国口音，类似我的祖母和她的朋友们，是我小时候祖母带我去拜访的那些女人的口音，她们的公寓门在特拉维夫开着，但她们的走廊通向纽伦堡和柏林迷失的角落。

我语无伦次地道了一声歉，匆匆穿上衣服，从酒店的后门飞奔到海滩上。我以前去过那家餐馆。那是一家意大利小餐馆，里面有几张桌子，可以看到码头帆船的桅杆。角落里最远的桌子旁边坐着一个小个子男人，他的头发雪白，所有的颜色都被吸进了他浓黑的眉毛。两条深深的皱纹从他的鼻孔上方一直延伸到嘴唇的两边，在嘴角处急剧向下。总之，像无法逆转的重力，没想到遇到阻碍——下巴傲慢得向上翘起。他身穿口袋鼓鼓的旧卡其布背心，不过从他右腿一侧桌子边挂着的手杖来看，想做任何野外工作都已不可能了。我急忙走到桌边，又连声抱歉。

"坐，"弗里德曼说，"如果你不介意的话，我就不站起来了。"他补充说。我握了握他伸出的粗手指，在他对面坐下来，还喘着粗气。我摸着牛仔夹克的纽扣，感觉他在目不转睛地打量着我。

"你比我原来想的年轻。"

我想说他看上去和我想象的差不多，我自己的真实年龄也更大，但我没说出来。

弗里德曼把女侍者叫过来，哪怕我不饿，他也坚持要我点早餐。我以为他已经为自己点过了，就选了一些东西，这样他就不用一个人吃饭了。而当女侍者回来时，给我的是一盘食物，给他的仅仅是一杯茶。尽管他很矮，但他身上有一种居高临下的气质。然而，当他举起勺子拽出茶袋时，我想我看到他的手在颤抖。不过，他那双灰色的眼睛却显得依然锐利。

他没有浪费时间闲聊，立即开始提问题。我没料到会被采访。但是，不仅是因为他威严的气质，也与他倾听我回答时的专注有关，我回答问题并没有压力。那是一个起风的日子，白浪冲击防波堤时，帆船也轻轻摇晃、叮当作响。

我发现自己可以畅所欲言地讲述我对以色列的种种回忆，讲述父亲给我讲他在特拉维夫度过的童年故事，讲述我自己与这座城市的关系。在我看来，这座城市比任何地方都更像是我真正的家。当他问我是什么意思时，我试图用一种在美国从来没有做过的方式来解释我和这里的人在一起是多么自在，一切都切实可感，几乎没有什么东西被藏起来或被挡住，人们渴望去接触别人能提供的任何东西，不管它是多么混乱和激烈，这种开放、直接的态度使我感到更有活力、不那么孤独。我觉得充实的生活更有可能在这里实现。许多在美国可能发生的事在以色列不可能发生，但在以色列，光是走在大街上就让人思绪万千。但是，我告诉他我对特拉维夫的爱远不止于此。极其破败的建筑，在锈迹和裂缝上长出的紫红色九重葛的点缀下变得更美，偶然创造的美胜过刻意保持的美。城市似乎拒绝保持板正；你会突然撞上超现实的景象，显得理性就像本·古里安机场一个无人认领的手提箱一样爆炸了。

对于这一切，弗里德曼点了点头，说他并不惊讶，他一直觉得我的作品中描述的特拉维夫惹人喜爱。直到此时，他才开始把谈话引向我的写作，引向他要求见面的原因。

"我读过你的小说。我们都读过,"他指着餐厅里的其他桌子说,"你在为犹太人的故事添砖加瓦。我们为你感到自豪。"

我不清楚谁才是"我们",因为餐厅里空空荡荡,只有一条外表脏兮兮的老狗躺在阳光下。无论如何,这句赞美触动了我的神经,就像它几千年来触动了犹太后代的神经一样。一方面,我受宠若惊。我想讨好。从小时候起,我就明白要把一切做好,尽可能让父母为我骄傲。我不知道我是不是充分探究过这种必要性背后的原因。除此之外,它还堵住了一个洞,否则黑暗就会从这个洞里溢出来。这个洞总是威胁着要把我的父母亲拉下去。但是,即使我抱着一摞嘉奖回家让父母亲高兴,我也讨厌这种负担和必然带来的扭曲,非常清楚我如何被困在其中。第一个犹太孩子被绑起来,几乎要为比他更重要的东西牺牲。自从亚伯拉罕——他是一位可怕的父亲,但却是一个出色的犹太人——从摩利亚山上下来以后,关于如何继续捆绑的问题就一直悬而未决。如果说亚伯拉罕的暴力中有漏洞,那就是:让绳子隐形,看不出它们的存在,而孩子们越长大越觉得痛苦,直到有一天他低头才看到是自己的手在收紧绳子。换句话说,就是教犹太孩子把自己捆绑起来。是为了什么?不是为了美丽,甚至不是为了上帝,也不是为了一个奇迹的梦想。我们之所以捆绑和被捆绑,是因为这会把我们和在我们之前被捆绑的人联系在一起,一连串的绳结可以追溯到三千年前。我们多么想挣脱束缚,进入一个新世界,在那里,我们不是为了适应过去而发育不良，而是为了未来而变得野性。

  而现在要考虑得更多。让一个人的父母亲感到自豪已经够扭曲，让整个民族扬眉吐气的压力又是另一回事。对我来说，写作不是为了上述理由。十四五岁时，我已经把它当成一种组织自我的方式——不仅仅是去探索和发现，而且是有意识地去让自己成长。如果这是一种严肃的职业，那也是一种妙趣横生的职业。随着时间的流逝，一个原本默默进行、独特的过程一点一点地变成了一种职业，我与它的关系发生了变化。它不再仅仅满足内心的需要，还必须有许多其他东西，去面对其他情况。这样一来，原本自由的行为变成了另一种约束。

  我想写自己想写的东西，不管它多么冒犯、多么无聊、多么失望、多么具有挑战性；我不喜欢自己想要讨好的那部分。我自己曾经尽力摆脱它，在某种程度上取得了成功：我的前一部小说让许多读者感到厌倦和失望。但是，因为这本书像以前的那些书一样，体现着犹太人的性格和两千年犹太历史的回声，不算彻底的成功。如果说有什么不同的话，那就是我设法增加小说的挑衅性，我内心深处一定也希望这样做。在瑞典或日本，他们不太关心我写的东西，但在以色列，我在街上会被拦住。我上次去超市时，一位戴着太阳帽、帽绳系在下巴上的老太太把我逼到了墙角。她肉乎乎的手指抓住我的手腕，一路把我推到奶制品区，告诉我说，她觉得读我的书就像朝希特勒的坟墓吐口水一样（放心他没有坟墓），她会把我写的每一页都读一遍，直到她自己入土为止。我靠在洁食酸奶陈列架上，礼貌地微微一笑，感谢她，直到她像重量级冠军一样举起我的手腕，向那个不感兴趣的结账女孩大声喊我的名字，才罢休。我看到她的前臂上还文着褪色的绿色数字，就像便衣警察的徽章。

此前几个月，我的哥哥在耶路撒冷的大卫王酒店举行婚礼。祝酒进行了很长时间，最后结束时，我直奔女洗手间。我穿过大堂走到一半时，一个戴着头巾的女人推着一辆婴儿车来到我面前。我试图绕过她，但她不让我通过，而且盯着我的眼睛，说出了我的名字。我既疲惫又困惑，也快憋不住了。我却无法轻易逃脱。她轻轻一挥手腕，拉开婴儿车罩，露出了一个小小的红脸婴儿。她用嘶哑的声音低声说出了我的一本书里一个女孩的名字。婴儿转动着小小的脑袋，当她那双灰色眼睛从我身上掠过时，双手突然张开，像猴爪一样，像试图抓住树枝却没有抓住，她发出了一声震耳欲聋的尖叫。我抬头看了看那位母亲浮肿的脸，看到她的眼里涌出了泪水。"因为你。"她低声说道。

不过，最糟糕的是前一年，我去耶路撒冷参加国际作家节，被带到亚德瓦谢姆大屠杀纪念馆①进行了一次特别之旅。我与其他（非犹太人）作家分开，被领进纪念馆的办公室。在那里，在看上去黑得活像从着火的房子里救出的一幅瓦伦堡油画下面，我收到了关于我被谋杀的曾祖父母的复印文件，还有纪念馆礼品店的袋子。"把它打开。"主管鼓励道。

---

① 亚德瓦谢姆大屠杀纪念馆位于以色列，是世界上关于纳粹大屠杀最主要的教育和研究中心之一。

"噢，我待会儿再打开。"我说。"现在就打开它。"她微笑着命令道。三四个工作人员在我周围，热切地注视着。我打开袋子，往里看了看，然后又合上，主管却一把将袋子夺走，伸手拿出一本纪念奥斯威辛集中营解放六十五周年的空白笔记本。如果扉页上印了一堆死孩子的鞋子，悲惨意味还能更浓些吗？回到纽约的家里，我把那本笔记本扔进了垃圾桶，但一个小时后，我感到内疚，又把它捡了出来。我在书桌边坐下来，拼命想在第一页写点什么来剥夺本子的气场。一刻钟后，我只能草草写下备忘录——（1）给水管工打电话，（2）妇科预约，（3）无氟牙膏。随后，我关上本子，把它扔进抽屉最里面。

"这么说？你在写一部新小说？"弗里德曼此刻问我。

尽管空气凉爽，但我还是感到汗珠从胸口滚落。

"是在尝试。"我说。虽然我没有在尝试，这三天里我都没想动笔，因为刚入住不久，我就明白，在希尔顿酒店着手写一本希尔顿酒店的小说，与在布鲁克林的家里开始写一本希尔顿酒店的小说相比，更不可能。

"主题是什么？"

"我还没走到那一步。"说着，我把目光转向悬崖上隐约可见的那家酒店。

"为什么？怎么了？"

我没有回答，弗里德曼轻轻地把餐巾在膝盖上叠了叠，整齐地放在桌子上。"你一定想知道我为什么要来见你。"

"一开始时是想知道。"

"我们走吧。"

我瞥了一眼他拄着的手杖。

"别让它骗了你。"弗里德曼松开了手杖,灵巧地站了起来。那条趴在地上的老狗猛地抬起了头,意识到弗里德曼真的要走了,它向后推起身体,前爪张开,身体重量靠在地板上,慢慢地站起,一阵抖动,把成千上万的尘埃抖进了阳光里。

我们路过一家橱窗里有被晒褪色的冲浪板的小店,一直走到海边的那条长廊。狗小心翼翼地跟在我们后面,偶尔嗅嗅一块大石头或一根杆子。

"它是什么狗?"

"牧羊犬。"弗里德曼答道。

但是,它一点也不像牧羊犬,不管是德国牧羊犬还是其他牧羊犬,都不像。如果说有什么区别的话,那就是它更像一只羊,只有一只羊从牧场上被放养了很长一段时间,毛茸茸的无色皮毛才开始脱落。

一辆摩托车擦身而过,司机向弗里德曼喊了句什么,弗里德曼也喊回去。我不知道是目睹了一场短暂的冲突,还是熟人的问候。

"我不必告诉你这是一个处境困难的国家,"他走向哈亚尔康街时说,"我们的问题层出不穷,我们每天都有新的问题。它们成倍增加。我们处理不好它们,或者根本没有处理。它们正在慢慢地埋葬我们。"

弗里德曼停了下来,回头瞧了瞧大海,也许能找到那些导弹的踪迹。昨天又有更多的爆炸,此前是震耳欲聋的警报声。第一次发生时,我已经离开了咖啡桌,去地下室避难。七八个人聚集在混凝土掩体里,周围的气氛仿佛在杂货店排队一样,只有当轰鸣声响起时,才传来一阵低低的"哇"声,就像排队的人想买什么不寻常的东西一般。第二次警报响起时,我和我的朋友哈娜在一起,她只是停止了说话,望向天空。我们周围的人几乎都还在原地不动,要么是因为他们相信上面那个难以穿透的圆顶,要么是因为承认这个危险,还需要承认许多其他事,那会让他们的生活变得无法继续。

我也扫视了天空,寻找着一个征兆,但一个也找不到,只有随风涌动的白色海浪。当弗里德曼回头时,眼镜的镜片在阳光下已经变暗了,我再也看不见他的眼睛了。

"二十五年来,我在大学教文学。可现在没人再有时间看文学了,"他说,"不管怎样,在以色列,作家永远都是 *luftmenschen*(空想家)——不切实际,毫无用处,无论我们偏离了多远,建国理想仍在回响。在犹太小村里,他们知道巴什维斯·辛格[①]的价值。不管日子多么艰难,他们都确保他有纸和墨水。但是,在这里,他被诊断为疾病的一部分。他们没收了他的笔,派他去地里拔萝卜。如果他设法在业余时间写几页并发表,他们就会惩罚他,向他征最高的税,这种做法一直持续到今天。像在欧洲和美国那样,通过项目和

[①] 巴什维斯·辛格,全名艾萨克·巴什维斯·辛格(Isaac Bashevis Singer,1904—1991),波兰裔美国犹太作家。代表作有《傻瓜吉姆佩尔》《卢布林的魔术师》《撒旦在戈雷》等。1978年获诺贝尔文学奖。

资助来支持文学作品生产的想法,在这里是不可想象的。"

"几乎所有我认识的年轻以色列艺术家都在寻找离开的途径,"我说,"但对作家来说,你不可能脱离自己的母语。这是一种行不通的做法。不过,以色列似乎擅长那样。"

"幸运的是,我们没有垄断,"说着,弗里德曼引我走上希尔顿旁边的小公园的台阶,"不管怎样,并不是我们所有人都同意。"他说。

"你们都不同意。可我不知道你现在指的是哪个分歧。"

弗里德曼目光犀利地看着我,我想我看到他的脸上闪过了一丝怀疑的神色,虽然这很难说,因为我看不见他的眼睛。我本想开个玩笑,但相反我一定给他留下了业余者的印象。还没来得及武装起来反抗,我就迫不及待地想讨好他,也许只是不想让他失望。于是,我转过身,想找些话说,让他相信他对我的直觉是对的。他有充分理由把我单独挑出来,对我寄予希望。

"我们刚才在谈论写作,"还没等我有机会自我补救,弗里德曼就说道,"我们这里的一些人从来没有忘记它的价值。我们今天之所以继续生活在这片有争议的土地上,是因为将近三千年前我们就开始在这个地方写关于我们自己的故事。公元前九世纪,以色列还什么都不是——与邻近的埃及或美索不达米亚帝国相比,是落后的。我们开始书写,否则本会与非利士人和海上民族一起被遗忘。我们发现的最早的希伯来语文字可以追溯到公元前十世纪,即大卫王时代。大部分只是建筑上的简单铭文。仅仅是记录而已。而在接下来的几百年内发生了不同寻常的事。从八世纪开始，突然有证据表明，以色列王国北部到处都在书写先进而又复杂的文字。犹太人开始创作故事，这些故事将被收集在《摩西五经》里。我们喜欢把自己看成是一神论的发明者，一神论像野火一样传播，影响了数千年的历史。但是，我们并没有发明单一神的概念；我们只是写了一个故事，讲述了我们为忠于上帝而奋斗的故事。通过这样做，我们创造了自己。我们给了自己一个过去，并把自己铭刻进未来。"

我们穿过一座人行天桥时，风越来越大，刮得沙子在空中飞舞。我想称赞他的演讲，但我还是忍不住觉得这是他在大学课堂里讲了一百遍的东西。我渐渐厌倦了拐弯抹角。我仍然不知道弗里德曼到底是谁，也不知道他想从我这里得到什么，如果他想要什么的话。

我们顺着这座桥来到了混凝土悬臂下面一个阴冷潮湿的地方。这是阿塔里姆广场周围建筑群的一部分，它令人生畏的野兽派风格甚至使希尔顿酒店看起来也算美观了。半遮蔽的拱廊式商店早已被废弃，那种颓败显得设计师设计的建筑风格像过家家版的野兽派。整个地方都笼罩着一种后世界末日的感觉。尿骚味扑鼻而来，污迹斑斑的混凝土砖在我们周围堆积起来，就像一座比皮拉内西[1]想象的还要糟糕的监狱。

---

[1] 皮拉内西，全名乔瓦尼·巴蒂斯塔·皮拉内西（Giovanni Battista Piranesi, 1720—1778），意大利雕刻家和建筑师。他以蚀刻和雕刻现代罗马以及古代遗迹而成名。他的作品于1745年首次出版，并在他去世后反复印刷。强烈的光、影和空间对比，以及对细节的准确描绘是他作品的特点。在《卡西里·德·英芬辛内》中有许多极富想象力的监狱场景，是他最具创造性的作品。

自从在餐厅坐下来,我一直没能问的问题又出现了,而且我知道,如果现在不说出来,还没等我们走进阳光,我就会失去询问的勇气。

"埃菲告诉我说你为摩萨德工作过。"

"他是这样说的吗?"弗里德曼反问道。他的手杖的敲击声和我们身后狗爪挠地的声音回荡在洞穴般的空间。但是,弗里德曼平静的声音没有透露任何信息,我感到一阵热浪涌上了脖子,一半是尴尬,一半是烦恼。

"我给人印象是——"

可是,我能说什么呢?引导我去相信,让我自己相信,我被他——埃利泽·弗里德曼,一位退休赋闲的文学教授——选中了?估计他会问我是否同意去他妻子的读书俱乐部做演讲了。

"希尔顿在另一个方向。我应该回去了。"

"我带你去一个你会感兴趣的地方。"

"哪里?"

"你会看到的。"

我们沿着绿树成荫的人行道散步。这条路一直延伸到本·古里安大街的中段。在路人看来,我们一定像是爷爷和孙女一起散步。弗里德曼似乎想扮演好他的角色,主动提出给我买一杯鲜果汁。

"他们什么都有,"说着,他向挂着沉甸甸熟透水果的网袋的架子挥了挥手,"番石榴、芒果、西番莲。不过,我还是推荐菠萝、甜瓜和薄荷组合。"

"真的谢谢你，但我不渴。"

弗里德曼耸了耸肩："你自便。"

他问我，除了特拉维夫和耶路撒冷，我是否对这个国家了解很多。我有没有往北去过加利利海，或是在沙漠里度过一些时光？他小时候刚到这里时，这景色使他大吃一惊。他把手伸进口袋，掏出一块陶瓷碎片，递给我。走进《圣经》故事的背景，去寻找他想象中被石头、橄榄树、天空确证的东西。他说，我手里的赤土陶器碎片已经有三千年历史了。不久以前，他在以拉谷的海贝凯雅法①发现了它，大卫就是在那里杀死了歌利亚；那里的地面上到处都是赤土陶器碎片。一些考古学家认为，这是《圣经》城市沙拉伊姆，大卫王宫殿的遗址可以在那里找到。一个安静的地方，野花在石头缝里生长，雨水积在古老浴缸里，倒映着从上面掠过的云彩。弗里德曼说，他们还没有得出结论。但是，倒塌的墙壁、破碎的罐子、树叶里的光和风——这就够了。其余的永远不会超过技术层面。考古学家们从来没有发现过王国的实物证据。然而，如果大卫王宫是撒母耳作家的梦想，就像他对政治权力的真知灼见一样，那么，从全局来看，这又有什么关系呢？大卫可能只是一个山地氏族的部落首领，带领自己的族人发展出高度文明，从而形成了将近三千年的历史。在他之前，希伯来语文学并不存在。但是，因为大卫王，在

---

① 海贝凯雅法，由以色列古物局与希伯来大学组成的考古队，历经七年时间，在耶路撒冷以西的海贝凯雅法进行挖掘，发现了疑似大卫王第一座宫殿的遗址，那里有可能属于大卫与犹太祭司所的物品。

他死后两百年,弗里德曼说,《创世记》和《撒母耳记》的作者们几乎从一开始就确立了文学的崇高境界。那就在他们写的关于他的故事里:他开始是一个牧羊人,后来变成了一名战士,再后来成了一个残忍的军阀,去世时却是一位诗人。

"作家独自工作,"弗里德曼说,"他们遵从自己的本能,任何人都不能干涉这一点。而当他们自然而然地趋向某些主题时——当他们内心的召唤和我们的目标趋同时——就可以给他们机会。"

"你说的到底是什么目标?分析犹太人的经历吗?影响人们对我们的看法吗?在我听来,这更像是公关,而不是文学。"

"你看得太狭隘了。我们正在谈论的比感知的要大得多。这是关于自我创造的理念。事件、时间、经历:这就是发生在我们身上的事。我们可以把人类历史看成是从极端被动状态——日常生活是对干旱、寒冷、饥饿、身体欲望的直接反应,而不是感知过去或未来——发展到对我们的生活和命运行使越来越大的意志和控制力。在那种范式下,书写的发展代表了一次巨大的飞跃。当犹太人开始撰写建立他们身份的核心文本时,他们就在形成那种意志,有意识地定义自己——创造自己——这是前所未有的。"

"当然,这么说,它似乎非常激进。不过,你也可以说最早的犹太作家处于自然进化的前沿。人类开始在一个更高层面上思考和写作,让人们在如何定义自己的问题上变得更加复杂微妙。正如你所说,能书写意味着拥有一定水平的自我意识,这也等于是在猜测远古作者的意图。"

"毋庸置疑。证据在文本中随处可见,那不是一两个人的作品,而是一系列的编纂者,对自己所做的每个选择都心知肚明。比如《创世记》的前两章合在一起看——便能看出是对创造的思考,以及对后果的反思。一打开《圣经》,我们就看到关于上帝创造世界的两个矛盾的叙述。为什么呢?也许是因为,在呼应上帝的作为时,编纂者最终明白了关于创造的代价——他们想告诉我们的道理,如果我们领悟了,就会接近亵渎神明,因此只能间接暗示:在选择创造这个世界之前,上帝考虑了多少世界?有多少世界既不亮也不暗,完全是别的东西?上帝创造光时,也创造了光的缺失。我们已经详细说明了这一点。但是,只有在这两个不相容的开端之间令人不安的沉默中,我们才有可能明白,他在那一刻也创造了第三样东西。没有比这更好的词了——我们就称之为遗憾吧。"

"或者是多元宇宙的早期理论。"

弗里德曼好像没有听见我说的话。我们站在街角,等着变灯。头顶上,地中海的天空蓝得惊人,没有一丝云彩。弗里德曼经过一辆待运的出租车,大步穿过街道。

"如果足够仔细阅读的话,无论是谁纂写和编辑了那些最初的文本,都不可否认他们明白其中的休戚关系,"他说,"要知道,开始是从永恒的浑沌到一个有墙壁的房间。要选择一个亚伯拉罕、一个摩西、一个大卫王,也就是要舍弃所有其他可能的人。"

我们转向一条安静的住宅街。街道两边都是特拉维夫随处可见的低矮混凝土公寓楼，周围郁郁葱葱的树木遮掩了它们的丑陋，鲜艳的紫红色长尾花爬上了墙壁。走到半路，弗里德曼停了下来。

根据指示牌，我们来到了斯宾诺莎大街。我想这就是弗里德曼把我带到这里的原因，因为正是这个犹太哲学家首先声称《摩西五经》不是上帝赐给摩西的，也不是摩西抄写的，而是人类创作的产物。但是，弗里德曼的观点会是什么呢？至少就犹太教而言，斯宾诺莎这个荷兰镜头磨制者主张的核心是，以色列的上帝本身就是人类的发明，因此犹太人不应再受他赋予的律法的约束。如果说有一个人反对犹太人的约束观念的话，那就是巴鲁赫·斯宾诺莎。

不过，弗里德曼只字未提这条街的名字。相反，他指着一座灰色的四层公寓楼。大楼正面镶嵌着一排排沙漏形空心混凝土砌块，这是唯一能让它从该街区其他建筑中脱颖而出的地方。

"从你的书中，我知道你对卡夫卡感兴趣。"

我不得不忍住笑。要跟上弗里德曼的思路越来越困难。整个上午，我都落后他几步，但现在我完全无法理解他。

"他似乎出现在你所有的书里。我记得有一次你甚至为他写了讣告。那么，他留下的那些手稿的故事，你一定很熟悉吧？"

"你指的是他留给马克斯·布罗德的那张便条？要求他

烧掉卡夫卡留下的所有手稿，布罗德——"

"1939年，"弗里德曼不耐烦地打断我，"就在纳粹军队跨过捷克边境的五分钟前，布罗德拎着一个装满卡夫卡手稿的手提箱，搭上了离开布拉格的最后一班火车，拯救了自己的生命，并把这位二十世纪最伟大的作家几乎所有尚未发表的作品从近乎毁灭中抢救了出来。布罗德来到特拉维夫，在这里度过了余生，出版了卡夫卡更多的作品。而当他1968年去世时，手提箱里的一部分材料尚未出版。"

我想知道弗里德曼也把这个故事讲了多少遍。那条狗似乎以前听到过这个故事，它本来停在远处，看看到底发生了什么；它在草地上转了几圈，呻吟着低下头，这样它就可以懒洋洋地倒着看弗里德曼了。

"我知道这一切，的确知道。我已经看够了卡夫卡的作品。"

"那你也知道，在离你现在站的不到三米远的地方，那只手提箱里的所有东西都在腐烂吗？"

"你这话什么意思？"

弗里德曼用手杖尖指着底层公寓的窗户。窗户由一个用弯曲铁条做成的笼子保护着，三四只脏兮兮的猫依偎在那里。又有两只猫躺在楼前的台阶上，猫的尿骚味弥漫在空气当中。

"没有完成的小说、故事、信件、图画、笔记——天知道还有什么，都在布罗德的情人埃丝特·霍夫如今年迈女儿的疏忽而又病态痴迷的照管下，它们通过各种可疑的继承渠道落入了她的手中。她的女儿伊娃·霍夫声称,她把其中一些文件存放在特拉维夫和苏黎世的保险箱里,以防可能被盗。但事实上,她占有欲太强,疑神疑鬼,不愿让任何东西离开她的视线。在伊娃公寓的那些铁栅栏后面,跟二三十只猫待在一起的是弗朗茨·卡夫卡写的数百页手稿,几乎没人见过。"

"可是,卡夫卡的手稿肯定不能仅仅凭声称是私有财产就被隐藏吧?"

"以色列国家图书馆对埃丝特·霍夫的遗嘱提起诉讼,声称布罗德打算将这些书稿捐赠给他们,而且应该属于国家。官司已经进行了多年。每次判决下来,伊娃都会上诉。"

"你怎么知道其中大部分都在这里,而不是像伊娃说的那样被锁在银行里?"

"我曾经看过那些书稿。"

"我还以为你说——"

"我只是把开始部分告诉了你。"

弗里德曼的手机响了,他第一次显得措手不及。他摸了摸自己的口袋,拍了拍背心。电话却一直响个不停。那是老式电话铃发出的刺耳的声响。他找不到它,就把手杖递给我,开始一个口袋一个口袋地找,直到最后,他才在内口袋里找到。他瞥了一眼屏幕。

"我没有意识到都这么晚了。"他又转向我说。在随后的沉默中,他似乎在端详着我,我怀疑他是不是想在我的脸上发现值得信任的东西。他叫了狗一声。狗醒了,站起来的过程非常漫长。

"在那些书稿里，有卡夫卡快去世前写的一个剧本。他差不多完成了，但就在快结束时，他放弃了。我一读它，就明白它必须问世。尽管这花了很长时间，但还是实现了。拍摄计划在六个月后开始。"

"你要把它拍成电影？"

"卡夫卡喜欢看电影。你知道吗？"

"这并不意味着他会赞成！"

"卡夫卡什么都不赞成。对卡夫卡来说，没有什么比赞成更陌生的了。作品的命运会使他厌恶。然而，但凡看过他的作品的人都会反对他的想法。"

"为什么卡夫卡的意图无关紧要，"我问道，"你却在赞美《圣经》的作者和编者的意图，他们——你之前说过什么——对他们正在做出的选择'心知肚明'？"

"哪里是赞美，我们甚至不知道他们是谁，而且他们的大多数意图都依据后来人的需要而被舍弃或被推翻了。先且不说后面的修订，《创世记》最初的作者极有天赋，却并无道德意图。作者最伟大的发明就是创造了一个名叫 *Yud-Hay-Vav-Hay* 的角色，要不是被另一种命运利用，他的书可能会被称为《上帝的教育》。而最终如何使用他或她的作品，并不是由作者决定的。"

"过于痴迷、偏执的霍夫的女儿已经同意了吗？以色列国家图书馆呢？官司没结束，你有权获得一件极具争议的手稿吗？还要拍成电影？"

弗里德曼的目光越过我，看着房子。显然，那天下午，他不会解开任何谜团；他正忙着播种谜团。

"当然，需要对剧本进行修改，而且还有结局的问题。"

现在我真的笑出了声。"对不起，"我说，"信息有点儿太多了。"

"别急。"弗里德曼说。

"急什么？"

"急着决定。"

"我要决定什么？"

"你对我的建议是不是感兴趣。"

"我都不知道你在建议什么！"

但是，我还没来得及再问，他就像祖父一样在我的背上拍了一下。

"我很快就会联系你的。如果想联系我，不要犹豫。"

他拉开背心上鼓鼓囊囊的口袋，掏出钱包，取出一张名片。名片上写着：埃利泽·弗里德曼，特拉维夫大学文学系荣誉教授。

我从眼角的余光看到一层公寓的窗帘在轻微晃着，仿佛随风飘动。窗户关上了。要不是那些躺在栅栏上的猫突然警觉起来，感觉到里面有人在动，我就可能会错过。是它们的主人。

我慢慢地走回希尔顿酒店，试图理清弗里德曼所说的一切。太阳又把所有人都吸引到户外去了，尽管天气太冷，不能游泳，但海滩上现在挤满了穿着泳衣的人。我一边望着他们，一边想起了卡夫卡的一封信。那是他生命的最后一年在波罗的海度假营地写的。隔壁住着来参加夏令营的德国犹太儿童。无论白天还是晚上，卡夫卡都能从窗户看到他们在树下或海滩上玩耍。空气中传来他们的歌声。他写道，我在他们中间时并不快乐，而是在快乐的门槛上。

他们全都出来了：疯狂的沙滩板球手，犹太血统稀薄的俄罗斯人，带着年幼宝宝的懒夫妻，被太阳晒得措手不及的女孩，觉得胸罩可以充当比基尼。正如特拉维夫居民拒绝相信中央供暖系统的必要性一样，她们似乎也坚持穿着紧身衣、T恤和人字拖鞋，总是没有准备好迎接下雨，也没有为寒冷感到惊讶，而且太阳一出来，她们就赶紧跑到外面去享受阳光。这样，整个城市似乎都一致否定冬天的存在。换句话说，就是否定现实的一面，因为这与他们相信自己是谁有矛盾——他们相信自己是一个阳光、海风与闷热天气的民族。沐浴阳光、在海边的那一刻，遗忘了本如影随形的导弹。然而，这不是对我们所有人都适用的吗？那些我们觉得是我们本性的东西，却与现实相左，因此，为了保护我们微妙的连贯感，我们有倾向性地看待这个世界，而不是完全接受世界的本来面目，有时候超越了现实，有时候则不合理。

那么，我又怎么解释我自己呢？我为什么和弗里德曼交谈，拒绝理会所有明显的警告？人与人之间容易产生误解，但是，我不同意。人们不愿承认这一点，而对我们这类人来说，却容易领会。人们整天忙着理解太阳下的各种事情——他们自己、其他人、癌症的起因、马勒的交响乐、古老的灾难。然而，我目前正朝另一个方向走。逆着理解的大潮而行。那些无法达成的理解终将出现——多得很，称得上固执，这种固执就像湖底的花岗岩，因此事情变得越清晰透明，我的拒绝就越显露出来。我不想看到事情的本来面目。我已经厌倦了这一点。

众生奇异

在母亲去世几个月后的一天下午,爱泼斯坦站起来,要去厨房端一杯饮料,他站起来时,脑海里突然充满了光。好像玻璃杯似的,从底部到杯口都充满了。他后来想到那是一道古老的光,当时他正努力回忆它是怎么回事——努力记住在他的脑海里升起的那种感觉,以及光芒量,来自遥远的古老地方。其中似乎承载着一种耐心。无穷无尽的耐心。它只持续了几秒钟,然后渐渐散去了。如果换成是别的时候,他就会把它看作反常的感觉,而且不会给他留下太多的印象,就像周围没有人,却听到有人不时地呼唤自己的名字一样。但是,现在他一个人住,他的父母亲都去世了,日复一日,越来越注意到自己对原本着迷的事物愈发丧失兴趣,他觉得自己在等待。等待某事发生的感觉,越来越强烈。

在希尔顿酒店最初的那些早晨,爱泼斯坦醒来后就会站在阳台上眺望海浪。长条羽毛状的水汽尾迹在空中渐渐消散,他犹如看到自己生命的轨迹。很久以前,在玛雅的成人礼派对上,遇到一个看手相的人。别去理论真假,那是她感兴趣的东西。("你最爱什么,马耶什卡?"她小时候,他曾经问她。"魔法和神秘。"她立刻回答。)为了让她高兴,爱泼斯坦把自己的手伸给了那个身体虚弱、戴着头巾的算命人。算命人看起来好像已经好几个星期没吃东西了。"给这个女人拿一些蛋糕!"他大声叫道,三个急着要小费的侍者立马行动,拿来了三块带有厚厚糖霜的白色蛋糕,像婚礼蛋糕。然而,那三块蛋糕只是放在算命人的手肘边,因为她很聪明,知道吃东西会减弱她的气场,并会破坏她的透视力。她用自己干爽的手掌抚摸着爱泼斯坦的手掌,仿佛在拂去灰尘,又用猩红的指甲描画线条。爱泼斯坦感觉越来越无聊,扫视着舞池,只见那里跳林波舞的横杆已经降到极低,只有一个骨瘦如柴的七年级学生——一个儿童杂技演员——还能向后弯腰,在下面钻过去。随后,他感到算命人的手紧紧地握着他的手。他转过身时,看到了她脸上惊恐的表情。爱泼斯坦知道那纯粹是逢场作戏。但是,他喜欢逢场作戏,很想看看她的演技。"你发现了什么?"他大胆地问道。算命人那画着眼影粉的黑色眼睛凝视着他。接着,她迅速地把他的手掌折起来,推开。"下次再来见我吧。"她一边用嘶哑的低声恳求,一边把写有海滨地址的名片塞到他的另一只手里,但爱泼斯坦只是笑出了声。他急着找到宴会承办人,因为越南鸡肉串不多了。几天后,他摸到口袋里的名片,把它扔进了垃圾桶。六个月后,丽安妮告诉他说,那个算命人死于癌症,但即使那时,爱泼斯坦没有去拜访她,也并不后悔,只感到一丝丝好奇。

现在,这条轨迹正在慢慢地蒸发,扩散开去。不,他不相信算命人的预言,哪怕是那些被死亡触动的人。事实上,他对自己看不到的东西都会持怀疑态度,而且他也怀疑信仰。不仅仅是因为它有巨大的出错可能性。错了——甚至一辈子都是错的！——这是一方面，但爱泼斯坦更无法忍受可能因此受人摆布。信仰，意味着被动的信任，需要把自己放在别人的手里，因此它使人容易受到最坏的阴险影响。那随处可见。不只是大事件——此类新闻不胜枚举，要么是孩子们被他们的牧师或拉比猥亵，要么是以真主的名义实施砍头。还有无数种小信念，会让羊毛蒙住眼睛，会让信仰的大羊毛帽遮蔽住肉眼。每一条广告都在利用人类的信仰倾向。这种倾向就像比萨斜塔一样，已被证明不可纠正，不管广告的承诺是否有效。好人就这样被剥夺了享有金钱与安宁的权利，有时候甚至是尊严与自由！爱泼斯坦就是这样看的，他不相信他不能凭自己去触摸、感觉或测量的任何东西。

他要么走在坚实的地上，要么根本不走。他不敢在信仰的薄冰上冒险出去。但是，最近他发现双腿在下面移动，违背了自己的本能。这就是如此奇怪的地方。违背他意愿的行动的感觉。违背他更好的判断！他谨小慎微！违背他在六十八年里积累知识时坚持的一切，甚至可以称之为智慧。他说不出正在走向什么。

爱泼斯坦望着外面，只见一只小船穿过白茫茫的水面，驶向塞浦路斯或的黎波里。爱泼斯坦感到胸口发胀。为何不去游泳呢？他想，这个主意对他来说太好了，太妙了。他立刻走回去，想去看看能不能在大堂里买到游泳衣。是的，他们可以为他准备一件。他的尺码是多少？

还有一个半小时，汽车才来接他去魏茨曼研究所。该所建议用他父母亲的名义为研究捐款。就在上个月，西格尔教授和埃利纳夫教授发现人工甜味剂实际上可以提高血糖水平，而不是降低血糖水平。数百万糖尿病患者会因此受益，更不用说普通的超重人士了！受伊迪和索尔·爱泼斯坦捐助的研究方向将会是什么？为了纪念他们的生命，应该研究什么呢？爱泼斯坦想问，有什么足够重要的项目？

他穿着酒店的睡袍和拖鞋，沿着铺有地毯的走廊往下走，试图回忆起他最后一次在海里游泳的情景。是玛雅还小的时候吗？他想起了他们在西班牙乘船出去的一个下午。他从船头跳下去——他从不慢慢地沉浸在任何东西里——然后游到梯子边去迎接他的小女儿，她那满是黑色鬈发的小脑袋从笨重的救生衣里钻出来。在第三个孩子身上，他更好地理解了爱和为人父的方式，以及几乎不可估量的时间和经验累积而成的亲昵关系。玛雅双腿一碰到水就发出了一声尖叫。但是，爱泼斯坦没有把她交给伸出双臂的丽安妮，而是对着孩子轻声说话。"一个巨大的浴缸，"他说，"所有生命的浴缸。"他又讲起他知道的潮汐、海豚、住在珊瑚世界里的小丑鱼，直到她渐渐平静下来，松开了爱泼斯坦——出于信任，松开了。这意味着在另一个层面上，她的攀附变得更紧了。后来，她没有像她的哥哥和姐姐那样把父亲推开。爱泼斯坦想起有一次他花了二十分钟试图把约拿哄到大海里去，他失败了，大发雷霆：男孩竟然这样懦弱，没有力气，意志力也薄弱。——他不是用像爱泼斯坦一样的材料做的，想到这里，爱泼斯坦不禁打了个寒颤。

爱泼斯坦穿着崭新的黄色泳衣站在岸上。裤腰太松,他不得不把拉绳系紧,以免滑下来。阳光照在他银白色的胸毛上。一年中的这个时候,没有救生员。爱泼斯坦慢慢地向水里游去。

他身后是他出生的城市。不管他的生活离这里有多远,他都是来自这里,这里的阳光和微风是他的故乡。他的父母亲不知从哪里来。他们来的地方已经不存在了,不能再回到那里去了。但是,他自己来自某个地方:萨门霍夫和什洛莫·哈-梅勒克街的交汇处不到十分钟的路程,他在那里如此匆忙地来到这个世界上,他的母亲来不及赶到医院去。一个女人从阳台上跳下来,把他拽了出来,用一块抹布把他包裹起来。她本人没有子女,但她在罗马尼亚的一个农场长大,在那里见过小牛和小狗的出生。后来,他的母亲每周去看望她一次,常常会坐在小厨房里喝咖啡、抽烟,而那个女人——切诺维奇太太则用她的膝盖上下颠动爱泼斯坦。她对他产生了一种神奇的影响。在她的膝上,烦躁的爱泼斯坦立刻平静下来。后来他们搬去美国,他的母亲与她失去了联系。1967年,爱泼斯坦在战后第一次回到特拉维夫,直接走到了自己出生的地方,穿过街道,按响了门铃。切诺维奇太太站在阳台上,她这些年来一直站在这里看着这个世界。他走进她的小厨房,坐在她的桌前时,体验到了那种奇怪的感觉。他认为,其他人一定会称之为安宁。"你本该要求买下那张桌子。"八岁的玛雅听到这个故事时曾经说过一句名言。

寒冷使他吃了一惊,但他一直稳步前进,海水达到腰间。他仿佛站在通向海底的大斜坡上,腿呈浅绿色,上面有许多气泡。那下面到底是什么,马耶什卡?希腊人和非利士人的掠夺物,还有希腊人和非利士人。

起风了,海浪跃过了防波堤。此时不是游泳的季节,只有几个俄罗斯人。其中一个俄罗斯人乳房下垂,大腿伸展,脖子上挂着一个长长的、摆动的银十字架,把一个胖乎乎、水淋淋的婴儿扑通一声放在椅子上:我刚在海里找到她!爱泼斯坦在大西洋沿岸长大,对如何应对海浪具有丰富的经验。他屏住呼吸,潜了下去,开始在湍流中游泳。水似乎充满了生命,充满了近乎电流的东西,或许只有他爱泼斯坦在一个新的广阔世界中运用着自己的能量。他身体失重,翻了个跟头。

当他的脑袋再次浮出水面时,一个巨浪向他冲来。他潜下去,让自己随着波浪漂。他游得更远了,用的是年轻时那种长而有力的划水动作。在大海里思考和在陆地上思考不一样。他想越过波涛汹涌的海面,到能思考的地方去。一个人总是在世界的控制之下,但他并没有感受到它的控制,也没有考虑到它的影响。不能从世界的怀抱中得到安慰,那只意味着一种中性空虚。但是,你能感觉到大海。被如此团团包围,如此稳稳保持,如此轻轻摇晃——如此不同的组织——一个人的思想以另一种形式出现。自由地融入抽象之中。被流动性触动。于是,思绪万千的爱泼斯坦仰面漂浮在生命的大浴缸里,直到那堵移动的巨墙压在身上。

那是其中的一个俄罗斯人,虎背熊腰,把爱泼斯坦拖到了岸上。他在水下的时间不长，但已经吞了好多水。爱泼斯坦干呕着吐出来，趴在沙子里喘着气，头发乱蓬蓬，泳裤挂在屁股上，惊魂未定。

那天夜里，爱泼斯坦在罗斯柴尔德大街上的一家餐馆吃饭时，他的手机响了。原来那个手机还没有找到。巴勒斯坦人在黎明时已经从纽约酒店退房了。当爱泼斯坦的助手到达时，他们已经飞行在新斯科舍半岛上空。在北极地区，一个陌生人躲在爱泼斯坦的羊绒大衣里，也许还在翻看他的照片。但是，目前还没有办法，所以丢失的手机已经被一个新的手机取代。他仍然不习惯手机铃声。当他终于意识到手机是从自己身上发出来的，并从口袋里掏出电话时，他还没有认出打电话的人，因为他的通讯录还没转过来。手机一直响个不停，而爱泼斯坦却不知所措。他应该接吗？他总是接的，曾经在听汉德尔的《弥赛亚》中接过一次，由列文指挥！旁边发型糟糕、从来没有错过一场音乐会、欣喜若狂地倾听音乐的盲女差点儿放她的德国牧羊犬咬他。中场休息时，她对爱泼斯坦大加痛斥。他叫她下地狱去——一个盲女，下地狱！但是，为什么不能平等对待她们呢？——不久，他看到狗在吃它在过道上找到的巧克力时，他并没有阻止它，尽管那天晚上他一身冷汗惊醒，想象着这个女人在兽医的急救室里，眼睛翻白，等待着给这只野兽洗胃。是的，他总是接电话，哪怕只是说他现在不能接电话，以后也得接。他的一辈子都喜欢有问必答，甚至是在他知道有人问什么之前。最后，爱泼斯坦点了一下屏幕，接了电话。

"朱尔斯！我是梅纳凯姆·克劳斯纳。"

"拉比，"爱泼斯坦说，"真令人吃惊。"莫蒂在桌子对面扬了扬眉毛，但继续往嘴里塞意大利面配奶酪和胡椒。"你是怎么找到我的？"

他们曾在同一架飞往以色列的飞机上。在美国肯尼迪国际机场安检时，爱泼斯坦听到有人在叫他的名字。环顾四周，他没有看见一个人，就系好牛津鞋带，匆匆跑到商务休息室去打最后几个电话。飞机起飞两小时后，他已经在调低的位置上睡着了，却被轻叩肩膀的动作唤醒。不，他不想要任何坚果。不过，当他掀起眼罩时，迎接他的并不是空姐的脸，而是一张蓄着胡须的男人的脸，离他足够近，爱泼斯坦可以看到他鼻子上放大的毛孔。爱泼斯坦在睡梦中眯起眼睛看着克劳斯纳，并考虑再次放下眼罩。但是，拉比紧紧地抓住他的一只胳膊，蓝色的眼睛闪闪发亮。"我真以为是你呢！是心心相印——你应该去以色列，我们应该在同一航班上。我可以坐下吗？"他问，还没能等爱泼斯坦回答，这位身材魁梧的拉比就跨过他的腿，一屁股坐到了靠窗的空位上。

"你在安息日干什么？"克劳斯纳此刻在电话另一端问道。

"安息日？"爱泼斯坦反问道。在以色列，星期五下午晚些时候开始，一直持续到星期六晚上，对爱泼斯坦来说一直是一件烦恼事，因为一切都已关闭，这座城市进入封锁状态，以寻求某种古老的、失去的和平。就连最世俗的特拉维夫人也喜欢谈论星期五下午笼罩在城市上空的特殊气氛，此时街上空无一人，整个世界渐渐平静下来，脱离了时间之河，这种仪式会反复上演。但是，就爱泼斯坦而言，一个国家让一切生产活动中断仅仅是一种强加行为。

"为什么不和我一起去萨法德呢？"克劳斯纳建议说，"我亲自来接你。上门服务，再简单不过了。不管怎样，我星期五早上要去特拉维夫开会。你住在哪里？"

"希尔顿酒店。不过，我目前没有日程安排。"

"我会等着。"

"我在一家餐馆。你明天早上能给我再打个电话吗？"

"你会来吧，假如有问题，你就给我打电话。如果没有你的消息，星期五下午一点钟我就在大堂等着。尽管只有两个小时车程，但这给了我们足够时间在安息日到来之前赶到那里。"

但是，爱泼斯坦并没留神去听，反而有一种冲动，想告诉拉比他那天差点儿淹死。他在紧要关头被拽了回来。他的胃仍不舒服；他不能吃东西。他想设法把这件事告诉莫蒂，哪怕只是为了解释他的食欲不振，他的堂弟却惊慌地提高了嗓门，挥了挥手，不久便继续研究起了点哪种葡萄酒。

第二天，他忙着给施洛斯打电话，施洛斯正在进一步修改他的遗嘱，因为爱泼斯坦没有多少东西可以遗赠了，而且他还与以色列爱乐乐团举行一次会面。祖宾·梅塔亲自会见了他。这位音乐大师围着丝巾，穿着意大利大衣，跟他一起绕着布隆夫曼音乐厅散步。尽管他可能是小人物，但他的两百万美元可以让首席小提琴手的位置由伊迪思和所罗门·爱泼斯坦冠名。他的父母亲热爱音乐。他的父亲拉小提琴一直拉到十三岁，当时没有了学音乐的钱。在家里，他们夜里放唱片，爱泼斯坦告诉指挥家，他会从床上透过敞开的门听。他六岁那年，母亲带他去听过——令他尴尬的是，他不记得那个伟大钢琴家的名字了。当时，钢琴家走上舞台，走近钢琴，就像送葬者走近棺材一样。

梅塔的助手掩饰了这遗忘的一瞬间，把其他一切都记在黄色拍纸簿上。之后，他们坐在哈比玛广场炽热的白光下喝着咖啡。爱泼斯坦还在努力回忆那个名字，但他回忆起了他被带去见钢琴家前后发生的一些事。一个非常炎热的下午，他闭着眼睛躺在床上打盹，这时候他看到了一只蜘蛛。他清晰地看到了它腹部的橙色沙漏图案和关节处有深色条纹的黄褐色腿。随后，他慢慢地睁开眼睛，蜘蛛就在他面前的墙上，完全像他在脑海里看到的一样。当他的母亲走进房间开始尖叫时，他才知道那是一只棕色寡妇蛛。爱泼斯坦本来也希望助手把这个记在她的拍纸簿上，因为这对他来说意义重大。

但是，音乐大师一直在说话，他的注意力从嗡嗡作响的电话上跳到墙边的紫色花朵上，又跳到以色列政治的泥坑里（梅塔说，他不是先知，但情况并不乐观）。接着，他说起孟买即将举行的一场音乐会，他将在那里指挥瓦格纳的作品，因为他不能在特拉维夫指挥瓦格纳。爱泼斯坦听说，他和四个女人生了五个孩子；这位音乐大师觉得没必要先讲完一个故事再讲另一个故事。

他们站起来握手时，爱泼斯坦摸了摸对方的大衣，对梅塔说他也有过这样的大衣。梅塔只是含糊地微微一笑，心里已经在想别的事了。后来，爱泼斯坦发现乐团里没有一名巴勒斯坦音乐家，而且知道，如果捐款给乐团的话，他就会从女儿们那里听到怨言，于是又去考虑以色列博物馆了。

在纷繁的思绪中，他已经忘记了克劳斯纳的邀请，直到星期五中午才想起了这件事。当时，他想预订晚餐，礼宾部提醒他说他想去的餐厅将会关门。一小时后，下午一点整，前台给他的房间打电话说拉比在楼下等着。爱泼斯坦权衡了这件事。他仍然可以取消。他真想和克劳斯纳在车里坐上两个小时，然后整个晚上都听他摆布吗？在飞机上，当克劳斯纳提出一起去吉尔古尔时，他坚持要住在吉尔古尔宾馆。克劳斯纳说那不是四星级，但他们会给他最好的房间。然而，爱泼斯坦无意在那里过夜。如果不想继续待下去，他可以叫司机来接他。他三十年前去过萨法德，但他只能回忆起路边出售银饰的小摊和长满青苔的石阶。克劳斯纳曾经说过，这是一个美丽的地方，加利利山上的小镇，五百年来一直吸引着神秘主义者。那里有令人心旷神怡的空气和无与伦比的光线。也许爱泼斯坦甚至有兴趣在吉尔古尔和他们一起学习？"你要我学什么呢？"爱泼斯坦皱着眉头问道。克劳斯纳引用了一个哈西德派教徒的故事，说一个学生去拜访他的老师——一个伟大的拉比，他回来后，有人问他学到了什么，他回答说他学到了伟大的拉比是如何系鞋带的。爱泼斯坦指着克劳斯纳穿在脚上的黑色平底便鞋，引用了他父亲的话："这就是你谋生的方式吗？"

他总是为自己能读懂人的能力、能看到背后是什么而自豪。但是，他读不懂克劳斯纳。通过循循善诱，他将上百号人从肯尼迪机场和洛杉矶国际机场运到自己的魔法山。对他来说，把爱泼斯坦从特拉维夫带出来没什么大不了的。然而，拉比的目光中却有某种东西——不是专注——因为外界一直关注着爱泼斯坦——而是它的深度，暗示着内在的容量——这似乎蕴含着理解的希望。丢失的大衣、行凶抢劫，以及灵车载着又长又黑、闪闪发亮的黑檀棺材——那天晚上走进那辆等候他的高级轿车时，他打了个寒战，前一天的经历又浮现在他的脑海里——使爱泼斯坦感觉不舒服。也许这只是一种情绪引起的过度反应，但他仍然想向克劳斯纳倾诉。他笼统讲述了去年的事，从他父母亲的去世开始讲起，讲述了他是如何结束了这段原本关系稳定的漫长婚姻，这使他的家人和朋友感到震惊，而后他又从律师事务所退休，最后他告诉克劳斯纳，他对轻盈的强烈渴望与日俱增，所以放弃了那么多。

拉比细长的手指捋着胡须，最后说出了爱泼斯坦听不懂的一个词。*Tzimtzum*，克劳斯纳重复了一遍，并解释了喀巴拉中的这个核心术语。无限——Ein Sof，上帝所称的无穷无尽的存在——是如何在已是无限的东西中创造出有限的东西呢？此外，我们如何可以解释上帝既存在又缺席的悖论？

十六世纪的神秘主义者艾萨克·卢里亚给出这样的答案：当上帝有了创造世界的旨意时，他自己首先退缩，然后在剩下的虚空中创造世界。克劳斯纳解释说，卢里亚用 *Tzimtzum* 一词描述上帝的退缩，它是创造的必要先兆。这一过程被认为会反复出现，不仅在《律法》中，而且在我们自己的生活中。

"比如？"

"比如，"克劳斯纳在座位上扭动着，座位上缺乏讲坛上的伸腿空间，"上帝用亚当的肋骨创造了夏娃。为什么？因为首先需要在亚当里面创造一个空洞的空间来为另一个人腾出空间。你知道 Chava——希伯来语中 Eve——意为'经验'吗？"

这是一个反问句，爱泼斯坦自己也习惯用，就懒得回答。

"为了创造人类，上帝不得不移开自己，可以说，人性的决定性特征是那种缺失。这是一种困扰我们的缺失，因为作为上帝的创造物，我们对无限的记忆充满了渴望。但是，同样的缺失也允许自由意志。违背上帝命令偷吃智慧果的行为可被解释为拒绝服从，支持自由选择和追求自主的知识。不过，肯定是上帝首先提出了吃智慧果的想法。上帝在夏娃身上植入了这个想法。因此，它也可被解读为上帝引导亚当和夏娃去面对自己内心空虚的空间——上帝似乎缺席的空间。亚当的肋骨创造了夏娃，她不仅让他的身体有了空洞，更引导亚当发现自己形而上的空虚——即使用自己的自由和意志填满这空虚，他也会永远为之哀恸。"

摩西的故事也是这样，克劳斯纳接着说道。被选中为他的人民说话的人，必须先去掉自己的言语。他从小就把一块烧热的煤含进嘴里，烫坏了舌头，说不出话来，而且正是这种言语的缺失，才创造了他被上帝的话语充满的可能性。

"这就是为什么拉比告诉我们一颗破碎的心比一颗满足的心更充实：因为一颗破碎的心有一个空缺，而这个空缺具有被无限的东西填满的潜力。"

"你在对我说什么？"爱泼斯坦干笑着问道，"我让自己变得敏感了吗？"

飞机遇到湍流，开始颠簸起来。于是，克劳斯纳的注意力转移到了疯狂寻找他的安全带上。他无疑是恐惧乘坐飞机的。爱泼斯坦望着他吞下两颗药丸，紧跟着喝了一杯从空姐那里骗来的菠萝汁，甚至是在空姐告诉他坐回经济舱座位之后。此刻，他手掌托着脸，再一次凝视着外面黑暗的天空，似乎可以在那里发现颠簸的原因。

危险过去了，空姐用托盘桌上的一块白布来赶走克劳斯纳：正在上晚间餐食，他真的必须回到座位上。留给克劳斯纳的时间不多了，他很快就开始谈正事了。尽管他很想把全部的精力献给吉尔古尔，但是，他这些天的大部分时间都被大卫王后裔的团聚筹备组委会占用了。团聚下个月将在耶路撒冷举行。以前从来没有人这样做过。预计将会有一千人参加！他说他本打算在广场酒店说这件事，而爱泼斯坦走得太快。他会考虑参加吗？如果他同意，那将是一种荣幸。还有，他会考虑加入顾问委员会吗？这只会意味着利用他的声誉，并且请他捐款。

啊，爱泼斯坦想，就是这样。但是，即使疲惫得难以思考，他的心却不会如此，因为一提到耶路撒冷——耶路撒冷，不知何故，似乎从来没有因为其古老而疲惫，也从来没有因为其累积的痛苦和成堆的矛盾而疲惫，尽管它储存了许多人类的错误，但似乎从中汲取了威严——他回想起它古山的景色，感到自己血液稀薄的心脏在膨胀。

他对克劳斯纳说他会考虑这件事，不过他并没有真正打算考虑。他突然有一种冲动，想给拉比看看他的孩子们的照片，以防他讲的舍弃和捐赠的故事给对方留下不准确的印象。生龙活虎的子孙就是他依恋这个世界的证明。人们可以寻找相似之处。约拿比其他孩子更黑，仅仅在太阳下晒了几个小时，皮肤就变得黝黑。爱泼斯坦过去常说，约拿要成为一名摩洛哥地毯销售商。但是，他们的母亲总是说他有如希腊神明的头发。玛雅具有同样的深色头发，但当她怀孕时，所有的黑色素都被释放出来，皮肤苍白，容易晒伤。露西既不像摩洛哥人，也不像希腊人，甚至不像犹太人——她带有一种北方人的神情，冰清玉洁，楚楚动人。他们脸上的表情生动，却让人感觉有共同之处。

可是当爱泼斯坦拿出手机想让拉比看时，才想起手机是空的：几千张照片都跟那名巴勒斯坦人一起走了。爱泼斯坦又想起了那个穿着他的大衣的人，他一定已经回到拉马拉或纳布卢斯的家里，把大衣挂在壁橱里，使他的妻子大吃一惊。

没有什么照片可展示，他便问克劳斯纳是怎么被邀请去广场酒店的，拉比回答说他是约瑟夫·特鲁斯金的老朋友。但是，爱泼斯坦不认识什么特鲁斯金。"不是大卫王后裔。"克劳斯纳说，但眼睛熠熠闪光，仿佛他非常清楚自己在扮演的角色——渴望陈词滥调的犹太人，在虔诚的反灭绝斗争中，他愿意变成一个复制品的复制品的复制品。爱泼斯坦一辈子见过太多这样的犹太人，他们身穿的深色西装只强调了一个事实，那就是经过这么多次油印之后，墨迹已经褪色模糊。但是，克劳斯纳却是个例外。

拉比正在希尔顿酒店的大堂里等着他。透过旅馆房间的玻璃窗，爱泼斯坦可以看到贾法山。山体数千年来遭受侵蚀，做着回到子宫的梦。他感到一阵倦怠，这真罕见，不禁感到有些不安。他强迫自己站起来，把床头柜上的谢克尔扫进口袋，从壁橱保险柜里拿出几张大钞，塞进钱包。无论是漫步在魏茨曼研究所的绿色草坪上，或在屋内闲逛，油画里，以色列第一任总统严厉的目光追随着他，还是去本-古里安大学，他在那里看到巨大的鸟在沙漠里觅食腐肉，甚至包括坐在他的堂弟莫蒂的桌子对面，他过去几天所有谈话的潜台词都是钱。爱泼斯坦已经受够了。他将为克劳斯纳的修行提议做一份小礼物，然后就结束了。他想和拉比谈谈其他事。

绕过大堂电梯拐角，他从后面看到了克劳斯纳。克劳斯纳像以前一样穿着同样的邋遢衣服。一根松散的线垂在夹克的下摆上，拉比并不想把它剪下来，衣服看起来像布满脚印。一条藏青色羊毛围巾挂在他的脖子上。看到爱泼斯坦时，克劳斯纳一跃而起，热情地抓住他的肩膀。他不像其他正统派教徒那样笨手笨脚，正统派教徒似乎总想离自己的身体越远越好，直至缩到脑袋里的某个地方。爱泼斯坦怀疑克劳斯纳不是生来就信仰宗教，而是后来才皈依的。这套不合身的衣服下面有没有一具打篮球、摔跤、和女孩滚草地的身体，一具不断追求自由和快乐的身体。爱泼斯坦想象着这种共性，感到温暖的友谊在胸中激荡。

他跟着拉比穿过旋转门，穿过车道，看到一辆破旧的汽车斜停在路边，看上去与其说是停车，不如说是被遗弃。克劳斯纳打开车门，收拾一翻，取出空塑料瓶和一些用麻绳捆扎的硬纸板，扔进了后备箱。爱泼斯坦问克劳斯纳是不是有意收集可回收的材料。"从某种意义上说是。"拉比咧嘴笑着回答，同时坐到方向盘后面。即使座椅往后靠得很远，他的膝盖还是弯成了一种不自然的角度。

爱泼斯坦坐在副驾驶座上。仪表盘上的电线断了，无法再放出声音。引擎突然发动起来，拉比从停着的奔驰汽车旁转弯，沿着酒店陡峭的车道行驶。"抱歉。宾利在店里。"克劳斯纳一边说，一边猛推了一下操纵杆，余光瞥着爱泼斯坦，想看看这个笑话是怎么结束的。但是，曾经拥有宾利车的爱泼斯坦只是温和地微微一笑。

两个小时后，他们离开海岸公路，爬上高地时，下起了毛毛雨。汽车前方玻璃上没有雨刷——不管是谁把它的立体声音响拆了，总该看到雨刷的价值。但是，现在爱泼斯坦认为克劳斯纳是一个不知疲倦的人，他熟练地拿着一块脏抹布走到外面，把玻璃擦得干干净净。每隔几分钟，他就去擦一擦，一边向爱泼斯坦讲述卢里亚的事迹。克劳斯纳保证说，他将把爱泼斯坦带到卢里亚居住过的位于萨法德的房子里，到信徒曾经聚集的院子里，跟随导师到田野里去，一边跳舞，一边唱赞美诗，欢迎安息女神的驾临。

爱泼斯坦望着窗外，对自己微微一笑。他会同意的。他不会干涉。一周前他可预料不到——此刻在去萨法德的路上，和一个神秘的拉比坐在一辆车里。一想到这是一趟意外之旅，他就高兴。他一辈子都在努力决定结果。但是，在他看来，第六天的夜晚来临了，难道不是吗？古老的土地四处蔓延。众生奇异，他想。当他摇下车窗时，空气中弥漫着松树的气味。他的心情轻松愉快。太阳已经低垂。他们被公路上的交通堵塞耽搁了，安息女神正在呼吸。但是，爱泼斯坦望着沉睡的群山，被前所未有的充实感所震撼。

他们驶入萨法德，穿过一条条狭窄的街道，那里的商店已经打烊了。他们不得不两次停车、倒车，让旅游大巴通过，大巴高高的车窗里映出游人疲惫却又满意的面孔。在市中心以外，游客和艺术家逐渐减少，路上只遇到哈西德人，当汽车从身边驶过时，哈西德人把自己紧贴在石头房子上，手里攥着塑料袋。虔诚的犹太人和他们的塑料袋是怎么回事？爱泼斯坦感到纳闷。为什么这些漂泊了几千年的人不去购买更可靠的行李？他们甚至不相信公文包，带着装在犹太洁食面包房袋里的律法文件来到法庭——他已经见过上百次了。现在，他们恼怒地跟克劳斯纳握手，不是因为他走过时差点儿把他们的鼻子割下来，而是因为他们在安息日到来时开车开得那么近。但是，在钟声敲响前四分钟，拉比急转弯，拐进了小镇边缘的车道，在一座大楼前停下来。大楼里斑驳的石头是牙齿的颜色，不过可能是一个太老而用不上的人的牙齿。

克劳斯纳跳下车，用一种深沉圆润的男高音哼唱。爱泼斯坦站在新鲜凉爽的空气中，透过山谷往下看，耶稣就是在那里创造了奇迹。一只公鸡在远处打鸣，好像有一条狗在远处回应。要不是安装在赤陶土屋顶上的碟形卫星天线，我们就可能会相信拉比把他带回到了世界尚未展开的时代。

"欢迎来到吉尔古尔，"克劳斯纳叫道，已经匆匆走到路上，"进来吧，他们会在等我们。"

爱泼斯坦站在原地，欣赏着眼前的景色。但是，他的电话这时候又响了起来，说不定在拿撒勒一路上都能听到。是他的助手从纽约打来的。她说，好消息——她想她可能有他的大衣的线索了。

为迦南[1] 打点行囊

　　遇到弗里德曼之后，我在时睡时醒中度过了那晚剩下的时间。每当闭上眼睛，进入浅而乱的睡眠状态时，我脑海里就浮现出旅馆那一行行一排排的窗户，它们像老虎机或巨型算盘一样点亮、旋转。我不明白这些焦虑和重复计算意味着什么。莫非有特殊的意义。这一天发生的事在我的脑海里不断地延伸和扭曲，我在某种程度上深信卡夫卡正坐在靠窗的椅子上，侧身面向阳台。我确信他的存在，就像我确信自己的存在一样。在下一时刻，我又觉得刚才的想法很荒谬。我多次端详他生命的最后一年拍摄的那张照片：四十岁，目光炯炯有神，因为疾病或逃跑的兴奋，憔悴的脸上颧骨隆起，尖尖的耳朵猛伸出来，好像是受到了外力的影响。因紧张而扭曲，不再仅仅是人类——耳朵难道不是一种不可思议的变化已经开始了的证据吗？

　　门猛地打开，传来了轻柔的海浪声。卡夫卡不时优雅地抬起一只脚，在长长的窗帘上摩擦纤细、无毛的脚踝。他心事重重，一种不祥的预感弥漫在房间里，在我潜意识里，卡夫卡经常在日记中书写的自杀幻想——从窗户跳出去，砸在下面的人行道上，一定是和那个从酒店阳台纵身跳下摔死的

---

[1] 《圣经》对约旦河以西的古巴勒斯坦地区的称呼。

人混在一起。

但是，卡夫卡，我的卡夫卡，没有向阳台门移动，所以我渐渐相信，他是在考虑要不要娶他生命中一个又一个的女人。读了他的信和日记，你会觉得这是他一直思索的问题，重要性仅次于他的写作。我隐隐约约地想告诉他，他在这一切上浪费了太多的精力。他的歇斯底里无济于事，他相信自己不宜结婚是对的，将其视为自己的失败和软弱也可以被看成健康的标志。我本可以补充说，我开始怀疑自己是否健康，因为健康意味着能识别出是什么让人不舒服。

再过一年，我也将四十岁了。我突然想到，如果我的开始是在希尔顿酒店孕育出来的，那么，我的结局也会一样。这似乎就是我研究的目的。在懵懂的迷雾中，这并没有吓到我，像一种深层次的共鸣，在我最终入睡之前的那一刻，它使我充满了莫名的希望。

第二天早上，太阳透过窗户照进来，我被一阵粗鲁的敲门声惊醒，摇摇晃晃地从床上起来。是要收拾房间的女人，来自厄立特里亚[①]或苏丹。她的手推车上堆满了干净的毛巾和小包装的扇贝形肥皂。她目光越过我，望向房间里的床单和散落的枕头，估计着工作量的大小。她一定见过各种各样的场面。一个整夜为睡眠挣扎的女人对她来说不算什么。但是，她意识到是她把我弄醒的，就想转过身离开。我突然想

[①] 厄立特里亚位于非洲东北部，西邻苏丹共和国，南邻埃塞俄比亚、吉布提，东隔红海与沙特阿拉伯和也门相望，扼红海进出印度洋的门户，地理位置十分重要。

到，如果有人知道那个跳下去或摔下去的人的情况，那一定会是她。

我把她叫住，解释说我马上就要退房了。她不妨现在就开始收拾。实际上是开始抹去我的存在，这样下一个来的人就可以享受这个房间是专门为他准备的幻觉，而不用去想之前所有睡过这张床的人。

我跟着她进了卫生间，她在那里开始清理水槽四周。感觉到我在徘徊，她在镜子里望向我的眼睛。

"还要毛巾吗？"

"我有足够的毛巾，谢谢。不过，我想问你别的事儿。"

她直起腰，在围裙上擦干双手。

"你知道几个月前有个客人从阳台上摔下来的事吗？"

她的脸上掠过困惑的神色，或许是怀疑的神色。

我又试着补充："一个从那里摔下来的男人——"我指向窗户、天空、大海。"一个死去的男人？"这没有引起任何反应，我又很快地用自己的手指划过喉咙，就像《浩劫》中那个波兰人向克劳德·朗兹曼演示的，从火车轨道的一侧，他向犹太人打着手势，表示他们正走上死路。我为什么这样做，我不得而知。

"不会英语。"她弯下腰，从地板上拾起一条用过的毛巾，从我身边挤过去，从手推车上拿了几条新毛巾，把它们扔到了那张没有整理的床上，并告诉我说，她去去就来。门在她身后咔嗒一声关上了。

又剩下了我一个人，一种沮丧感涌上我的心头。几个月来，我一直认为这家丑陋的酒店给了我某种承诺。我无法从中得到任何东西，却让它紧紧抓住我，没有放弃，继续前进，收拾好行囊，真的住了进来，而此刻我在向这个可怜的女人施压，希望她能告诉我一点内幕，这样我就能发掘出一个故事。

我收拾好行李，迫不及待地想离开酒店，去我的姐姐位于布伦纳街上的公寓，我通常每次来特拉维夫都待在那里。她一年只在那里待一阵子，此时又回到了加利福尼亚州。我以前会在她空荡荡的公寓里写作，也许这次依然有效——我终于可以坐下来开始写关于希尔顿酒店的小说了，或者在某种程度上模仿希尔顿酒店的结构，我已经构思了半年，但我连一章也没有写出来。

电视上的新闻报道说导弹袭击告一段落。这是一个毫无新闻价值的夜晚，在加沙的连续镜头和国防部长的演讲（他和文化部长没有多大区别）之间，是特拉维夫北部水域的鲸鱼目击事件的报道——一头灰鲸，在过去大约二百五十年里，人们不曾在地中海见过这种动物，这种濒临灭绝的动物。但现在，一个孤独的鲸族成员出现在了这里，从赫兹利亚[①]游到了雅法，在消失于大海深处之前。来自海洋哺乳动物研究与援助中心的一名学者接受采访时解释说，那头鲸鱼消瘦，几乎可以肯定是迷路了。他们相信，它到达西北航道

[①] 赫兹利亚是以色列西部海滨城市，位于沙龙谷合、特拉维夫以北 15 公里。赫兹利亚市名源于犹太复国主义创始人赫兹利。该市建于 1924 年，1960 年被宣布为城市。

发现冰融化了，失去了熟悉的地标，它意外地转向南方而不是北方，最后进入了以色列水域。我在酒店的床上坐下来，望着它喷出水柱的视频片段。在长时间的停顿之后，那个伤痕累累的巨大尾巴露出水面。

我最后一次走到外面的阳台上去看看风景。要么是想在海浪中搜寻鲸鱼的踪迹。要么只是为了再次估量加沙到底有多近。乘一艘装有舷外发动机的小船，开出四十四英里就能到巴勒斯坦人居住的地方。他们望着同一条地平线，看着同一个近似无限的空间，却无处可去。

楼下大堂接待处排着队。一大群人正在登记入住——叔叔、婶婶和堂兄弟、堂姐妹都来自美国，出游庆祝他们中的一个成年。主角此刻坐在一个鼓鼓囊囊的路易·威登行李箱上，忙着把最后几块果汁软糖塞进嘴里。我等待着轮到自己，望着门口的保安在搜查一个巨大的白色钱包。柔软的皮革似乎囊括万物。我也想看看。这位刻意晒黑、涂着指甲油的妇女耐心等待着保安归还她的包，相信是在搜查一支枪或一枚炸弹，但保安的专心致志表明，他在寻找重要得多的东西。

经理从办公室走了出来。他看到我时，脸上露出了认识的神情，并且朝我站的地方走过来。他紧紧地握住我的手，问候我的祖父，他认识我的祖父已经二十年了。我告诉他说，祖父去世了，他去年就去世了。他无法相信这一点，甚至觉得我是瞎编的，毕竟我是写小说的。但是，他终于表达了歉意，问我喜不喜欢他送到我房间的水果篮。我说喜欢，因为没必要告诉他，我其实没有收到任何水果篮，任何意外都可能会发生。我解释说我想退房。更多的惊讶和关心——我不是刚到吗？我被带到队伍前面，绕过了要庆祝成年礼的美国人。经理飞快地为我办好退房手续。我结完账后，他送我到门口，吩咐门卫给我叫出租车，似乎急着送我走。大概是因为他有许多其他事要处理吧，但我突然想到，他可能知道我听说过那个跳楼的男人。埃菲，甚至是我的记者朋友玛蒂，可能给酒店打过电话要找我，经理肯定会知道。又或许一个小时前，那个惊慌失措的保洁员已经通知了她的上司。我正在考虑这件事时，手提箱被送上了等候的出租车的后备箱，还没等我提出合适的问题，经理就已经把我领进了后座，微笑着关上车门，用指关节敲了敲出租车的侧面，要它上路。

我们刚走了五分钟，司机就靠路边停下出租车。一辆公共汽车按喇叭，我透过后车窗看到它向我们驶来。它刹车时发出了刺耳的响声，停在距离我们这辆车的后保险杠不到几英寸的地方。出租车司机下了车，大骂公共汽车司机，然后消失在汽车打开的引擎盖后面。我跟着他走到前面问发生了什么事，但他不理我，继续俯身查看引擎过热的内部。街上的行人都围了过来。美国是一个步履匆匆的地方，但在中东则相反，所以人们更能观察周围，对见到的一切形成意见，意见自然不同，因此可以说，充裕的时间会导致争论。此刻,人们就出租车司机应不应该停在他停的地方、挡住公共汽车站爆发了一场争论。一个穿着汗渍斑斑的背心的人和司机一起站在引擎盖下面,对哪儿出了毛病争吵起来。在我的丈夫看来,世界就是表面呈现的样子;在我看来,世界从来不是表面呈现的样子。而在以色列,没有人能够就这一问题达成一致意见,尽管无休止的争论充满了暴力,但这种承认分歧的基本态度对我来说一直是一种安慰。

我重复了一遍自己的问题。最后,司机抬起汗津津的脸,终于懂了我的意思,信步走到车后部,打开后备箱,把我的手提箱拽了出来,然后继续他的修理工作。我拖着手提箱,走上人行道。一小部分人分开,勉强让我通过。我停在几码远外的地方,仔细观察着迎面而来的车辆,寻找另一辆出租车。然而,那是高峰时间,没有空车。最后,我看到了一辆雪露特——是一辆沿着既定路线行驶的公共出租车,人们对司机大喊大叫并挥手示意停车,它就会停下来。但是,就在它为我慢下来时,一辆汽车停下来,车窗也摇下了。

开车的是弗里德曼,他仍然穿着昨天的衣服。

"怎么了?"他说,说的是意第绪语,"发生了什么事儿?"他把手伸到乘客座位的另一边,打开车门,然后调低了收音机里交响乐的音量。

我进去了吗?叙述可能无法维持混沌状态,但生命亦是如此,因为它是由大脑处理的,而大脑的功能是不惜任何代价产生连贯性。换句话说,就是要形成一个可信的故事。

"你要告诉我这是一种巧合吗?"当弗里德曼重新回到

车流中时,我问道,"我乘坐的出租车坏了,而你只是碰巧经过?"

事实上,见到他让我松了口气。

"我去希尔顿酒店给你送这个。"

他没有把目光从路上移开,向后伸手拿起一个又大又脏的牛皮纸袋,并把它扔给我。

"他们告诉我说你刚退房。我记得你说过你打算搬到布伦纳街上你姐姐的公寓。看到你在路边时,我正在去那里的路上。"

我不记得提起过姐姐住的地方,但是我的记忆因睡眠不足而模糊不清。昨天下午我忘记了和希伯来语翻译约好喝咖啡的事儿,在拜访了一位老朋友——编舞师奥赫·纳哈林之后,我把包落在了他的公寓。然而,我也愿意相信弗里德曼知道我的一切;他看过我的档案。也许我宁愿这样想,因为这会让我摆脱麻烦。

我打开纸袋,一股霉味扑鼻而来。底部乱七八糟地堆着卡夫卡平装本,书脊因频繁翻阅而开裂。

"为了帮助你思考。"弗里德曼说,但只说了这么一句。

我把袋子又合上了。我们遇到了红灯,停下来,一对年轻夫妇从车前走过,他们的胳膊挽着对方的腰。那个男孩非常英俊,只有在阳光下长大的人才会这么英俊。他的衬衣领口敞开,露出了喉结。我又转向弗里德曼。他正忙着摆弄后视镜。他看上去老得开不了车。他的右手颤抖——这一点毫无疑问。难道他不像我父亲的堂弟埃菲一样也已经步入了暮年，现实感愈发稀薄？"

灯变了，他左转上了艾伦比大桥。没过几分钟，我们就到达了我姐姐住的那条安静的小街。我指着16号，前面有一个停车场。那座大楼高悬在上面，还有个像样的花园，之前是一片荒地。我们都下了车，弗里德曼挂着手杖，他的手杖一直横放在后座上，粘着狗毛。今天他长满老茧的脚穿着皮凉鞋，脚指甲开裂。我第二次从后备箱里拎出手提箱。

"你总是装得这么沉？"

我抗议说，我是家里行李最轻的人；父母亲和兄弟姐妹各自不带三个行李箱都过不了一夜。

"这能让他们幸福吗？"

"幸福跟这没关系。对他们来说，这是一个要做好准备的问题。"

"为不幸做准备。一个人不需要为幸福做好准备。"

他转过身，抬头盯着我姐姐的一楼窗户，窗户被金属百叶窗挡住了。嘎嘎小姐的歌声从街道对面的幼儿园向我们飘过来。

"你可以在那里写吗？"

我沉默着，假装在考虑自己的回答；好像我有机会在那里写作，而我完全清楚自己没有这样的机会。

"如果你想知道真相的话，"我承认说，"那就是我的工作并不顺利。我遇到了障碍。"

"这就更有理由暂时尝试别的东西了。"

"什么？为卡夫卡没能完成或选择放弃了的作品——就

像他写的大多部作品一样，找到一个结局吗？那些即使没有结尾也能影响世界的作品吗？即使能克服恐惧，我却无法忍受这种越界的感觉。我自己的工作实际上就够我焦虑了。"

阳光穿过一棵丛林树上的大叶子，照在弗里德曼的脸上，一丝微笑牵动着他干瘪的嘴角。这是智者面对别人的愚蠢时露出的发自内心的微笑。

"你认为你的作品是属于你的吗？"他轻声问道。

"还属于谁？"

"属于犹太人。"

我突然放声大笑。但是，弗里德曼已经转过身，开始一个接一个地翻鼓鼓囊囊的口袋。薄而干燥的手背上布满了斑点，拍拍，按按，揭开魔术贴。这是一场可能会持续一整天的折磨：他像一个自杀式炸弹袭击者一样把口袋塞满。

此时，卡夫卡日记中那句名言浮现在我的脑海里：我和犹太人有什么共同之处？我和自己几乎没有什么共同之处。犹太人卡夫卡的作品究竟有多伟大，人们经常在不知疲倦的争论中引用这句话。后来，他在给米莱娜的一封信中写道，他希望把所有的犹太人（包括他自己）都塞进一个抽屉，直到他们窒息为止，同时还要不时地开抽屉，查看进展情况。

弗里德曼没有回应，继续在自己的口袋里翻找。我现在觉得他口袋里装满了纸片，写着要交给其他作家的任务，以便让犹太文学这台伟大的机器继续运转下去。但是，什么都没有找到，什么也没有发现，要么就是他忘了自己在寻找什么，或者失去了兴趣。犹太文学不得不继续等待，如所有的犹太事物都在等待一种完美，而在内心深处我们希望那一刻不要到来。

"不管怎样，是你自己说的，"我提醒他，"没有人在乎书了。有一天，犹太人醒来，意识到他们需要另一位犹太作家，就像他们需要在脑袋上打个洞一样。现在我们回到了属于我们的地方。"

弗里德曼露出了一种不满的表情，额头上的皱纹变得更深了。"你写得不错。可这种虚假的天真很成问题，给人一种不成熟的印象。你会在采访中表现不佳。"

我感到一阵疲倦。我拎起手提箱的提手。

"告诉我，你想从我这里得到什么，弗里德曼先生？"

他从矮墙上捡起原来放在那里的卡夫卡的袋子。底部有一个小裂口，看上去所有东西都要掉出来了。我本能地伸手去拿，以免那些书撒落到人行道上。

"你能来找我，我受宠若惊，真的。可我不是适合你的作家。我自己的书已经够难写的了。我的生活已经够复杂了。我不想为犹太人的历史做贡献。"我把手提箱拖向姐姐楼前的路上。但是，弗里德曼还没有说完。

"历史？谁说过什么历史？犹太人从来没有从历史中吸取教训。有一天，我们会回头看犹太历史，把它看成是一种短暂、反常的现象。始终重要的才会是重要的：犹太人的记忆。在那里，在记忆的领域，犹太文学始终与历史格格不入，但仍有希望产生一定的影响。"

他打开车门，扔进金属手杖，溜进驾驶座，发动引擎。

"我明天上午十点钟来接你,"他透过摇低的车窗喊道,"你喜欢死海吗?打点一个过夜袋。日落之后沙漠会变冷。"

随后,他朝我摆了摆手,驱车而去,轮胎碾过碎玻璃嘎吱作响。

躺在熟悉的姐姐的卧室里,我终于倒头睡去。再次醒来时,我感觉到了一种思乡之情,就像十七世纪的雇佣兵因远离家乡病倒一样,他们是第一批被诊断出患有思乡病的人。虽然从来没有如此强烈,但对某种东西的渴望从孩提时代起就一直伴随着我。这种渴望既不是时间,也不是地点,而是一种无形又无名的东西。尽管现在我想说,但在某种意义上我感觉到的分裂是自己内心的分裂:既在这里又不在这里,而是在那里的分裂。

我二十岁出头就开始思考和书写这种疼痛。在创作的第一部小说中,我试着用自己的方式来对待它,但最终我找到的唯一真正的疗法也是身体上的:跟爱我的男人有的身体亲密接触,后来是跟我的孩子们。他们的身体始终固守着我。当我拥抱他们,感觉他们的重量压在我身上时,我知道自己是在这里,而不是在那里。每天早上他们爬进我的被窝时,我就不断提醒自己。知道我在这里,在某种意义上也和想要在这里一样,因为他们的身体在我的身体中产生了如此强烈的反应,是一种无需质疑的依恋,因为什么能更有意义或更自然呢?夜里,丈夫常常会背对我睡在床的一侧,我常常会背对他睡在床的另一侧,因为我们找不到通往对方的路,因为我们已经把缺乏穿越的欲望与害怕没有能力穿越混为一谈，所以我们都各自进入梦乡，去寻找一个不在这里的地方。只有第二天早上我们的一个孩子从睡梦中钻进我们仍有余温的被窝时，我们才回到原来的地方，并想起我们对它的强烈依恋。

我脸朝下趴在姐姐的床上，试图分析渗入内心的焦虑。我不仅从离开家的许多次工作旅行中体会到这一点，而且也从我每天早上把孩子们送到学校时体会到，他们发现很难说再见，我不得不把他们的手从我身上拽下来，擦去他们脸颊上的泪水，然后转身走远，就像老师教我们做的那样。他们说，再见的时间越长，孩子就越难受。在这种时刻，如果你想让这一切变得更容易，就得迅速拍拍手，赶快离开。我们周围总有一些孩子似乎对这种日常分别没有什么问题。他们没有经历过与父母亲痛苦的分别。但是，我的两个孩子都没有轻松过。大儿子三岁时，每天上几个小时的幼儿园，总是为分别而心烦意乱。十月下旬，学校的心理学家甚至叫我和丈夫参加一个专门会议。在那位心理学家身后，贴在窗户上的彩色纸在暖气片的上升气流中飘动。心理学家告诉我们说，他哭的时候发出的不是一个孩子正常的哭声。那么，它是什么呢？我问道。在我们看来——在这里，她神情严肃地环顾周围的同事们，以获得他们的支持——这并不是问题。

我当时跟她争论起来，为儿子的幸福和安宁辩护。你应该看看他在家时是什么样，我告诉她。是一个开心的孩子！幽默风趣，充满活力！为了支持我的说法，我从一个充满奇闻轶事的深井中汲取灵感。但在会议结束之后，我依然觉得愤怒。

随着时间的推移，离别变得越来越容易了。儿子渐渐喜欢上了学校。很长一段时间，他跟我道别时一点儿麻烦也没有。不过，分别的恐惧从来没有彻底消失，即使现在，他也还是不时地在学校门口惊慌失措。虽然他恳求我不要让他走，但我能保持冷静说服他。半小时后——他自己筋疲力尽，最后屈服于别无选择这个事实，穿过一扇扇门，一边走一边抹眼泪，而我没有回头，朝相反方向走去——悲伤就会吞没我。我可能要花好几个小时才能集中精力工作，等快到接他的时间时，我会尽早出发，一路行色匆匆。虽然很容易说我只是同情自己的儿子，但在我看来，如果更加仔细地审视自己，我就不得不承认，事实上更起作用的是自己的焦虑和孤独，而我的儿子——大儿子，然后是小儿子——回应了这一事实，因为在他们自己的某个角落，他们明白，只有在他们在场时，在他们的陪伴下，我才能真正感受到在这里，也正是因为他们，我才得以留下来。

我通过视频通话软件给家里打了电话。是我的丈夫接的电话，孩子们的脸一下子出现在我的眼前。他们告诉我，自从我走后，什么东西都没有死；蚂蚁农场里剩下的蚂蚁、黄粉虫幼虫、豚鼠或我们又老又瞎的狗都没有死，虽然它们经历的变化是不易察觉的。难道不是吗？每天它们都在用从周围环境中吸收的原子替换生来就有的原子。童年是一个用从世界借来的材料慢慢重新自己组合的过程。在一个没有引起任何注意的普通时刻，一个孩子会失去母亲给他的最后一个原子。他已经完全替换了自己，然后他就是整个世界。也就是说，孤身一人。

小儿子给我讲了他前一天写的一个故事，说的是有广场卡在肚子里的火山的故事。我的儿子解释说，这是一个问题（指火山，而不是广场，因为广场已经死了）。一些士兵来找他，命令他去参加"黎明的风暴"。我听说过吗？在黎明的风暴中心有一个小点，那是末日风暴，儿子告诉我，那是世界上最热的地方。

在他身后，我看到了熟悉的蓝色厨柜、窗户、旧炉子，并回想起晚上男孩们睡着后我体会到的感觉，以及我独自从学校返家时的早晨，回想起我试图再次发现另一种生活存在时的感觉。

我开始给他们讲那头灰鲸的故事，它迷路了，最后停在特拉维夫的岸边。但是，只听了一句话，他们就发出痛苦的呼叫，我意识到这是一个错误。我还不太清楚该如何把他们从这个小小困境——悲伤的泥潭——中解救出来，上帝不允许他们在里面淹死，因为他们从来没有机会学会游泳。我们只希望他们感到幸福，我和丈夫竭尽全力帮助他们抵御悲伤，他们已经学会了像他们的祖父母害怕纳粹那样害怕悲伤，也怕没有足够的食物吃。有了那种野外求生集训，我更想把孩子们藏在地板下面，或者抱着他们重走一次死亡行军，更多的时候，我发现自己在思考，在波兰的森林里奔跑几周，对他们究竟有何裨益。

此刻，我赶紧向他们指出，也可能是科学家们完全搞错了，也许这头鲸鱼是心甘情愿来到这里的，不惜付出巨大代价把自己孤立起来，冒着生命危险去放手一搏。那头鲸鱼是在进行一次大冒险吧？

儿子们又得救了，表情轻松释然。最后，我的丈夫又出现在屏幕上。有两次，他那张脸静止不动。不过，他的外表的确有一些不同寻常之处。在过去几个月里，他开始显得不一样了。你长时间盯着一处时，熟悉的会变得陌生。也许这只是因为我疲劳了，平时一秒都不停歇地大脑中断了联想。或许这是老年痴呆症的先兆，我确信这将是我的命运，就像祖母一样。不管是什么情况，我越来越多地发现自己像看着火车上的其他乘客一样好奇地看着丈夫，近十年来，他的脸一直是我熟悉疆域的象征，直到有一天，它进入了怪异的王国①。

他一直在关注新闻，想知道特拉维夫是什么情况，也想知道事态可能朝哪个方向发展。现在平静了，我说。也许不会有以色列的空袭，尽管我这样说，但我其实并不相信。难道你不想回家吗？他问道，难道不害怕吗？不是为我自己，我告诉他，而且重复了我听到的别人说的话：一个人更有可能是被汽车撞死，而不是被导弹击中。

随后，他问我顺不顺利，又问我离开以后一直在忙些什

---

① 原文为德语。

么。这个很少被问到的简单问题给我留下了极其深刻的印象。我回答不了这个问题，正如我无法告诉他在我们结婚这十年里我一直在忙些什么、我过得怎样。尽管这段时间我们一直交谈，但在某种程度上这些话语似乎已被剥夺了它们的力量和目的，此刻就像一艘没有帆的船，它们似乎不再带我们到任何地方去了：这些话语并没有使我们更亲近，也没有使我们彼此更了解。我们想用的词不允许使用——恐惧带来的僵化阻止了它们——而我们能用的词对我来说无关紧要。尽管如此，但我还是试了试：我告诉他天气晴朗，我在希尔顿泳池里游泳，还看到了奥哈德、哈娜和我们的朋友玛蒂。我向他讲述了避难所里的气氛，以及有时候会震动墙壁的巨大轰隆声。但是，我没有告诉他有关埃利泽·弗里德曼的情况。

姐姐公寓的一个角落里有一棵树，树下总给人昏暗潮湿之感，蜘蛛丛生。她在这个室外小屋里放了一把曾经很贵的皮椅。这把椅子在我们祖父母的公寓里摆了二十五年。冬天下雨时，金属百叶窗可以关上，但除此之外，她没怎么关注它，相比之下，祖父母十分虔诚地照看这把椅子，很少坐在椅子上，还用床单遮挡中东的阳光。姐姐的这种叛逆、随性的行为令我激动不已。我经常坐在椅子上，以消除盖住它的冲动。

打开卡夫卡《寓言与悖论》的第一页，我开始念道：

许多人抱怨说，智者的话永远只是寓言，在日常生活中毫无用处，而日常生活是我们拥有的唯一生活。当圣人说"越过去"时，他并不是说我们应该跨越某个实际的地方，如果那是值得的，我们无论如何都能做到；他指的是神话般的地方，是我们不知道的地方，也是他不能更准确地指出来的地方，因此在这里他根本帮不了我们。

我感到有点儿沮丧。脱离其作品只思索卡夫卡本人时，我几乎总会感到沮丧。我会想起他生活中那些标志性的场景，我读了很多遍，就像电影里的场景一样浮现在脑海中：在敞开的窗户前锻炼身体，午夜时分还在写作，在一个又一个疗养院的白色消毒床单上度过的痛苦日子。但是，挫折不仅仅是卡夫卡的一个主题，它是一个整体存在的维度，当一个人开始读他时，便能体会到。他的作品描摹的场景起初使人恼怒，而后使人萎靡，毫无出路可言；无边无际地蔓延开来，如密教修行一般忍耐挫折，却只是为了让灵魂能够忍受荒谬。就连圣哲们也为此绞尽脑汁：他们告诉我们应到达某个地方，但我们不知道路径，而且他们对那个地方的了解也不比我们多——甚至没有证据证明它存在。更不用说圣人也是肉体凡胎，却努力引导我们通向无限。在卡夫卡的思考中，它不能被完全反驳，却也是无用的。它们让我们注意到神奇的远方，但不能带我们去那里。

我向前翻，重读了对我来说始终是卡夫卡写的最令人难忘的一段——《审判》中的一节，卡夫卡选择从中摘录并单独出版。一个人来到守卫律法的门卫面前,要求进去。他遭到了拒绝,但没有被完全拒绝——门卫告诉他稍后可以进去。这个人不能前进,但也不能转身离开,所以他在门卫提供的凳子上坐下来,在敞开的门前等待。他不准通过,事实上,这扇门一直开着,似乎只是为了嘲笑他要通过的想法。他花了一辈子的时间等待,一辈子的时间都花在律法的门槛上,他每次试图进去都始终被拒绝。那个人渐渐变老,眼睛昏花,听力微弱。最后,他的生命要接近尾声,"他在整个等待期间经历的一切在脑海里浓缩成了一个问题"。他鼓起最后一点力气向门卫低声问道,每个人都在努力实现律法,那为什么这么多年来只有我想通过呢?门卫大喊着,想让那个垂死的人听到他的声音:"只有你能获准通过这扇门,因为它是专门为你准备的。我现在要关闭它。"

在街道对面的幼儿园里,嘎嘎小姐的歌声已被关掉了,孩子们开始唱歌。尽管我无法完全听懂,但曲调熟悉,歌词也熟悉。我是听着希伯来语长大的——除此之外,这是父母亲争论的语言,但永远都学不会真正说出来。然而,它的声音对我来说却很亲切,就像我忘记的母语一样,多年来我一直在无数次地研究它。卡夫卡在最后几年也学习了希伯来语,为他梦想的巴勒斯坦之行做准备。当然,最终他没有移民(aliyah)——在希伯来语中,它的字面意为"上升",也许他某个部分知道自己永远不会"上升",就像一个人不能"越入"永恒,只能停留在敞开的门前一样。在看过一部关于犹太人拓荒者在巴勒斯坦的电影之后,卡夫卡在日记中评论摩西：

> 穿越沙漠之路的本质……他一辈子都会呼吸着迦南的气息；很难相信他唯有在临死前才能看到那片土地……不是因为生命太短，或摩西未能到达迦南，而是因为它就是人的生命。

没有人比卡夫卡更彻底地栖居在门槛上。在幸福的门槛上，在超越的门槛上，在迦南的门槛上，在只为我们设立的门槛上。在逃亡的门槛上，在变形的门槛上。在一个最终理解的巨大门槛上。没有人把它看得那么有艺术价值。然而，如果说卡夫卡从不阴险或虚无，那是因为即使达到这个门槛，也需要对希望和生动的向往保持敏感。有一扇门。有一条上升或超越的路。只是几乎可以肯定的是，在这一生中，一个人不可能到达这条路，不可能认识这条路，也不可能通过这条路。

那天晚上，我参加了借儿童兴趣班场地举办的舞蹈课。教室的窗框被漆成了天蓝色。我喜欢跳舞，但当我明白自己应该努力成为舞蹈演员而不是作家时，为时已晚。我好像越来越觉得跳舞是我真正的快乐所在，我写作时，也像是在跳舞，其实那很难实现，因为跳舞不需要语言，所以我永远不会满足于写作。从某种意义上说，写作是一种寻求理解的过程，它总是发生在事后，总是一个筛选过去的过程，如果一个人幸运的话,这样的结果就是在纸上留下永久的印记。然而,跳舞却是让自己变得充实(为了快乐,为了爆发,为了安静);它只发生在当下——在它发生之后的那一刻,舞蹈已经消失了。舞蹈总会消失,奥哈德常说。它在观众中激起的抽象联系、情感与形式的联系,以及来自个人情感和想象世界的兴奋——所有这一切都源自它的消失。我们不知道写《创世记》时人们是怎么跳舞的;比如,大卫竭尽全力在上帝面前跳舞时是什么样子。即使我们这样做了,它重新复活的唯一途径就是活在当下一个舞蹈者的身体里,在它再次消失之前,让它立刻出现在我们面前一会儿。但是,写作的目的是为了达到永恒的意义,必须告诉自己一个关于时间的谎言;在本质上,它必须相信某种形式的不变性,这就是我们认为最伟大的文学作品是那些经受了数百年甚至数千年考验的作品的原因。我们在写作时对自己撒的这个谎,使我越来越不安。

所以,尽管喜欢跳舞,但我最喜欢在这个老教室里跳舞,透过那些大窗户可以看到树上的红花,给我无尽的快乐,我却从来没有费心去打听过它的名字。奥哈德及其同伴在楼上一间可以看到大海的房间里排练。老师告诉我们,我们移动时应该试着去感受自己内在每一次小小的溃塌,外界看不见,却在我们内心发生着。接着,几分钟后,她告诉我们说,我们会感到一种持续的溃塌,柔软而又持续,好像雪在我们的体内飘落一般。

下课后，我走到海滩，坐在沙地上，想着身后曾经是一片沙漠的情景。有一天，一个顽固的男人来到沙滩上画出一道道线，六十六个顽固的家庭站在沙丘上，用贝壳标出六十六个地块，然后去建造一座座顽固的房子、种植一棵棵顽固的树木。在这个基础上，一整座顽固的城市成长起来，比任何人所能想象的更快、更大，现在有四十万人带着同样顽固的想法生活在特拉维夫。海风也一样顽固。它会磨损建筑物的外墙，它会锈蚀，什么新东西都不准留在这里，但人们并不介意，因为它给了他们一个顽固拒绝修复任何东西的机会。当对此一无所知的人从欧洲或美国来，用外国资金使白色的东西再次成为白色，使千疮百孔的东西成为整体，没有人说什么，因为他们知道这只是一个时间问题。当这个地方看上去迅速衰败时，他们又高兴起来，他们经过时更容易呼吸，不是出于幸灾乐祸，不是因为他们不想给外国人最好的，不管他是谁，一年只来一次，而是因为人们真正渴望的甚至不仅仅是爱或幸福，却是凝聚。首先是在他们的内心，然后是由他们组成的生活。

潮水把已被磨成彩色碎屑的塑料垃圾冲到了岸边。它们与沙子混在一起，在海浪表面打着旋。叙事可能无法维持无形，但生活几乎亦同样如此——这就是我写的吗？我应该写的是"人的生命"。因为自然创造形式，但它也会摧毁形式，正是这两者之间的平衡使大自然保持安宁。然而，如果说人类思维的力量在于它能够从无形中创造形式，并通过语言结构将意义映射到世界上，那么，它的弱点就在于它不愿或拒绝摧毁它。我们依附于形式，害怕无形：从最开始，人就被教导要害怕它。

有时候，夜里给孩子们读书时，我冒出了一个反常的念头，那就是，在为他们复述人们几百年来或几千年来一直在讲的同样的童话、《圣经》故事和神话时，我不是给予他们一件礼物，而是从他们那里拿走一些东西——剥夺了他们理解世界的无限可能性，将古老的讲述在如此小的年纪深深地刻进他们的思维。夜复一夜，我都在以常规的方式讲给他们。无论它可能会多么美丽，多么动人，它都是那样。我告诉他们，这就是生命可以采取的多种形式。然而，我还记得大儿子的头脑没有形成已知的形式，也没有遵循熟悉的模式时，他对这个世界提出的紧急而奇怪的问题重新向我们揭示了这一点。我们把他的观点看成一种出色的表现，但我们仍然继续用传统的方式教育他，哪怕是在他们惹恼我们的时候。那是出于爱。这样他就会在这个他别无选择的世界里找到自己的路。渐渐地，他的想法就不那么使我们吃惊了，他的问题大多是关心他现在读给自己听的书中词语的意思。在那些夜晚，再次给我的孩子们朗读诺亚、约拿、奥德修斯的故事。在我看来，那些使他们平静下来、使他们的眼睛闪闪发亮的美丽故事也是一种束缚。

我沿着远离大海的其中一条小街走回家。等我回到布伦纳时，天色已晚，尽管腿疼，但我还是睡不着。

舞蹈老师曾经说过，要随时准备突然爆发，但此刻先不要爆发。

凌晨两三点钟，警报声突然响起，我走下楼，跟一位老太太和她的女儿一起站在混凝土楼梯间。警报声停了，我们在寂静中低下了头。当雷鸣般的爆炸声响起时，老太太抬起头朝我微微一笑，笑得那么不合时宜，只有老人才能笑得出来。在回去睡觉的路上，我从手提箱里取出几件衣服，塞进我在水槽下面找到的一个塑料袋。可以说，是未雨绸缪。或者因为那个时刻我似乎要收拾行李去旅行，而我却没有打算去。或者是因为这样我就不用再醒来，面对我试图开始却又几乎肯定永远不会开始的小说，尽管可能还有一点点机会。我打开电脑，查看新闻，尚且没有任何报道。我给丈夫发了一封电子邮件。我说，我可能需要一些时间。我需要离开的时间可能比我想的要长。除此之外，我没有解释自己的沉默会促成什么。

是 否

爱泼斯坦走进了房子。他走进时,脑海里冒出了一首歌。他走进时,就像一个人走进自己的孤独,没有希望去填补它。像克劳斯纳这样的人一定有自己的随从,所以他对遇到三四个人在忙着为安息日和克劳斯纳的到来做准备并不吃惊。他们穿着运动衫和牛仔裤,要不是戴着无檐便帽,他们看着就像美国哪所大学宿舍里的邋遢学生。除了一个年轻人——黑人,留着连鬓胡,下巴上胡须蓬乱,他已经身着黑色夹克和白色衬衣,彰显虔诚的装束。他坐在角落,抱着吉他,上下打量着爱泼斯坦,手指在拨弦,没有停顿。他是通过什么途径来到这里的呢?爱泼斯坦一边寻思,一边设法听懂旋律。他想象着小男孩两鬓斑白的母亲站在布朗克斯区公寓的窗边,匆匆架起圣诞树的情景。后来,大家围坐在一张十人桌边,一一进行介绍。深情的吉他手被介绍为佩雷斯·哈伊姆。爱泼斯坦忍不住问道:"可你的真名是什么?"。年轻人一本正经地回答说,佩雷斯·哈伊姆是他的真名,像朱尔斯·爱泼斯坦一样真实。

克劳斯纳在前台后面一台过时电脑上发了一封"安息日前最后一次机会"的电子邮件,并仔细检查了一下是不是所有的灯都开着,便催促爱泼斯坦又来到外面,穿过一条条狭窄的街道,目的地是老犹太教堂——他说,为了感受气氛,他一起搓着两根手指,爱泼斯坦觉得他在比划钱,而不是空气。吸入灵气。他们走过一段石阶,一块大墓地出现在山谷下方。墓地周围种着柏树,呈锥形,似因缺乏光照、缺乏风吹雨淋而形成。

下面,数个世纪的伟大圣人躺在涂成蓝色的坟墓下面。爱泼斯坦在城里、在铺路石和门上、在砌房粗石之间的缝隙里,到处都可见这种蓝色。克劳斯纳解释说,这是避开邪眼①的传统。"有点儿像异教徒"——他耸了耸肩——"但有什么害处呢?"

他们走到墙上一扇拱形门前,穿过一个铺着宽阔铺路石的院子,走进一间天花板很高、刷成白色的房间,里面挤满了穿黑袍、流苏悬荡的人。房间里的人不停地走动,这里吟唱,那里轻晃,胡须因为与上帝沟通而紧张得竖起,似乎没有秩序,而其他人则是下班后赶来,一边从摆满橙汁汽水和蛋糕的桌子上吃东西,一边闲聊。克劳斯纳从桌子上递给他一顶白色缎面便帽。爱泼斯坦检查了里面。谁知道有多少颗脑袋戴过它?他正要把它塞进口袋,但桌子后面那个执事正眯眼盯着他。于是,爱泼斯坦眨眨眼,把它戴在了自己的头上。

现在,好像是在遥感电磁术的指挥下,所有人加入了合唱。爱泼斯坦急切地想把自己的声音加进去,不是唱歌,而是大声喊出不连贯的、病人般的呓语——他张开了嘴,又合

---

① 恶毒眼光,据迷信说法,这种眼光可使人倒霉或遭受伤害。

上，因为身后霎时变得寂静。当这首歌渐渐变成零星的吟唱时，克劳斯纳被一个比他块头更大的人拉住，聊了起来。那个人的胡子又粗又红，如以扫①的胡子一般。

爱泼斯坦发现自己落了单，便任由人群把他拉向相反的方向，经过摆满镶金边的图书和绢花的书架。置身在黑袍的旋涡当中，他看到了一把硕大的深色木椅，椅腿底部有隼爪，连在一个像摇篮一样的东西上——噢，上帝，那是他们做割礼的地方吗？野蛮行为！随后，他注意到墙上有一个开口。越过椅子，便能顺着开口走下楼梯，进入一间石窟般的小屋。那里有一些油蜡烛在闪烁光芒。适应了黑暗之后，他看到自己并不孤单：一个眼睛水汪汪的人坐在一只矮凳上。发霉的空气显得凝重，并且夹杂那个人的体味。墙上挂着一块小铜匾，爱泼斯坦试图借烛光认出它。这里便是用来纪念五百年前著名的卢里亚前来祈祷的地方。

那个萎缩的人摸索着他的腿，给了他一些东西。一阵幽闭恐惧袭遍他全身。可以呼吸的空气似乎所剩无几。一首赞美诗，他想念一首赞美诗吗？那个人问的是这个吗？向圣人祈求祝福？老人的腿上放着一包曲奇饼干，爱泼斯坦没接过书，那个人便将饼干推向他。不，不，他也不想要饼干。那个人继续拽爱泼斯坦的裤腿，爱泼斯坦俯下身，一把扯开那只患关节炎的手爪，逃之夭夭。

---

① 以扫是以撒和利百加所生的双生子，以扫为长子，雅各为幼子。以扫善于打猎，心地直爽，常在野外，更得父亲以撒的欢心。孪生兄弟雅各为人安静，常在帐篷里，更受母亲利百加的偏爱。

半小时后，克劳斯纳回到了吉尔古尔，额头上又冒出了几滴汗。一周内，在拉比的影响下，爱泼斯坦第二次发现自己坐在了一桌犹太人面前。但是，不像美国犹太领袖的听众，他们聚在一起，吃着昂贵的餐食，发表和从前一样的观点，围坐在这张简单木桌旁的修行者似乎警觉而又活跃，乐于接受奇迹。爱泼斯坦匆匆地环顾四周，等待着演出开始。在这里，克劳斯纳比在广场酒店时更有精神。今晚，爱泼斯坦是他的贵宾，因此拉比的布道是专门为他设计的——如果该用"设计"这个词的话，因为那些句子似乎自发地讲出。他踮了踮脚，隆重地开口说道：

"今晚，让我们欢迎大卫王的后裔！"

所有的人都转过头去看。父母是伊迪和索尔的爱泼斯坦没有费心去纠正他，就像人们不会费心去纠正从袖子里又抽出一张牌的魔术师那样。

克劳斯纳从以色列王跳到了弥赛亚[①]。据说，弥赛亚通常来自大卫王的后裔。从弥赛亚，他又跳到了时间尽头。从时间尽头，他又跳到了时间开头，跳到了上帝退缩，为有限世界腾出空间，因为时间只能存在于永恒的缺失当中。拉比从上帝的圣光中退了出来，蓝眼睛闪烁着现实的烛光，跃入空无一物的空间，黑暗中蕴含着这个世界的潜能。他从蕴含世界潜能的空间又跳跃到具有时日和尺度的世界。

就像这样，这位出生于克利夫兰、身材高大、体态矫健

---

① 犹太教用这个词来指出自大卫家的拯救者，由他带领以色列国恢复大卫统治时期的辉煌盛世。

的拉比,被移植到了《圣经》的古老土地上,像杰基·乔伊纳①一样,从无限跃向了有限。爱泼斯坦不是很专注。今晚,他的思想散漫,注意力转瞬即逝。这些话伴随着维瓦尔第的咏叹调在他的脑海里滚滚而过。自从那天早上在希尔顿酒店醒来之后,维瓦尔第的旋律就一直留在他的脑海里。

"但是,有限的会记住无限的,"克劳斯纳举起一根长长的手指说,"它仍然包含着无限的意志!"

无限的意志,爱泼斯坦对自己重复道,在脑海中权衡着这个短语,就像一个人掂量一把锤子能不能把钉子钉牢一样。但是,词语在他身上散开,只扬起了灰尘。

"所以,这世上的一切都渴望回到那里。将自己修复到无限。这个修复过程,这个我们称之为 Tikkun 的最美丽的过程,就是这个世界的操作系统。Tikkun olam——世界的转变,如果没有 tikkun ha'nefesh——我们自己的内部转变,就不可能发生。在我们进入犹太思想、犹太人式质疑的那一刻,我们就会进入这个过程。因为除了一个空无的空间,还有什么称得上是问题呢?一个试图用无限的部分再次填充的空间?"

爱泼斯坦瞥了一眼面色苍白的邻人,只见她浓眉紧锁,显得聚精会神。她很年轻——甚至比玛雅还年轻——而且严肃得像一尊偶像。她仿佛是一场大劫难的幸存者。最终得到自己那部分无限时,她会知道该怎么办吗?研究她指关节上的文身,爱泼斯坦并不能确定答案。他沮丧地看了看手表,

---

① 杰基·乔伊纳(1962—),美国女子田径运动员。先后四次改写女子七项全能世界纪录,被誉为"女铁人"。

离出租车来接他应该还有一个半小时。他想给玛雅打电话，或者跟施洛斯一起办理登机手续，或者联系身处耶路撒冷家中芬芳花园的以色列博物馆开发部主任，为打扰到她的星期五晚餐而道歉，并宣布他决定给她两百万美元，委托她以他父母亲的名义做一尊不朽的雕塑。一尊生锈的、不可移动的矮小东西，就叫《伊迪和索尔》。

先是他的父亲，然后突然是他的母亲。父亲多年来生命垂危，从爱泼斯坦记事起，他就一直生命垂危，他的母亲却一直活着，否则她怎么能做出最后的决定呢？爱泼斯坦埋葬了他的父亲，安排了一切——亲戚们，无论距离多远，都想要一份他的悼词，这是多么感人啊！而他什么也不能给他们，他只是随口说说而已。约拿和他的堂兄堂弟们扛起了松木棺材。"站在板上！"掘墓人大声喊道，"站在板上！"他把两块薄木板横放，他们要用绳子吊住棺材放下来。但是，他们在重压下挣扎着，穿着的礼服鞋在松软的泥土里打滑，看不清自己的脚在哪里。那天晚上，七日服丧期满，所有人都离开了，爱泼斯坦独自哭泣，想起了父亲在病床上看着自己裸露、瘀伤的腿问道："我怎么伤得这么重啊？"

不过，他仍能操纵沉重的悲伤，并把注意力从那些最容易造成破坏的地方转移开来。他安排笃信宗教的亲戚从克利夫兰和加利福尼亚飞来，安排了一个人说哀悼祈祷词，已经提前一年把墓碑钱付给了石匠。但在这一切安排中，他没有安排好自己的母亲。她总是自己作主，不需要他的帮助，从来都不需要任何人的帮助，仅仅是听到别人要帮忙都会生气。他的父亲去世不到三个月的一天早晨,在迈阿密阳光岛,她独自坐电梯下去,心脏病发作,撒手而去。是在救护车里去世的,当时只有护理人员在场。

之后,爱泼斯坦不得不从头再做一遍,像在雾里一样忙碌着。人们和他说话,但他几乎没听见,在他们的哀悼声中走开;这不是他的错,但他震惊不已。三个星期后,他独自飞回了迈阿密。他的妹妹琼妮不想参与处理父母亲的遗物。所有的一切,母亲都留给了多才多艺的哥哥。他整理了他们的物品,知道自己在寻找某种东西,这是对他始终知道但从来没有被告知之事的一种证明,因为即使说出他父亲的过去也会违反他们世界的法律。现在,他用颤抖的双手翻着父亲的抽屉时,也无法自如地谈论父亲在战争中失去的妻子和小儿子。他说不出自己是怎么知道的。认知的起源——不,不是认知,是天生的感觉——他无法说清楚。但是,只要他的记忆还在,他就一直拥有这种感觉。它已经告知了一切。虽然没有触及,他却感知到了那种缺失。

最后,他只找到了一个鞋盒,里面装着他从来没有见过的母亲的旧照片。母亲怀着他,肚子圆圆的,头发被风吹着,脸庞被中东的太阳晒黑了,五官的线条深沉而坚定。她不是没有条理,而是按自己的方式行事。她的内在秩序对别人是隐藏的,这给人的印象是她不可理喻。即使和她共度了一生,爱泼斯坦站在衣橱齐膝深的箱子里,或者翻看她的文件,也还是无法破解密码。康奇塔也帮不上忙。他自己沏了速溶咖啡,而她则在卧室里闷闷不乐,给利马打了内线电话。在橱柜里,在没有开封的茶叶盒后面,爱泼斯坦注意到了拉杜丽①锡罐——是他在一次去巴黎旅行时买的礼物。打开后,他在底部发现了一些锯齿状的灰珠,他把它们倒进手掌,才惊讶地发现原来是乳牙。他自己的牙齿,他从来不知道自己的母亲这样善感,居然保存了六十年。他被深深地感动了,泪水夺眶而出;他想把眼泪展示给某个人看,正要把康奇塔叫进房间,电话却在这时候响起。他心烦意乱地把那些乳牙塞进口袋,直至把裤子送到干洗店后才想起来。他畏缩了一下,现在想到了那些和废水一起冲下排水管的小牙齿。

拉比结束了布道,在白面包上做了祝福。克劳斯纳从面包上撕下几大块,蘸进一盘盐里,把其中一块塞进嘴里,然后把剩下的扔到桌子四周。爱泼斯坦知道,这是会引来赞美的粗鲁:是拒绝用礼貌来消磨自己的热情。礼仪对人有什么好处?拜访过丽安妮的父母亲,回程路上他不禁开口讲起来,车窗外是康涅狄格州浓密的老树。人类进化过程中出现了一次错误的转折,那是生活必需感缓慢流失的结果。一旦生存不再是问题,时间就花在轻浮和愚蠢的装饰上,进而导致了礼节的荒唐扭曲。那么多无用的精力都花在满足社会礼仪的标准上,最终只会造成束缚和误解。丽安妮的家人和他们傲慢的礼节是他演讲的灵感来源,而一旦他开口,就难以

---

① 拉杜丽,巴黎著名高级甜点,创建于1862年。

停止，直到他们把车开进曼哈顿的停车场：人类本可以走另一条路，让内在的自我暴露无遗！

丽安妮无法扭转进化的潮流，默默地从她的包里拿出一本《纽约客》，开始翻阅。她总是这样。爱泼斯坦永远也无法前进一步。也许是欲望让他坚持了这么久：他也曾经试图撞那堵墙，试图冲破她的秘密内院。过了一会儿，他耗尽了辩论的精力。他的世界让他疲惫不堪。距离他向丽安妮宣布他不能再维持婚姻还有几个月。当他们在四季酒店为她的侄女庆祝十六岁生日时，一个白衣侍者拾起他掉在地上的餐巾，放回他的膝上。爱泼斯坦也像往常一样想跳起来大叫一声。可那又怎样？他想象着食客们茫然地转过身，侍者的脸紧绷着，涟漪般拂动的窗帘最终平静下来。于是，他不再纠结，在去洗手间的路上，让侍者再上一份棉花糖甜点，配一支蜡烛。

现在，一想到丽安妮有细纹的脸，她早晨睁开眼睛时总会流露的微微的惊讶，爱泼斯坦就感到一阵疼痛。她这种困惑的表情总使他心烦意乱。他一觉醒来，想继续昨晚的争论，但她睡着就忘记了，迷迷糊糊地醒来，不知他在说什么。她为什么不能更像他些呢？他记得那天晚上他告诉丽安妮他不能再继续维持他们的婚姻时，丽安妮说他已经不是他自己了。他还在为父母亲的去世感到震惊，现在不是鲁莽行事的时候。不过，从她眼角痉挛的样子来看，他知道她了解甚至他还没有意识到的东西。她不是困惑，而是得出了自己的结论。一些东西需要打破，他当时感觉到了这一点，脆弱的骨头在他的手指下一个接一个地断裂。他没想到会是这样。他原以为这是一项几乎不可能完成的重任，结果却不费吹灰之力。婚姻是那么轻盈、脆弱的东西。如果早知道的话，他这些年来会不会更加小心？还是他早就会破坏掉呢？

热气腾腾的盘子是从吉尔古尔厨房端出来的。在滚烫的平底锅里，一只被拔去毛的鸡躺在那里，黄澄澄的，在鸡油里滋滋冒着泡儿。爱泼斯坦猜想，克劳斯纳会不会撕下鸡大腿，把它们扔到桌子周围。但是，其中一个女孩，从外表上看像同性恋，用一把切肉刀切起来。一只盘子传给了爱泼斯坦，上面高高地堆着肉和土豆。他差点儿被淹死，之后就没吃东西。他的胃受不了。因为什么呢？吞下了一点海水？他的母亲从坟墓的另一边攻击他。他怎么了？一支永远抽不完的香烟冒出的烟在她周围打转。他以前有过钢铁般的胃！他喝了一口酸葡萄酒，吃起油腻的鸡肉来。他勉强咽下去。这只是一个执行力的问题。很久以前，当约拿和露西还小时，他被诊断出患有恶性黑色素瘤。那年秋天，他胸前的一颗小黑痣开始随着树叶变色。医生做了活检，结果是威胁他的死亡在壮大势力，变换着颜色。医生严肃地说，存活率为10%。没有治疗法。离开医生办公室，在阳光照耀下，爱泼斯坦沿着中央公园西边散步，颤抖着做出了一个决定：他要活下去。他没有把诊断结果告诉任何人，连丽安妮也没有告诉。他再也没有去看医生。一年又一年过去了，他胸前那块小小的白色伤疤渐渐褪色，变得看不出来了。威胁他的死亡变得看不出来了。有一次，经过那个被遗忘的地址时，他看到了黄铜标牌上医生的名字，不禁打个寒战。他把围巾裹紧，笑着走开。心胜于物！是的，他治好了自己的口齿不清，治好了自己的弱点，治好了种种失败，治好了筋疲力尽，治好了种种无能，而且好像这还不够，他还治好了自己的癌症。钢铁般的胃和钢铁般的意志。凡是有墙的地方，他都穿过了。尽管他咀嚼时感到反胃，但他肯定能把晚餐吃下去。

就这样了，一直到很晚——因为饭吃了很长时间，还有克劳斯纳领唱的歌声，克劳斯纳巨大的手掌拍桌子，发出响亮而有节奏的拍击声，把盘子和银器震得丁当作响，把这群人带到了最后——爱泼斯坦吃得饱饱的，再也受不了肚子里的翻腾。他站起来，在黑暗的走廊上摸索着找卫生间，这时候碰见了她。

门半开着，透过门，柔光倾泻。他走近时，听到了潺潺水声。他没想过转身离开。他的本性是不愿离开的，他总是太好奇，把看尽世界的全貌当成自然而然的事。但是，他透过门缝往里看时，眼前景象让他感到一阵激动。他按着肚子，屏住呼吸，那个年轻女人坐在浴缸里，下巴倚在膝盖上，一定感觉到了他的存在，因为她慢慢地、几乎是悠闲地转过脸，没有抬起头。她的黑发剪得短，露出后颈，目光平静地落在他身上。她的目光那么直截了当、那么令人吃惊，他觉得她的目光似乎要裂开了。惊心动魄的等待。他吓得后退了几步，不禁一脚踏空，在黑暗中，他的手撑住墙壁。反过来也吓了她一跳。

直到这时候，他才意识到她根本没有看见他。她在黑暗中不可能看见。不过，有那么一会儿，他看到了她的身体，水从她的身上小溪般流下来。之后，门砰的一声关上了。

他感到自己的肠子抽搐了一下，便顺着大厅逃了回去。他来到前门，推开门，冲到外面。气温已经下降了，在浩瀚的天空中，寒星变得坚硬闪耀。他奋力穿过杂草丛生、齐膝高的灌木丛。一股潮湿的植物气息从脚下的杂草中散发出来。他弯下腰，开始呕吐。他吐啊吐，以为吐完了，又吐出更多的东西。他喘着粗气，尽了最大的努力，看见自己呼出的雾气在空中消失。

他擦了擦嘴，站直了身子，双腿仍然乏力。他明天真的应该去看医生。有些事不对劲儿。他回头望着月光照亮的房子。他在这里做什么？他今晚不舒服，似乎已有一段时间了，已经不再是原来的他了。是这样吗？不再是爱泼斯坦了吗？从他毕生的逻辑和史诗般的推理来看，难道他不可能看到一个幽灵吗？

他无法让自己回到屋里。他穿过那些荨麻，不知往哪里走。房子四周，一堆堆石头和瓦片乱堆在一起，一把铁锹从石土里伸出来。这里什么也没有完成：一遍又一遍地用同样的破碎材料在同一块土地上建造世界。爱泼斯坦跌跌撞撞地走着，松散的泥土灌进了他的鞋里。他倚着墙，脱下那只意大利休闲鞋，抖掉里面的泥土。他还没有准备好被埋葬。这堵墙留住了来自太阳的热量。爱泼斯坦浑身哆嗦，想多吸收热量，直到一个念头冒出来：如果她根本不是幽灵，而是克劳斯纳有血有肉的情人呢？当克劳斯纳也像其他人一样被这个世界的规则控制时，他还能那样挥舞神秘的魔杖，谈论精神领域和神圣之光的启示吗？要么她可能是他的妻子？拉比曾经提到过妻子吗？她可能坐在那里听克劳斯纳讲话吗？穿着褐色长裙，头上顶着厚重的头发？

爱泼斯坦绕了过去，来到了房子后面，看到了从一扇窗户射进来的光。还有什么？他应该回到特拉维夫，回到他住的酒店，可以睡在自己的特大号床上——那是他此刻唯一渴望的，醒来时恢复脑力。出租车已经在接他的路上了。他会像他来时那样走：穿过此刻已笼罩在黑暗中的萨法德的街道，顺着此刻已经黑暗的山腰，穿过黑暗的山谷，沿着黑暗中闪烁的大海，一切都与来时相反，因为生活在一个有限世界里就是这样，不是吗？由对立组成的生活？做与不做，在这里与不在这里，是与否。他这一辈子把不存在的东西变成了存在的东西，难道不是吗？他曾经努力把不存在和不可能存在的东西变成了光明的存在。站在生命的山顶上，他多久有过一次这种感觉？在灯光耀眼的家里，鸡尾酒侍者忙着服务聚在一起为他庆生的客人。他望着漂亮的女儿们，她们的一举一动都流露出自信和智慧。他在一个可以看到白雪皑皑的阿尔卑斯山景的房间里，在十六世纪的天花板横梁下醒来。他听到他的孙子在演奏爱泼斯坦买的那把大提琴，棕色琴身上的光泽是一种美好生活的光泽。一个完整的人生。生命努力地将不存在变成存在。有时候，电梯门打开，犹如舞台上幕布升起让他和丽安妮以及孩子们亮相。那里的世界如此充实,他简直不敢相信。不敢相信他对自己的信仰,不敢相信他的巨大愿望,也不敢相信他不断努力取得的成就。

他筋疲力尽,有些想拿起电话找个人来大声倾诉。但是,说什么呢?这么晚了,还需要纠正什么呢?

他正要走到窗前,突然听到野草丛里飒飒作响。灯光照得他看不见东西。然而,他感觉到在黑暗中移动的什么东西与其说是动物,不如说是人。"谁在那里?"他喊道。回应他的只是远处那条狗的叫声,它没有得到它想要的东西,还在吠叫着。但是,爱泼斯坦能感觉到有一个人在附近,他还没有准备好应付那个莫名其妙的人,便又喊道:"嘿!那外面是谁?"

"是我。"低沉的回答紧贴他的身后传来。

爱泼斯坦飞快地转过身。

"谁?"

"佩雷斯·哈伊姆。"

"佩雷斯——"爱泼斯坦呼了口气,觉得自己的膝盖快要软了,"你差点儿让我犯心脏病。你在这里做什么?"

"我本想问你同样的问题。"

"别自以为是。我出来小便。拉比的演讲让人头晕。我需要一些新鲜空气。"

"这后面的空气更新鲜吗?"

爱泼斯坦没有完全清醒,但也没有完全糊涂,本能般地站起来迎接挑战。

"你的妈妈叫你什么,是佩雷斯吗?"

"她不这样叫。"

"可从前她一定叫过你什么吧。"

"她叫我埃迪。"

"埃迪。埃迪,我能想象以这个名字行走世界的样子。我有个叔叔名叫埃迪。如果我是你,我还是会叫埃迪。"

但是,佩雷斯·哈伊姆很快也壮了胆,也许是被晚餐上的酒壮了胆。

"你是说会被困住?"

爱泼斯坦现在回想起了自己的祖父,他从来都不认识自己的祖父,祖父显然换了四次名字,这样"邪眼"就找不到他了。不过,那时世界比较大。更容易找不到。

"你怎么到了这里,佩雷斯·哈伊姆?"

但是,那一刻那个年轻人逃脱了,因为就在这时候,他们身后窗户里的灯光熄灭了,他们陷入了黑暗之中。

"睡觉时间到了。"佩雷斯·哈伊姆低声说道。

爱泼斯坦感到一阵疲惫,随时可以躺在她窗下的地上,闭上眼睛。第二天早上,一切看起来都会不一样。

"拉比在等着呢,"佩雷斯·哈伊姆最后说,"他派我来找你。"

爱泼斯坦从他的话中感觉到了责备。然而,他们俩不是站在同一条线上吗?两个人都来晚了,但都是出于自愿吗?现在荒唐的是,他看到自己留着杂乱的胡子,穿着深色夹克,成了复制品的复制品,这样他也许可以触到古代的真品。

他能闻到那个小伙子的汗味。他伸出手,搭在小伙子宽阔的肩膀上。"告诉我,佩雷斯,我得知道——她是谁?"

但是那个年轻人断断续续地笑着,然后突然转过身,消失在了黑暗中。他的忠诚在别处。显然,他不太喜欢爱泼斯坦。

从特拉维夫一路赶来接他的出租车被拒绝——七百谢克尔的车费从敞开的车窗递给了司机,上面还有一百谢克尔。司机努力盘算他应不应该生气,最后耸了耸肩——这对他来说算什么?——数了数钱,然后把出租车倒了回去。爱泼斯坦一直等到发动机的声音渐渐消失,夜晚又被一段段寂静的、不可估量的距离所填满。他知道这是一个错误。他应该坐车回去,本可以逃离,回到他熟悉的世界。明天他本可以在阳台上晒太阳、喝橙汁。他本该回去,但他不能。

回到屋里,爱泼斯坦循着说话声来到厨房。那个挥舞过切肉刀的人眼下正在用一只瓮里的热水沏咖啡,对听她说话的人滔滔不绝地讲着,如果听到今晚拉比的讲话,迈蒙尼德①都会气坏了。她说话的语气好像她认识那位十一世纪的神学家。她说,迈蒙尼德认为,上帝是绝对存在的。你无法概括他的特征,他也不会有新的特征。她继续说着,直到神情忧郁的佩雷斯·哈伊姆——有人告诉爱泼斯坦他的名字意为"爆炸成生命"——大声说,尽管如此,迈蒙尼德仍然坚持认为有奇迹发生。他是中世纪人,佩雷斯说,他同时接受了理性和启示。但是,这个女孩并没有放弃,如果佩雷

---

① 迈蒙尼德(1138—1204),中世纪犹太教首屈一指的犹太神学家、哲学家。他在《困惑者指南》一书中藐视占星术。他是迄今最有影响的一位犹太哲学家。

斯·哈伊姆名副其实，二人可能会出现激烈地争论。虽然这位温柔的吉他手还没有爆发，但总有一天会爆发，这次他没有争论下去，把话题转到了奶酪制作者身上。他们一行人打算第二天前去拜访她，她的正统派丈夫在房子后面种大麻。

爱泼斯坦在书房里找到了拉比，拒绝了一起喝白兰地的邀请，并要求带他去房间。拉比听了非常高兴。他明天会带爱泼斯坦去参观，向他展示自己如何修复城墙和拱门、如何将这个被忽视了一个世纪的地方复原！他会带爱泼斯坦去参观教室，那是一座小图书馆，里面收藏着索罗科夫家族捐赠的图书——他认识东七十九街的索罗科夫一家吗？他们的儿子对犹太教没有兴趣，对任何事儿都没有兴趣，来这里时一副懒散状态，后来去学习哲学，然后学习草药。背包徒步旅行印度之后，本着自己的开悟体验在威廉斯堡开了奈斯哈玛瑜伽馆，他的店面也卖药酒。出于深深的感谢之情，索罗科夫夫妇捐出了三千本书。爱泼斯坦什么也没说。还有书架的钱，克劳斯纳补充道。

环顾房间，爱泼斯坦看到它就像承诺的那样简单：床、窗户、椅子和一个小衣橱，经历了多少岁月，唯有气味留存。一盏灯在墙上投下温暖的阴影。角落里有一个三角形水池，旁边墙上的钉子上挂着一条硬邦邦的毛巾；谁能说清有多少朝圣者曾经用它擦干自己？克劳斯纳徘徊在他身后，继续谈起大卫后裔团聚的话题。通过小额捐赠，他们或许能请罗伯特·奥尔特担任主讲人。这并不是他的第一选择，但奥尔特有主流吸引力，并已经计划本周进城。

拉比的第一选择是什么呢？爱泼斯坦问道，他能在睡梦中进行交谈。

大卫本人，克劳斯纳猛地转过身说。他已熟悉克劳斯纳的目光，但此时爱泼斯坦认为他捕捉到了别的什么东西，如果不是清楚地感觉到自己的疲劳，他会以为那是一丝疯狂的迹象。

"那你认为我算他的后裔？"爱泼斯坦轻声问道。

"我知道。"

最后，朝圣者爱泼斯坦再也站不住了。他挂起上衣，一头倒在床上。有那么荒唐的一瞬间，他认为拉比会弯下腰给他掖被子。但是，克劳斯纳终于意识到他要睡了，道了晚安，并答应早点叫醒他。就在他关上门之前，爱泼斯坦叫住了他。

"梅纳赫姆？"

克劳斯纳探头，激动得满面通红。

"什么事儿？"

"在这之前你是干什么的？"

"什么？在吉尔古尔之前？"

"我感觉你不是一直信教。"

"我现在也不信教。"克劳斯纳咧嘴笑道，但是，他想到自己，神情又变得严肃起来，"是的，是有个故事。"

"恕我直言，我希望能听到比修复的拱门更多的东西。"

"无论你想知道什么。"

"还有别的事儿，"爱泼斯坦回忆说，"你为什么把这个地方称为吉尔古尔？如果你问我的话，我觉得它有些拗口。"

"Livnot U'Lehibanot——建造和被建造——已被沿街的地方取代,在棕榈滩犹太联合会的捐赠基金到位以后。"

"他们在那里干什么?"

"*Hitbodedut*。哈西德冥想。每次静修结束后,他们都把学生依次送进树林。沉思。唱歌和呼喊。体验提升。偶尔会发生有人迷路的情况,必须派紧急救援队来。"吉尔古尔这个词含义不简单,别看读着拗口,克劳斯纳解释道,这个词的意思是"循环"或"轮子",而在喀巴拉,它指的是灵魂的轮回。如果准备好了,你就能到达更高的灵性境界,有时候自然也会受到更多的惩罚。

朱尔斯·爱泼斯坦关掉床头灯,灵魂在僵硬的被褥下悸动,他又回到了那难以对付的黑暗中。睡不着,脑子里还在继续争论,收集可以证明自己观点的证据。过去几个月里,他的心境变得平和,那种不屈不挠的黑暗是否与从前的不同了呢?

这个词不请自来,出现在他面前,恰如其分。因为只有在停火状态——在可怕的寂静中,它暂停了先前的命令——他已经完全意识到自己现在必须把什么看成是一场战争。一场史诗般的战争,许多战役他都记不清了,也想不起来了,但他赢得的战争大多是以他不愿探索的代价换来的。他曾经既攻又守。他睡觉时把武器放在枕头下面,醒来就开始争吵。露西曾经对他说过,如果没有和某人发生争执,他的一天就不算正式开始。但是,他觉得这是一种健康的表现。是活力的表现。即使是破坏性的后果，也是创造性的表现。是所有的疯狂！卷进来，锁死，处于一种永久的矛盾状态——这只会不断给他带来活力，绝不会耗尽他的精力。"让我静静！"他有时候会在和父母亲或丽安妮的争吵中大吼，但事实上，和平并没有吸引他，因为最终这意味着他只能跟自己独处。父亲过去常常拿皮带抽他。为了一丁点儿错误，父亲不断鞭打他，拽出黑色皮带，把他逼到角落，抽进他裸露的皮肤。然而，是他的父亲上午十点钟还拉着窗帘躺在床上一动不动的幽灵激起了他自己的愤怒。他小时候踮着脚尖走过父亲卧室门时的恐惧后来变成了愤怒：他为什么不集结力量振作起来呢？他为什么不站起来大摇大摆地走出去呢？爱泼斯坦无法忍受这周围的一切，就开始把所有的时间都花在屋外。在那里，明亮的能量忙碌地嗡嗡作响。父亲抑郁症不发作时，也不易相处——行为方式顽固，容易发怒。索尔和伊迪，与万物垂直，绝无平行，无法顺其自然，对万物都有自己的看法，爱泼斯坦也是在极端的解决方案中锻炼起来的。你要么无精打采地躺着，要么全副武装、荷枪实弹地出来。在外面清新的空气和阳光下，他投入了战斗。打出了第一拳。发现他可以残酷无情。扫罗杀死千千，大卫杀死万万！他长得那么高大，那么有力量，一天夜里，他回到了家里，父亲穿着那件着色的长袍站在厨房里，又开始批评他。爱泼斯坦转过身，朝父亲的脸上打了一拳。他用拳头打了父亲一下，然后像孩子一样抽泣，拿着一块冰去敷倒下的父亲那肿起的眼睛。

爱泼斯坦本能地摸了摸自己的眼睛，下了床，赤脚走到窗边。他对恩典的关系有什么了解？

如果愿意的话，他还可以返回特拉维夫。本来可以叫出租车回来，顺着仍然漆黑的走廊走到等候着的汽车前，以一次被遗忘的会议为借口给克劳斯纳发短信。为了纪念父母亲，他本可以最终确定捐赠给魏茨曼研究所或以色列博物馆的细节，最终确定酒店账单，最终搞定莫蒂。莫蒂本来会大汗淋漓地赶到大堂，给他送行，收到装着现金的信封。他本可以收拾行李去机场，离开他出生的城市，无数次地回到那里，想要重新得到他从来没有碰过的东西，以每小时六百英里的速度往犹大哈勒维的心脏相反的方向飞行，望着东海岸从黑暗中浮现出来。飞行员搏击狂风、飞机缓缓下落，那些惊奇地发现自己还活着的人零星地鼓起掌来。他本可以从"全球通关"入境，乘坐出租车经过中央车站，凌晨四点半空无一人，瞥见曼哈顿的天际线，感受到从远方归来后那种奔涌的情感，感觉非常接近终点的地方。如果愿意的话，他本可以回家。但是，他没有。而现在，事态必须往其他方向发展。

他感到压舱物不见了。现在一切使他保持原来的他的人和事都不见了。他把额头贴在玻璃上，望着外面浩瀚的天空。他不仅被眼前的景色唤醒，而且被自己的接受能力唤醒。有些东西已经被移走了，腔内神经进行着原始的触探。他轻柔地探索着，发现着，就像一个人在探索万事万物的缺席时所发现的，空虚远比曾经填满它的地方要大得多。

为卡夫卡祈祷

第二天早晨，一切又恢复了宁静，天空平静无云。我几乎没有睡过觉，像往常一样，在失眠的夜晚有一种感觉，就是理性的海岸、熟悉的山丘和地标正在离我越来越远，我被这样的恐惧触动：我在某种程度上自愿远离它，并选择失眠作为自己的方法。我坐在姐姐的阳台上喝着苦咖啡。明亮的灯光刺激我的眼睛，但我可以看到弗里德曼，我筋疲力尽时有些希望他不会出现。坐在祖母的椅子上，我想起了小时候她常带我去死海的情景。她会打包午餐，然后我们从中央车站乘公共汽车去沙漠，再过几个小时，我们俩就会在一片海的遗骸——电蓝色咸水上仰面漂浮，我们身后是古老的摩押①山脉。漂浮在一个浓缩的历史中，时间的慢慢蒸发减少了，祖母头戴装饰着橡胶花的白色浴帽。我想象着弗里德曼也漂浮在那里，戴着深色眼镜，控制着民族文学的传播，而他的白发却像水下生命一样在两边荡漾。

十点整，他开着白色马自达汽车飞驰而来，窗外传来了另一曲交响乐。我从旧椅子上站起来，把《寓言与悖论》放进装着换洗衣服的塑料袋，又懵懵懂懂地抓起自己的游泳衣，也把它塞了进去。我瞥了一眼桌子上半夜给家里发电

---

① 摩押位于如今约旦的死海东岸的山区。

子邮件时打开的电脑，然后随手关上了门，锁上了上下两道锁。这是姐姐给我的指示，无论我什么时候离开公寓都要这样做。楼梯井又凉又黑，光线的突然转换使我头晕目眩，仿佛思绪的屋顶突然被掀翻，让一股冷风吹进来。除了疲惫，一定还有其他东西，正如他们所说，除了饥饿，还有一种升华了的清澈和轻盈。不过，我总是更喜欢阅读有关改变状态的图书，而不是自己去冒险。

我们开车时，一阵暖风从敞开的车窗吹进来。弗里德曼从面包店给我买了一些巧克力卷。我感觉好了些，一个接一个地吃着，而他的狗把头靠在我的肩上，在我的耳边呼吸着。前几天我与马蒂共进晚餐时告诉他，说我遇到的另一个弗里德曼可能是也可能不是前摩萨德特工，马蒂笑着说，如果所有暗示自己为摩萨德工作的人都是真的，那以色列将成为该国最大的雇主。他说，想想摩萨德在不知情的情况下为其提供掩护的所有陈腐的国内秘密吧。事实上，那时候我真的不相信我会被叫去写卡夫卡的"戏剧"的结尾。这个想法现在看来十分荒唐，没必要认真考虑。狗和曲奇饼干、一袋皱巴巴的平装书、猫咪、摩萨德和弗里德曼（也许只是在寻找一种退休后自娱自乐的方式）——这一切都让我觉得很好玩。我也暂时放弃了从前的目标。我是指写小说，但并不是一个人梦想写的那种小说而是更具包容性的，用小说这个词来掩盖宏伟的幻想或不甚清晰的希望。我不能再写小说了，就像我不能再让自己制定计划一样，因为我的工作和生活中的烦恼都归结为同一件事：我对自己还能否塑造形式已经变得不信任，或者说我不再信任自己创造形式的本能。

我是跟着去兜风的，弗里德曼换挡时我告诉自己。暂时远离那些刺耳的警报，因为我喜欢犹太沙漠，就像我喜欢任何地方一样：它的气味和它的光线，它的数百万年历史，其中几千年是通过已知和未知的方式传递给了我，烙印如此深，无法与记忆区分开来。我没有问我们要去哪里或为什么要去，因为我不想知道。我只想头往后仰，闭上眼睛，把自己交在别人的手里一会儿，这样我才可以休息。

休息一下，而且，如果不太累的话，我还可以去冒险，这样我可能会被冲到一个我本没想去的地方。这是我鲜少体验的感觉。在我看来，从记事起，我就一直在为自己制定计划。的确，我在计划和执行方面都很出色：我的计划一步一步，以如此精确的速度实现，如果再仔细观察，我就会发现，驱使我如此严谨的是一种恐惧。年轻的时候，我想我会像自己心目中的英雄——作家和艺术家一样自由生活。但是，最终我没有足够的勇气去抵抗那股将我拉向传统的潮流。我在形成自我的深邃、苦涩、明辨的教育中没能走得足够远，没能辨别自己能够忍受什么，不能忍受什么——自我约束的能力、处理混乱的能力、有多少激情、如何面对不稳定的状态、如何面对快乐和痛苦——在为自己的生活定下叙述基调并承诺过这样的生活之前。在一段时间里，书写别人的生活可以掩盖这样一个事实：一个人为自己所做的计划使他远离未知事物，而不是更接近。我心里始终都知道这一点。但是，到了夜里，我设法睡觉时，身体突然抽搐，就像我在黑色湖泊边同意嫁给未来的丈夫那晚一样，我会忽略它，就像忽略在组装床之后多出来的螺钉一样。不仅因为我没有勇气承认自己的欠缺，或承认与我一起生活的那个人。我之所以忽略它，是因为我也渴望形式的美丽和坚固，这是大自然（以及犹太人几千年的传统）给予我们的最大赞美：父亲、母亲和孩子。于是，我转过身，不去考虑那些后来的事，就是一旦形式被塑造，一旦原子都在我们体内排列好，我们所有人将会发生什么。相反，我害怕我小时候从家人那里体会到的暴力情绪。于是，我选择了一个无论内外发生什么似乎都能持之以恒的人。之后，我养成了有条不紊、纪律严明、健康生活的习惯和作息。仿佛一切都取决于它，仿佛我的孩子的幸福和快乐不仅需要利用我所有的时间，而且需要利用我的思想，和我的整个灵魂。而另一种没有塑形的无名生活却越来越黯淡，越来越难以接近，直到我成功地彻底关上了门。

我们驱车沿着乔治王街前行，经过一个公园的入口，我经常带自己的孩子们去那里玩，爬上一个巨大的绳索装置。他们声称从顶端可以看到大海。上路之前，我们必须停一下，弗里德曼告诉我。我想也许他在家里忘记了什么东西，并开始对他的生活感到好奇。我想象着他放满旧书的公寓，想象着一位妻子，胸脯硕大，脚踏实地，头发灰白，就像一个六十多岁的以色列女人。基布兹成员①式的发型,我的一个朋友就这样形容。不过,对我来说,它通常是集中营的象征,或者有时还伴随着巨大的耳环和一个外孙。来自海法的耶胡迪或露丝。父亲是一位来自德国的医生,母亲是教过钢琴的钢琴家,两人都是幸存者,尽管最后她成了心理学家,并花了多年时间试图理解其他人的创伤,但这个耶胡迪或露丝不得不从黑暗中解放自己。这样的女人在不忙工作时,朋友都喜欢来厨房坐坐,四十年来,她每天早上都和两个朋友散步。我已经爱上了她,就是这个耶胡迪或露丝;我已经准备好坐在她铺着塑料花布的餐桌前告诉她一切。而我们要去的不是弗里德曼的公寓,而是那条以荷兰镜片打磨工命名的街道。

  弗里德曼把车子停在了他两天前带我来的那座大楼前,卡夫卡和猫咪一起在那里生活,穷困潦倒,等待法院判决。我以为他又要长篇大论,但这次他下了车,让我稍等。他承诺说,他只需要几分钟,我还没来得及提出抗议,他就砰地关上门,拄着拐杖开始穿过街道。

  狗低声哀叫,一直看着弗里德曼消失在大楼里,然后开始吠叫,好像是对某种可怕的不公正吠叫。它在裂开的皮椅上走来走去,仿佛经常这样焦急等待。我试图安慰它,但不知道它的名字,也不知道它能听懂什么话,所以我无能为力。它似乎要被自己的急促呼吸噎住了,我爬过换挡口,钻

---

① 基布兹,以色列集体农场。

到了车后面。它在我面前来回走了几次，最后在我的膝盖上摊开前爪，不情愿地安顿下来。我轻轻地拉它脖子上松垮的皮肤，就像我对那条和我一起生活了几乎与我的丈夫一样久的狗那样。

十分钟过去了，十五分钟过去了。我想起了一个朋友多年前告诉我的故事，说的是他年轻时去布拉格的一次旅行。一天晚上，他喝得酩酊大醉，坚信自己需要出去吻老新犹太会堂，就在他住的街正对面。第二天早上，他醒来时没有受伤，仍在拥抱着犹太会堂，想象着，它被据说是埋在阁楼里的泥人看守着。那天下午，他决定去斯特拉施尼茨犹太公墓拜谒卡夫卡。朋友告诉我说，这位作家葬在他父亲的墓旁边，这或多或少是他能想到的最严重的侮辱。我的朋友决定为卡夫卡祈祷。祈祷结束后，他转身要走，却看到立在他身后的正是同样的墓碑。他站在那里，茫然无措。几分钟后，一些孩子溜达过来，解释说他们刚刚为一部正在拍摄的电影制作了卡夫卡墓碑复制品，并在他们去吃午饭时把它留在了那里。我是对那个复制品祈祷的，我的朋友告诉我。他帮他们把它装进卡车。他们还对真正的墓碑做了拓印，他问他们是否可以拥有它。

我想知道弗里德曼在里面做什么。狗喷着热气的呼吸逐渐平稳下来，变得有规律了。我想象着窗户栅栏后面拥挤的房间，室内植物枯黄的叶子飘落在卡夫卡零乱的、字迹日益模糊的手稿上。这些手稿肯定散发着猫咪信息素的臭味。我为自己没能亲眼看到那一切而感到沮丧，最后把狗从腿上轻轻推开，下了车。那些猫咪今天没来——也许是聚集在里面，在布拉格的墨汁上打滚——但它们的气味仍然弥漫在空气当中，放在地上的脏碗表明，它们很快就会回来。我在最上面的门铃上发现了伊娃·霍夫的名字，但当偷看她的门，想象着那个头发蓬乱的老处女通过窥视孔向我眨眼睛时，我后退了几步，从宽大的无花果叶下面钻了进去，把黏糊糊的蜘蛛网从脸上拂掉。

在与弗里德曼第一次见面后的那天夜里，我在网上看到了关于卡夫卡档案的审判。他告诉我的一切都得到了证实：这个案件仍在审理中，问题是卡夫卡的手稿——从某种意义上说，是卡夫卡本人——究竟是国有资产还是私有财产。到目前为止还没有作出任何判决，但与此同时，法院批准了国家图书馆的请求，即对伊娃·霍夫拥有的手稿进行清点。伊娃经常把档案称为自己四肢的延伸，她曾经把这比作强奸。在两次上诉被推翻之后，特拉维夫保险箱的钥匙终于被拿到，但它们与锁不匹配。在律师们最终打开箱子那天，有人看见伊娃追着他们进了银行，大喊着那些手稿是她的。但是，无论她有时候显得多么疯狂，无论关于她的故事多么离奇，无论以色列国如何难以接受这样一个事实，即一位对许多人意义重大的犹太作家只可能是国家财产，她的要求并非没有法律依据。清点的结果尚未公开，但《国土报》已经证实她保存着大量原始的卡夫卡手稿。要么是所有人的，也就是谁的也不是，要么是以色列的，要么就只是她的。

走近一楼的一扇扇窗户，我看到最外面的白色粗栅栏后面还有一层铁丝网,就是用来把小动物关在笼子里的那种。屋里太黑了,什么也看不清。凸窗本来是被允许用作开放的日光浴室的,却被生锈的栅栏和肮脏的笼子奇怪地禁锢着,又偏执狂般注重对角落进行修补或加固。我想这与其说是与现实脱节的病态思维的反映,不如说是一种荒谬的现实:这是一种如此稀有和珍贵的东西,有人会不惜一切代价来得到它吗?据说,这间公寓早在几年前曾经有人闯入,尽管以色列报纸上关于这一事件的报道暗示有可能是内部人员所为。

我听到什么东西在移动,注意力变得分散,金属笼也像和背景融为一体,我看到了那只瘦骨嶙峋的黑猫。只见它紧贴在栅栏和笼子之间,正在狭窄的空间里钻来钻去。如果我相信这种东西——我想我确实相信这种东西——我就可能会把它当成一种预兆。过了一会儿,我听到有什么东西被从楼梯上拖下来,沉重得像一具尸体。当我匆匆转过拐角,走到房屋前面时,弗里德曼已经走了出来,身后拖着一只黑色手提箱。接缝处的线已经松了,把手用管道胶带绑着。这更像是一个挨家挨户卖逾越节餐杯的推销员用的箱子,而不是摩萨德特工用的,也不是前摩萨德特工用的,更不是来自冷清的犹太文学系的前摩萨德特工。并不是说这让我不再相信,相反,我心中涌起一股冲动,觉得失落的卡夫卡的某些东西就藏在里面。

无论是什么,弗里德曼都不会说。还不是时候,我们驱车离开时,他一边说,一边往后视镜里瞥了一眼。首先,有些事他必须告诉我。在去沙漠的路上,我们可以在耶路撒冷停下来，在耶明摩西联邦大厦里一家安静的小素食餐厅吃午饭，俯瞰这座古城的城墙。在那里，我们可以不受打扰地交谈。

如果之前一切还不算奇怪的话，从我们拿到手提箱的那一刻起，事态就变得奇怪多了。此时在我看来，在手提箱出现之前，我在一个熟悉规则但又不寻常的环境中工作；在那之后，熟悉的规则开始颤抖、弯曲。不仅如此，我仿佛是一直在向那个弯道趋近，却不自知，也就是说，在向那个手提箱移动。在某种意义上，我从七岁起就知道了这个手提箱，我知道一个关于它的故事。但是，这些年来我不得不等待它最终进入我的生活。

这个故事是小时候照顾我和弟弟的女人告诉我的。从二十二岁开始，她在我们家住了将近十年，但"保姆（nanny）"这个词永远不能用在她的身上，就连临时保姆（babysitter）也不能用在她的身上：她太野，太自由，太不寻常。她也很神秘，尽管她从小就是天主教徒，但她的信仰有许多来源，没有遵循任何规则。她在我们家的房间里摆满了水晶和她画的女神、巫师和迪士尼人物的喷枪画，脖子上挂着一幅耶稣的小肖像，肖像上面有一顶刺冠，细小的血流让我们既着迷又恶心。然而，我们在安娜身上看不到虔诚或忠顺的迹象；她给我们讲的许多童年故事都是关于颠覆的，不仅是对她生活中的当权者的颠覆，也是对正常规则下的生活的颠覆，这些规则否定了她在一切事物边缘看到的魔力。有个故事是关于她十九岁时做的一份工作，也就是在她和我们一起生活的几年前。行动是更好的描述方式，因为她要做的就是在半夜从一个地方拎起一只黑色手提箱，然后开车三个小时把它送到另一个地方。我不记得安娜用什么词来形容手提箱里东西的性质，但我们明白那是违法的，而且她开车送货是在把自己置于危险之中。她给我们讲的故事主要是关于她在一条黑暗曲折的道路上艰难跋涉的故事。在这段路途中，一辆与她驾驶的那辆一模一样的汽车一直跟着她。我们恳求她告诉我们手提箱里有什么东西，但她拒绝了。我的哥哥猜想里面装满了钱，我猜里面有一条魔法项链。但是，在某些方面，安娜比我们的父母亲更了解我们，她说我们必须等到四年后我哥哥成年礼时才能知道答案。

几年过去了，有时候我或哥哥提起手提箱，看看安娜想不想告诉我们。而她只提醒我们必须等到商定的时间点。最后，哥哥的成年礼来了——来了又去，我们没有问。也许是我们忘记了，或者我们已经到了可以不用别人告诉我们就怀疑答案的年龄，希望避免尴尬的提问。结果神秘变成了永恒，安娜以故事和手提箱的形式告知我们的东西，比那些年我们得到、后来丢失或遗忘的无数东西都要持久。

卡夫卡放在后备箱里，弗里德曼驱车前往公路。我们经过棕榈树和柏树，经过田野，田野上空成群的黑棕鸟突然齐刷刷地变换方向。经过了莫迪因新城，那里的风景变得越来越古老，草地下面露出了世界的白色头颅。我们经过山坡，山坡上的断壁残垣是很久以前留下来的，但一排排古老的橄榄树一直在生长，接着我们经过阿拉伯的村庄。一位牧羊人赶着羊群敏捷地走下山坡。路的两边都出现了一道金属栅栏，栅栏顶上是一圈铁丝网。随后，我们又通过了一个检查站，那里的卫兵戴着防暴头盔，黑色制服外套着防弹背心。我们又行驶了几英里，围墙被高大的水泥墙取代，这些墙一直延伸到耶路撒冷郊区，最后取而代之的是松树林。进入城市后，我们驱车经过独立公园，穿过雷哈维亚的一条条街道，经过蒙蒂菲奥里翻新过的风车和大卫王酒店，这里曾经被轰炸过，一度是无人区，不久以前这里曾经举办过我哥哥的婚礼。

弗里德曼把车开进了公园旁边的一小块空地，把他的狗从后座上拽下来，带我下了一座乌鸦栖息的宽阔小山。石砌的联邦大厦是周围唯一的建筑，四周环绕着一座种着橄榄树和棕榈树的花园，散发着薰衣草的芬芳。餐厅里空无一人，那个孤独的侍者把我们领到一张靠窗的桌子旁边，从那里可以看到狭窄的山谷对面是苏莱曼大帝建造的城墙。狗呻吟着蹲在弗里德曼穿着凉鞋的脚上。当侍者给它端来一碗水时，弗里德曼忙着整理起皱的影印本。这些影印本被塞进了他从车上带来的一个皮包里。我们点过菜后，那个看上去也是厨师的侍者消失在厨房里，弗里德曼这才最后俯身向前，随便看了一眼空荡荡的餐厅，然后放低声音开始说了起来。

在接下来的两个小时里，我听着他讲述他那个不寻常的故事。它是如此遥远，所以一开始我就确信寓言家埃菲把我交到了另一个同类手中。这个人也可能有潜在的妄想。我决定等他说完再做决定——这故事太耸人听闻了，我不可能不听下去——但吃完饭后，我就借口告辞，给埃菲打电话。是他让我卷入了这件事，现在他可以把我救出来，至少可以载我返回特拉维夫。

然而，弗里德曼说得越多，我就越拿不准应该相信什么。我知道他告诉我的事有多么不可能。如果碰巧真的发生了这件事，那就不可能一直保密下去：自从卡夫卡在维也纳郊外的疗养院去世以来，将近九十年过去了。但是，面对弗里德曼雄辩的口才和权威的风度，以及他对卡夫卡看似详尽的了解，我发现自己开始觉得他告诉我的事可能是真的，这是一种风马牛不相及的可能性。我想，就像我们对所有难以置信的事敞开心扉一样，我希望相信它可能是这样：卡夫卡真的可能最终跨过门槛，从紧闭的门缝里溜出去，消失在了未来。在布拉格的葬礼和他被秘密送往巴勒斯坦三十五年之后，他本会在1956年10月的一个夜晚，在睡梦中平静地死去，如果他被称为园丁安舍尔·皮勒格。在特拉维夫，离我姐姐的公寓不远的地方，可能会有一座房子，房子后面是一座花园，那座现在已经杂草丛生的花园里有一棵卡夫卡亲自种的橘树。他告诉我说，弗里德曼上次到那里去时，一只乌鸦正好从天上掉下来，就这样死在了他的脚边，无法作任何解释。

二

吉尔古尔

他的希伯来语名字是 Anshel（安舍尔），这是他从过去生活中保留下来的全部，是意第绪语对阿舍的昵称，可以和 Amshel 互换，Amshel 也源自 amsel，是"黑鸟"的德语词。对移民到巴勒斯坦的犹太人来说，"安舍尔"不是常用名，哈伊姆、摩西或雅科夫才更常用，但是它与他不得不放弃的姓氏遥相呼应，他也料想不到有朝一日会变得世人皆知。卡夫卡（Kavka）在捷克语中是"寒鸦"的意思，这个词十分常见，赫尔曼·卡夫卡（Hermann Kafka）便选择这种乌鸦作为他的商号标志。他的儿子弗朗茨被人与动物之间的变形吸引，作家有时候更认同动物的一面，这一点显然日后出现在全世界会阅读的作品中。一头浓密的黑发像一顶不加装饰的帽子一样低垂在前额上，作家那双锐利的眼睛和鹰嘴似的鼻子看上去酷似寒鸦，这也许是命运的不期而遇，弗里德曼断言，卡夫卡在他的许多小说中都善于揭示内心矛盾欲望的投射。他选定的姓皮勒格，这对在第三次移民潮时到达以色列的犹太人而言是常见的，表明它是出于匿名的考虑，大概是某个专家所为，却没有反对用安舍尔这个名字，也没有看到卡夫卡偷偷带进来的黑鸟。

他在旅途中险些丧命。当轮船在海法靠岸时，水手们喜欢上了这个苍白、善良、瘦得皮包骨头的人，他们不得不把他背在背上，这样他第一眼看到的应许之地就是没有云彩的湛蓝天空。一个在码头上一直等着迎接远方亲戚的孩子开始哭了起来，他相信这是他们正在卸载的一具尸体。因此，卡夫卡在巴勒斯坦听到的第一句希伯来语是"他是怎么死的，爸爸"。那个瘦得皮包骨头的人脸转向天空，他总是在死后对自己微笑，这是一周以来的第一次。

多年来，他一直在筹划自己的死亡，难道不是吗？离开这里，就离开这里！还记得这句话吗？弗里德曼问道，眼镜在他的眼睛上投下了模糊的阴影。在卡夫卡的一篇寓言中，当被问到要去哪里时，骑马人这样叫道，也很可能是刻在卡夫卡位于布拉格犹太公墓墓碑上的墓志铭。他一生中一直梦想着逃离，但他仍然无法让自己离开父母亲的公寓。卡夫卡被困在一个与内心图景敌对的环境中。在这种环境中，一个人注定会遭到无情的误解和虐待，因为他看不到出路——弗里德曼提醒道，从这一点来看，我不需要提醒你，卡夫卡创作了最伟大的文学作品。没有人——不是约瑟夫·K.，不是格里高尔·萨姆沙，不是饥饿艺术家，也不是老鼠，当世界缩小陷阱范围时，没有意识到自己只需要改变方向——其中没有一个能够逃脱自己荒谬的生存境遇；他们所能做的就是因此死去。卡夫卡相信他最好的篇章就是对他自己死亡的演绎，难道这是巧合吗？他曾经告诉布罗德说，他们的秘密在于这个事实，就是当他的虚构角色遭受痛苦，感到死亡折磨人、不公时，他自己却为死亡的想法感到欢欣鼓舞。弗里德曼说，不是因为他想结束自己的生命，而是因为他觉得自己从来没有真正生活过。灯光弥漫在弗里德曼柔软的白发中，有那么一会儿，他像戴了个光环似的。他接着说道：在给布罗德的一封信中，卡夫卡想象自己的葬礼，一直把自己描述成一具终于被送进坟墓的尸体。

尽管这需要时间，但在布拉格要命的肺结核却开始在巴勒斯坦消退。弗里德曼说，虽然人们可能会倾向于把这归结到出色医生的照顾，或者经常去沙漠中走走，干燥的空气确实对他的肺部有奇效，但要做到这一点，人们还是会归因于现实力量，而这种力量实际上属于卡夫卡本人。他一直认为肺病像失眠和偏头痛一样，只不过是精神疾病的体现。一种因为感觉被困和窒息而产生的疾病，没有他需要呼吸的空气或写作的避难所。第一次出血，当血液不断涌出时，他感觉一阵兴奋。他后来写道，他从来没有感觉这么好过，几年来他就是那天晚上第一次睡得很香。对他来说，这种可怕的疾病到来，是为了实现一个深切的愿望。弗里德曼说，尽管这几乎肯定会置他于死地，却可谓他的解脱：从婚姻、从工作、从布拉格和他的家庭中解脱出来。他立刻解除了与菲利斯的婚约。之后，他又申请立即从工人意外保险公司退休。卡夫卡经常说，他只得到了短暂的假期，但接下来的八个月是他一生中最快乐的时光。他把这些钱花在他的妹妹奥特拉在曲劳的农场上，当时他简直是兴高采烈，在花园里和田里干活、喂养动物和写作。他始终觉得他那一代的神经紊乱是源自远离了父亲和祖父的乡村，在城市社会幽闭的限制中与自己疏远。但是，弗里德曼告诉我说，只有在曲劳疗养期间,卡夫卡才有机会亲身体验与土壤接触后的恢复效果。他对在欧洲各地开办的犹太复国主义农业学校充满了热情,并试图说服奥特拉和他的一些朋友报名。就在那一年,他开始自学希伯来语,在曲劳勤奋地学完了课本上的六十五节课,进展好到能用希伯来语给布罗德写信。弗里德曼说,这种对与土地重新建立联系的渴望和对一种古老语言的渴望结合在一起,形成了一种更加具体的东西。就在这段时间里,卡夫卡开始认真考虑移居巴勒斯坦。

弗里德曼说,他可能从来没有像他最亲密的朋友那样积极主张或参与过犹太复国主义者的活动。马克斯·布罗德、菲利克斯·威尔奇和他在学校时的老朋友雨果·伯格曼都在这场运动中发挥了积极作用,先是参与布拉格的巴尔·科赫巴学生团体,然后发表论文、讲课,并致力于向巴勒斯坦移民。但是,卡夫卡关于犹太复国主义最著名的一句话——"我敬佩它,却又对它感到恶心"——更多是在谈论他的心理,表示无法遵守任何意识形态。他强迫性地阅读犹太复国主义的报纸和期刊,并在那上面发表自己的故事。他参加了在维也纳举行的犹太复国主义会议,甚至还承诺提升工人银行哈波拉姆的股份。卡夫卡是通过接触像布伯和伯迪切夫斯基这样的思想家(他在布拉格听过他们的讲座)而接触到哈西德民间故事、米德拉西[①]故事和喀巴拉神秘主义的,这些对他的写作产生了深远的影响。弗里德曼说,对这些文本越

---

① 指古时对希伯来文《圣经》部分内容的评注。

着迷、越钻研，他就越会对这些文本源自和引用的遥远而失落的故土产生兴趣。

然而，弗里德曼举起一根粗粗的手指说——要真正理解为什么卡夫卡为了来到这里，为什么他愿意为此牺牲一切，你必须理解一个关键点。这就是：激发他想象的从来不是以色列的潜在现实，而是它的非现实感。

这时候，弗里德曼停了下来，他那双水汪汪的灰色眼睛注视着我。我又觉得他在深思熟虑，陪审团仍然对我不利，虽然现在看来已经太晚了，因为我已坐在彼此对面，卡夫卡的手提箱在后备箱里，他的秘密会在桌子上泄露。

弗里德曼问我记不记得卡夫卡写给菲利斯的第一封信。但是，他给菲利斯写了大约八百封信。我说，不，我不记得第一封了。弗里德曼说，好吧，他们几周前见过面，卡夫卡提醒她说她曾承诺陪他去巴勒斯坦。从某种意义上说，他们的整个关系就是从这种幻想开始的，可以说，这种幻想持续了五年，因为卡夫卡的一部分一定始终知道他不会或者说不能娶她。当他们开始书信往来时，菲利斯为没有及时回复而道歉，卡夫卡告诉她这不是她的错，问题是她不知道该给谁写信，因为他自己也找不到。没有真正生活过的人只觉得自己生活在文学的虚幻中，在这个世界上没有地址。你明白吗？弗里德曼问道。在某种意义上，巴勒斯坦是唯一像文学一样虚幻的地方，因为它曾是由文学创造的，因为它还没有被创造出来。因此，如果他要有一个精神家园，一个他可能真正生活的地方，就只能在这里。

弗里德曼继续说道，与菲利斯交往的幻想可能始于对在巴勒斯坦生活的幻想，只是卡夫卡从来没有放弃对在巴勒斯坦生活的幻想。这些年来，它只是改变了形式。他想象着自己在集体农场进行体力劳动，靠面包、水和枣为生。他甚至为这样一个地方写了一份宣言："无产工人"，概括了不超过六个小时的工作日，财产仅限于一些图书和衣服，完全没有律师和法庭，因为个人关系将仅仅建立在信任基础上。后来，只等雨果·伯格曼移居巴勒斯坦并成为耶路撒冷犹太国家图书馆馆长，卡夫卡就可以想象自己在角落里有一把装订工用的长椅，在那里他可以安静地待在旧书和胶水的气味中。

弗里德曼觉得，这是卡夫卡的最后一个幻想，在死于欧洲前的最后一年，一直活在这个幻想里，他觉得那是最美丽的，也许是最卡夫卡式的幻想。那年，他遇到了一位哈西德拉比的女儿，名叫朵拉·戴曼特，并爱上了她。他们决定在特拉维夫开一家餐馆，朵拉做饭，卡夫卡当侍者。他越来越多地谈论这个梦，特别是对他年轻的希伯来语老师普亚·本-托维姆。数年后，本-托维姆将会指出，朵拉不会做饭，卡夫卡是一个糟糕的侍者，而且那些年特拉维夫到处都是由这样的夫妇经营的餐馆。从这个意义上说，卡夫卡的超现实幻想比人们最初想象的要真实得多。难道你想象不出吗？弗里德曼微笑着问我。木桌、墙上竟然挂着布拉格城堡的褪色海报，柜台上摆着罩着玻璃的糕点？还有那个头戴黑色寡妇帽、身穿黑色短上衣的侍者，带着一丝苦笑打苍蝇？

弗里德曼压低声音说话，以免被卡夫卡的后裔用浓咖啡机烘干玻璃杯时无意中听到，他告诉我说，大约三十年前，卡夫卡的一位传记作者在耶路撒冷找到了普亚·本-托维姆，并在《纽约时报》上发表了对她的一次采访。她当时已是普亚·门泽尔博士，年近八十岁，像弗里德曼所称的那样，在文章的字里行间看到的是"卡夫卡烟雾机"在工作，一台由布罗德提供动力的机器，但如果没有伯格曼和普亚，这台机器就行不通，因为伯格曼和普亚都曾经参与秘密将卡夫卡带到巴勒斯坦的计划。普亚十八岁时在伯格曼的图书馆工作，他看到她有多么胜任这份工作，就派她去布拉格学习数学，甚至安排她和他自己的父母亲住在一起。最后一点让人感到惊讶，弗里德曼说。或者人们会怀疑官方传记，该传记告诉我们，伯格曼派普亚去布拉格，不是作为使者，不是为了开始一项已经形成的秘密计划，而是仅仅出于他内心的善意，让她去见卡夫卡是后来才想到的，她开始每周私下给他上两次希伯来语课。

  1921年普亚到达时，卡夫卡已经病入膏肓了。在采访中，她向六十年后找到她的那位毫无头绪的传记作者描述了打断他们上课的痛苦的咳嗽发作，卡夫卡那双又大又黑的眼睛恳求她再说一遍、再说一遍。到最后，卡夫卡已经取得了长足的进步，他们能够一起读布伦纳的小说的一部分。但是，卡夫卡的传记作者又在《泰晤士报》的文章中指出，在普亚·本-托维姆放弃数学学业搬到德国后，卡夫卡跟着她去了德国，把自己安置在她工作的犹太儿童营的隔壁，她却突然消失了，再也没有见过他。传记作者指出，卡夫卡死后名声大噪，人们纷纷回忆起卡夫卡，大部分是不准确或可疑的，没有一个字来自普亚·本-托维姆。当卡夫卡最终在耶路撒冷找到她时，她优雅地邀请他进入她摆满图书的公寓，简单地解释了自己为何远离：卡夫卡就像一个快要淹死的人一样来回挣扎着，准备抓住任何靠近他的人。她有自己的生活，即使她当时就像现在这样了解他，也没有意愿或力量去照顾一个比她大二十岁的重病人。换句话说，她的风度无可挑剔，弗里德曼说。她设法使自己解脱，使传记作者的好奇心永远停止。现在她死了，我们再也不能向普亚·本-托维姆提出任何要求了。

然而，要不是因为她——最重要的是，要不是因为雨果·伯格曼——结局就会完全像卡夫卡原来想象的那样。弗里德曼补充说，正如卡夫卡想象的那样，也像布罗德后来宣传的那样：瘦弱的尸体被慢慢地放入墓穴，经过精心排练的死亡场景终于无可挽回地上演了，这位写下了最惊心动魄、最让人难忘的变形故事之一的作家离开了这个世界，他自己却从来没有改变过。这都是因为伯格曼领导的小秘密集团。除了普亚和马克斯·布罗德，还有萨尔曼·朔肯，没有他，卡夫卡如何来到巴勒斯坦和他在以色列几十年的生活来源都是不可能的。我相信你知道朔肯的名字，通过后来在德国和美国出版了卡夫卡所有作品的出版社。1923年夏天，当伯格曼结识朔肯时，朔肯还是一家德国百货连锁店的阔老板。朔肯跟布伯一起创办了犹太复国主义文化月刊《犹太人》，该月刊发表了卡夫卡的两个短篇小说。他当时已是知名的犹太作家的资助人——到那时为止，十多年了，他是阿格农①的唯一支持者。于是，伯格曼给他写信，弗里德曼告诉我，1922年秋天，布罗德去了柏林，亲自去见朔肯，讨论卡夫卡的情况。

后来，作为卡夫卡的贵人，布罗德获得了所有的荣誉。如果有人还记得雨果·伯格曼的话，则是记得他是希伯来大学的第一位校长，同时也是一位讨论超越概念的哲学教授。与布罗德不同，伯格曼从来没有寻求别人认可他在拯救卡夫卡中起的作用。弗里德曼说，相反，他愿意作为一个自私的恶棍，去衬托布罗德笔下的那个有肚量的英雄。根据布罗德所写的那篇故事，卡夫卡是在伯格曼的强烈鼓励下，最终决定于1923年10月移民到巴勒斯坦，跟伯格曼的妻子一道，并跟他们的家人一起住在耶路撒冷，直到他康复并站稳脚跟。然而，随着出发日期的临近，伯格曼也许改变了主意。他担心卡夫卡会把肺结核传染给他的孩子们，如果有这么一个病人要他妻子照顾，那实在是太过分了，所以他取消了邀请。弗里德曼暗示，没有人会怀疑一个二十年来一直是卡夫卡最亲密朋友的人可能突然变得如此冷酷，也许可以归因于这样一个事实，那就是当时的大屠杀已经使世界习惯于无数人的故事，他们拒绝为最亲近的朋友提供安全的避难所，因为他们害怕自己会处于危险之中。但事实上，如果没

---

① 阿格农，全名萨缪尔·约瑟夫·阿格农（Shmuel Yosef Agnon, 1888—1970），以色列作家，主要作品有《但愿斜坡变平原》《婚礼的华盖》《行为之书》等，曾获得1966年诺贝尔文学奖。

有雨果·伯格曼,卡夫卡就可能永远不会到巴勒斯坦,就会接受他的无期徒刑,永远逃不过父亲的专制,永远摆脱不了欧洲。在那里,如果他在结核病中幸存下来,他就会和三个妹妹一起被纳粹杀害。弗里德曼告诉我,伯格曼1974年因为"对社会和以色列国家的特殊贡献"而被授予以色列奖。但是,只有一小部分人知道那一特殊贡献的全部内容。

到1924年,马克斯·布罗德是唯一还留在布拉格的人。因此,卡夫卡死后,他是唯一可能继承卡夫卡手稿的人,并承担起掌控它们命运的角色,据说是从不服从卡夫卡的遗愿、没将手稿全部销毁开始的。因为布罗德是一名作家,也因为有必要让其他人远离这个故事,所以他也成了卡夫卡传奇的守护者。因为这个传说还不存在,卡夫卡也几乎不为人所知,所以布罗德成了它唯一的作者。日后,布罗德将描述他的朋友去世后,他伤心欲绝,无法开始写传记。最重要的是,他被繁重的实际工作压得喘不过气来,这些工作包括整理卡夫卡的所有手稿、编制参考书目和准备出版手稿。因此,布罗德反倒写了他所谓的 *eine lebendige Dichtung*——"鲜活的文学创作"——是一部影射小说。在这部小说里,他刻画了忍受折磨、疾病缠身的圣人形象,此后卡夫卡的每一幅肖像都以此为基础。

Zauberreich der Liebe,弗里德曼说,意思是《神奇的爱情王国》,要不是因为理查德·加尔塔这个角色,它在出版后的第二天就会被扔进文学垃圾堆。小说开始时,作家加尔塔已经在布拉格去世。因此,我们永远无法见到他,只能通

过小说主人公克里斯托弗·诺伊的回忆来认识他。克里斯托弗·诺伊是加尔塔的密友，现在是他的文学遗产执行人。诺伊不断地回忆起加尔塔，几乎到了痴迷的地步，与他进行想象中的对话，甚至代替他故去的朋友给出答案。从这个意义上说，这部小说不仅提供了卡夫卡的原始肖像，而且提供了布罗德的论点，即通过卡夫卡自己提炼的记忆来构建卡夫卡的形象。就像《神奇的爱情王国》的读者永远不可能认识圣人般的加尔塔，除非通过诺伊的媒介，因此即使是现在，世界也无法越过布罗德笔下的加尔塔的棱镜来了解卡夫卡。

弗里德曼开始翻看他从汽车里带来的皮文件夹，直到拿出一张皱巴巴的复印纸。"加尔塔，"他开始念道，"在行走天下的所有圣人和先知中，他是最安静的；如果不是因为缺乏自信，他就会成为人类的向导。"弗里德曼停顿了一下，扬起眉毛看着我，"这是完整的次品，难道不是吗？"他说，嘴角微微一笑。然而，他继续说道，纯粹从策略层面来看，这里面有天才的地方；体现在那个卡夫卡临终遗愿的故事上。卡夫卡的遗愿是拿走他留下的所有东西，不要读，统统烧掉。可是，在整理卡夫卡的手稿过程中，布罗德难以抗拒将其出版的念头。尽管这个传说可能是布罗德自己的手笔，但在接下来的几十年里，它被成群结队的卡夫卡学家扩展和点缀，他们占据了布罗德离开的地方，兴高采烈地炮制了更多的卡夫卡神话，却从来没有质疑过它的来源。关于卡夫卡已知的一切——所有的一切——几乎都可以追溯到布罗德！包括所有从他的信件和日记中收集到的东西，当然是布罗德整理和编辑了这些东西。他向世界介绍了卡夫卡，此后打理卡夫卡的形象和声誉的每个微小细节，直到他自己于1968年去世，将卡夫卡的遗产交给了他的情人埃丝特·霍夫，在足够困惑和混乱的情况下，他的权威将永远不会被传承或分享，而他亲手塑造的卡夫卡假人将继续在地球上漫游。

但是，他给我们留下了一条巨大的线索。"我想他是忍不住了。"弗里德曼说。泄露一切并揭示自己手艺高超的诱惑太大了，所以他把真相藏在了眼皮底下。在《神奇的爱情王国》里，诺伊动身前往巴勒斯坦去见加尔塔的弟弟。加尔塔的弟弟移居巴勒斯坦后，住在一个集体农场。从他那里，诺伊发现加尔塔是犹太复国主义者——不仅同情这场运动，而且他的犹太复国主义信仰和活动对他的生活和他对自己的认知至关重要。这对诺伊来说完全是一个启示，他丝毫没有察觉到自己最亲密的朋友隐藏着的激情。此外，加尔塔的弟弟告诉诺伊，加尔塔用希伯来语秘密写作，正是这些希伯来语笔记本的"壮观内容"说服他移居巴勒斯坦，成为一名先驱。"啊？"弗里德曼又扬起浓眉说，"希伯来语笔记本？如果你正在阅读《神奇的爱情王国》寻找卡夫卡的消息，你就可能会停下来问自己：什么希伯来语笔记本？"

当布罗德终于抽出时间为卡夫卡写一本真实的传记时，他描述了卡夫卡"孤独的秘密"。比如，在卡夫卡向他透露自己的作品之前，他们已经是多年的朋友。然而，在某种意义上，布罗德言过其实的小说和后来作为其基础的整个神话本身隐藏了一个更微妙的游戏，既揭示又掩盖了真正的卡夫卡。弗里德曼说，没有一个评论家提到过那些希伯来语笔记本，或者暗示卡夫卡可能是用希伯来语写作的。卡夫卡唯一已知的"希伯来语"笔记本是他和普亚一起上课时使用的四个小八开本，包括放在国家图书馆档案室、布罗德存放起来的那本蓝壳破损的笔记本。在卡夫卡的手稿中，你可以找到被译成希伯来语的德语词的列表，这些词与这个传说再匹配不过了。弗里德曼在文件夹里翻了翻，又找出另一张皱巴巴的纸，指着单词逐个翻译：

  无辜的

  受苦的

  痛苦的

  反感的

  令人害怕的

  脆弱的

  天才

  要不是知晓内情，人们就会认为这是对布罗德那受苦的卡夫卡的戏仿，卡夫卡显然是在四十岁时死在了一家疗养院！"不过，还有另一个故事要讲，"弗里德曼说，"你明白吗？"他又问道，但因为我还没完全明白，因为我莫名其妙地偏离了理解的轨道，所以我只能继续用我希望的那种理解的目光看着他。弗里德曼说，这是一个用希伯来语讲述卡夫卡来世的故事。在这个故事里，他逃进了那种古老而又崭新的语言，就像他的身体逃进了那片古老而又崭新的土地一样。在故事里，他"跨越"进入希伯来语。这是 *Ivrit* 的字面翻译，源自第一个希伯来人亚伯拉罕，或者是越过约旦河进入以色列的 *Ivri*。《变形记》的书名翻译成希伯来语是 *Ha Gilgul*。你知道 *gilgul* 是什么意思吧？意第绪语书名——*Der Gilgul*——几乎是一样的。弗里德曼说，也就是说，对犹太人而言，《变形记》始终都不是关于从一种形式到另一种形式的转变，而是关于灵魂通过不同的物质现实延续的故事。

弗里德曼终于沉默了，转头望着外面的景色。我跟随他的目光向教堂塔楼和雅法门望去，试图理解我刚刚听到的一切。但是，弗里德曼的权威感和对证据有条不紊的陈述，使人们很难将他视为那种容易激动、偏离轨道的学者。如果我发现自己落入弗里德曼的掌心，准备去相信那些起初令人难以置信的东西，那是因为我能在自己的身体里感受到卡夫卡的幽闭恐惧症和他对另一个世界的渴望，而对他来说唯一可能的逃脱就是最终的、不可逆转的方式。因为在卡夫卡的生与死这两个故事之间，弗里德曼勾画的那个故事给我留下的印象更美——更复杂，也更微妙，所以更接近事实。照此看来，人们熟悉的版本反而显得笨拙、夸张，充满陈词滥调。

如果说有什么东西看起来不合情境的话，那就只是卡夫卡对自己作品命运的被动态度。众所周知，布罗德的编辑具有侵略性。他裁剪、编辑、重新排序，并在他认为合适的地方加上了标点符号。他出版了卡夫卡认为没有完成的书。成为圣人是一回事，但是又怎么能指望卡夫卡会在布罗德肆意编辑时袖手旁观呢？

"是什么让你这么肯定编辑工作不是卡夫卡自己做的呢？"弗里德曼问道，"或者你想过没有，布罗德的编辑可以受文学以外的原因左右？你有没有想过为什么《美国》这部小说没有用卡夫卡自己的书名 *Der Verschollene* 发表？你知道那是什么意思吗？是'失踪的人'，乃至'走失的人'。卡夫卡在布拉格去世后仅仅三年，这样的书名就完全不可能了。"

"至于发表所谓未完成的作品，"弗里德曼继续说道，"难道你看不出它的精彩吗？想想看：难道不是每个作家都希望自己的故事、图书或戏剧发表并声称它们尚未完成吗？还没有使它们达到他设想的完美状态，他就已经撒手而去了，或者被人用别的方法欺骗了，这种完美状态居于他的心中，只要给予他更多时间，他就可能将其实现？"

侍者走到我们的桌边来为我们清理盘子，尽管已经过去了一个多小时，但我们俩都没有碰过自己的食物，所以他给我们的杯子倒满了水，然后又回到了厨房。

我问卡夫卡住在这里的什么地方，弗里德曼告诉我说，他刚到时住在伯格曼家附近的一座房子里。整个夏天，他的健康状况稳步好转。保密是最重要的，在小秘密集团直接介入之外，唯一知道的人是卡夫卡的妹妹奥特拉。从海法下船的那一刻起，他就不再是作家卡夫卡了。他只是来自布拉格的瘦弱患病的犹太人，在新国家的温暖气候中康复。在德国待了十二年之后，那年秋天，阿格农回到了巴勒斯坦——他在那里的房子发生了一场大火，烧毁了他所有的手稿和图书——但没有任何迹象表明这两位作家曾经见过面。朔肯把阿格农安置在特比昂的一座房子里，几个月后把卡夫卡转移到了位于里哈维亚全新的德国犹太人花园郊区的一座房子里，在那里卡夫卡的房间可以俯瞰房子后面的土地。到了下午，在小憩①之后，在那期间里哈维亚的所有街道和楼梯井里都静悄悄的，他常常会走到外面，坐在那片土地上的一棵树下。这片土地已经荒芜好几百年了。他开始四处闲逛，在这里除草，在那里修剪，很快就发现，自己的园艺技能在欧洲不过是普通水平，甚至更糟，可是在巴勒斯坦，他触碰的一切似乎都能茁壮成长。除此之外，伯格曼还给他寄了一些种子目录作为礼物，他也开始把藏红花和阿尔及利亚鸢尾球茎送给别人。一个在下午窥视花园的人可能会发现那个瘦弱的人躬下腰，对着玫瑰咳嗽，他正在用泻盐浸泡这些玫瑰的根，或者从土里刨出石头。没过多久，里哈维亚的房子后面的那块地就开始绽放鲜花了。

不久以前，弗里德曼告诉我说，他在卡夫卡的日记中偶然发现了下面这几句话："只要有一个机会，你就能重新开始。不要浪费它。"几页之后，卡夫卡又写道："啊，美丽的时刻，专横的国家，花园已经荒芜。你转过身，背对房子，看到在花园小路上，幸福女神朝你冲来。"这些作品可追溯

---

① 原文为德语，Schlafstunde。

到他在曲劳的最初几天，但我不得不相信，弗里德曼说，它们是在他搬到里哈维亚的那些房间后写的。

我表示困惑，他最后一次把手伸进皮夹，拿出最后一份影印件，从桌子那边推了过来。那篇引发疑问的文章是用颤抖的钢笔画出重点线。"我为什么想放弃这个世界？"文章写道。

因为"他"不让我生活在他的世界里。虽然我不应该如此精确地判断这件事，但因为我现在是另一个世界的公民，它与普通世界相比犹如荒野之于耕地（我离开迦南已有四十年了）；我像外国人那样回望着它，尽管也在另一个世界里——这是我携带的父亲的遗产——我是最微不足道、最胆小怕事的人，我能活下来，仅仅归功于其特殊的安排。

我把那篇非凡的文章读了三遍。在那一页的右上角有书名，《给菲利斯的信》。当我再次抬头时，弗里德曼正望着我。"我需要提醒你，"他低声说道，"直到1963年，朔肯才发表这些信吗？"为了跟上他的步伐，我问他是不是在暗示，1924年以后，卡夫卡还写了东西，布罗德从他的日记和信件中推测。弗里德曼嘴角上扬，露出了微笑。"告诉我，亲爱的，"他说，"你真的相信卡夫卡给一个女人写了八百封信吗？"

慢慢地，我开始明白了弗里德曼可能在问我什么：不是要写卡夫卡的一部真实剧作的结局，而是要写他生命的真正结局。马克斯·布罗德和他的迷雾早就不见了。伊娃·霍夫很快也会这样。与此同时，该案最终将由最高法院裁决，如果伊娃·霍夫败诉（这几乎是肯定的），卡夫卡的秘密档案将被移交，他的假死和秘密前往巴勒斯坦的行为也将公之于众。弗里德曼想要站在故事的前面来控制如何书写它吗？通过小说塑造卡夫卡在以色列的来生故事，就像布罗德塑造了他在欧洲的生死故事一样吗？

　　仿佛感觉到了我的意识，弗里德曼现在迅速转向故事的结尾。他告诉我说，新建的里哈维亚地区很快就挤满了来自柏林和维也纳的知识分子，他们在网球场打球，在他们开的咖啡馆相遇，还建造了装饰派艺术风格的房子，就像他们在莱茵兰遗留下来的那些房子一样。1925 年，卡夫卡搬到那里，同年布罗德在欧洲出版了《审判》。如果说在里哈维亚遇到一个在国内认识他的人的风险已经笼罩着他，那么到第二年《城堡》在欧洲出版时这种局面就变得难以维持。应卡夫卡本人的请求，他被转移到北部靠近加利利海的一个集体农场。在那里，他得到了柠檬树林边上的一座简易房，并应他的请求，开始在花匠领班的手下工作。集体农场的生活适合他。尽管起初他的沉默和对孤独的嗜好不受欢迎，但后来他获得了一个熟练园丁的名声，因为他在植物间投入了很长时间，找到了一种方法来治疗生病的古老梧桐，集体农场的成员们经常聚集在梧桐的浓荫下，他的价值得到了保障，他可以随心所欲想做什么就做什么。因为他经常给他们做小娃娃和轻木飞机，还因为他有顽皮的幽默感，所以他深受孩子们喜爱。卡夫卡喜欢游泳，每周至少会在加利利河游一次。

在那里，他会游到很远的地方，在岸上人看来，他变成了一个小小的黑点。

在接下来的十五年里，他一直默默无闻地生活在集体农场里。弗里德曼说，即使作家卡夫卡在世界其他地方名声大噪，他在以色列也还是不为人知。卡夫卡的一部长篇小说的第一个希伯来语译本——那就是《美国》——直到 1945 年才由朔肯组织翻译。《审判》直到 1951 年才被译成希伯来语，《城堡》直到 1967 年才被译成希伯来语。朔肯有充分理由拖延这么久，但即使卡夫卡有了希伯来语版本，他也没有被以色列人接纳。他是一位犹太侨民作家——他体现了流放的居无定所，接受了对他专横父亲的判决——这使他与犹太复国主义的强势文化格格不入，犹太复国主义要求与过去彻底决裂，推翻他的父亲。直到 1983 年，也就是卡夫卡诞辰一百周年时，以色列才终于组织了一次关于卡夫卡的会议，但迄今为止，卡夫卡的全集还没有希伯来语版本。然而，正是这种忽视，让卡夫卡得以保持自己的匿名状态和自由。

赫尔曼·卡夫卡差点儿在弗朗茨的葬礼上崩溃，从此再没有走出失子之痛。他的健康状况迅速恶化，他只能坐在轮椅上，1931 年，残忍霸道的父亲死了，他的严苛和对卡夫卡缺乏理解，被指责是引发卡夫卡大部分苦难的罪魁祸首。当得知自己想象的死亡和哀悼加速了父亲的死亡时，卡夫卡恐怕又会感到另一种痛苦。他不禁怀疑自己的父亲还是不是他如此惧怕的那个巨人。1939 年 3 月，希特勒的军队进入布拉格，1941 年，卡夫卡的两个妹妹和她们的家人被送往罗兹犹太人隔离区。奥特拉在布拉格住到1942年8月,之后被转移到特莱西恩施塔特集中营。兄妹俩几乎可以肯定有过通信,但如果这些信件还存在的话,那一定是藏在斯宾诺莎街的宝藏中。第二年10月,弗里德曼告诉我说,奥特拉自愿陪同一群孩子从特莱西恩施塔特集中营来到她认为安全的国外。相反,他们被带到了奥斯威辛集中营,在毒气室里被杀害。奥特拉的最后一封信是写给丈夫的,因为她的丈夫不是犹太人,所以能和两个女儿留在布拉格。她告诉他说她很好。她大概写了一些和她哥哥相似的东西。差不多六个月过去了,直到卡夫卡得知她去世的消息。

"我不相信从那以后他还是原来那个样子。"弗里德曼说。此后不久,他离开了集体农场,从1944年起居住在特拉维夫的不同公寓里,在城市里不安地四处走动,一想到自己会被发现并曝光,他就心烦意乱。1953年底,园丁安舍尔·皮勒格最后一次搬家。早期在那里逗留期间,医生给他开了肺部用的干燥空气,他就爱上了沙漠。在集体农场待了十五年,常年在城市里漂泊,他所有的财产寥寥无几。马克斯·布罗德此时也住在特拉维夫,保留了所有文件。就这样,他仅带了一只小箱子和一个装满书的背包,乘坐朔肯提供的吉普车出发,前往沙漠。

以色列的森林

爱泼斯坦梦见自己正在穿过一片古老的森林。天冷飕飕的，冷得他的呼吸都冻僵在空气中。松树的黑针叶上落满了雪，空气中弥漫着树脂的芳香。除了白雪和他脚上的一双红拖鞋、潮湿的地面、沐浴着柔和云光的高大树枝和树皮、上面挂着的松果———一切都黑黢黢的。在高大树木的团团包围下，他感觉自己受到了保护，没有任何可能会伤害他的危险。没有一丝风。世界宁静，是一种非常接近欢乐的宁静。他走了很长时间，雪在他的脚下嘎吱作响。他在小路上偶然发现一个树根时，才低头看去，认出了那双拖鞋。红毡的，是他母亲的堂弟从欧洲带来的，美观却不实用，鞋底很薄，几乎无法保护他的双脚免受寒冷的侵袭。看到一些早被遗忘却又非常熟悉的东西的感觉涌上心头，那一瞬间他突然意识到他终究还没有长大。不知何故，每个人都不知道，最重要的是他自己不知道，他一直都是一个长不大的孩子。

最后，他来到一块空地。在空地中央，他看到了一个石底座。他弯下腰，拂去积雪，那些金色字母出现在了他冻僵的手指下面：

为了纪念索尔和伊迪
太阳和大地

醒来时，微微颤抖的爱泼斯坦发现自己出了一身汗。他跌跌撞撞地穿过酒店房间，关掉空调的冷风，拉开厚窗帘，只见已经是早晨了。他推开玻璃门，来到阳台上，一阵和煦的微风吹进来，吹来了阵阵碎浪声。他感觉太阳照在自己的皮肤上，吸入了咸咸的空气。他穿着汗湿的睡衣，俯身趴在栏杆上，眯眼看着沉重地照在水面上的油似的光。他又想到了游泳。在经历了最近几天莫名的紧张之后，那会感觉很好。他又想起了那个把他从海浪下面拖出来的俄国人。那个俄国人只是在他主动提出付报酬时才呵呵笑着拍了拍他的背，告诉他说，如果他不下水，那就是足够的报酬了。但是，为什么他不应该再回海里呢？恰恰相反，正是因为他差点儿淹死，所以他现在才该径直回到海里去，而不会有机会让恐惧加剧、陷入僵局。他是游泳健将，一直都是游泳健将。这次他会更加注意。不管怎么说，今天海水平静。

而当他回到凉爽的房间去寻找自己的泳衣时，森林的梦重又浮现在他的脑海中，黑暗和白雪依然都那么栩栩如生。突然，他意识到了梦的根本，兴奋地停在那张没有整理的床前，一屁股在羽绒被上坐下来，又一跃而起，开始踱步。他以前为什么没想到这一点呢？回到阳台上，他把身子探出去，以便能看到全景。当然可以——那会多美！

他在潮湿的床单上翻来翻去寻找手机，突然想起了那部丢失的手机。谁知道它目前在哪里？在拉马拉的某个地方，给大马士革打电话。那张皱巴巴的床空空荡荡。他检查了一下桌子，然后把睡觉前朝下放在床头柜上的那本书拿了起来，在书下面发现了那部新手机。他拨了助手莎伦的电话，但响了两声之后，他才想起此刻是纽约的午夜。等响过了六声，他就放弃了，转而给堂弟打电话。

"莫蒂，我是朱尔斯。"

"等一下——！——难以置信！[1] 这个狗崽子刚才打断了我。你说什么？说吧，我在听着呢。"

"和谁谈论种植问题呢？"

"树！"

"什么？"

"树。种树。"

"树？"

"树！他们从建国前就一直这样做。妈妈过去常给我一个蓝白相间的募捐箱。"爱泼斯坦还记得，当他挨家挨户地跑时，硬币会在锡盒里叮当作响，但他想不起基金会的名字了。"我想是耶路撒冷山坡上的树木。我不知道，是希伯伦山吧。后来，在希伯来学校，他们给我们看了孩子们戴着渔夫帽种植树苗的照片。这些树苗是我们在美国筹到的。"

"什么？"

"是的，等一下——犹太国家基金，对吧？你能帮我和那边的人联系一下吗？"

"你想种树吗，犹达？"莫蒂问道，用的是爱泼斯坦孩提时代的希伯来语昵称。

---

[1] 原文是希伯来语。

"不是树，"爱泼斯坦轻声说道，"是整个森林。"他想起在柔软、黑暗的树枝下越发寂静，胳膊上直起鸡皮疙瘩。

"我们有足够的树木。现在问题是水。我听说他们正在努力把盐水变成水果。如果他们试图说服你在地上挖个洞，我不会感到惊讶。伊迪丝和所罗门·爱泼斯坦纪念水库。"

爱泼斯坦想象着纪念父母亲的水库，冬天的雨正在下着。

"他们当然还在植树，"他厉声说道，"你能不能给我一个号码？如果不能，我就去问服务台。"

但是，莫蒂不想让爱泼斯坦去找别人帮忙，因为他自己也能帮忙，而这件事日后可能会得到回报。"给我半小时。"他点了一支烟，对着电话吐了口气，对爱泼斯坦说。他想他可能认识一个在那里有关系的人。爱泼斯坦对此毫不怀疑：莫蒂在三场战争中打过仗，结过两次婚，离过两次婚，做过的职业多得让爱泼斯坦记不住——没有什么是他搞不定的。

"告诉他们我想建一座森林。能放眼望去，全都是松树。"

"当然，价值两百万美元的森林，我会告诉他们。但是，老天，这是一大笔钱。万一你改变主意，有一个地方我可以带你去，那里全是玻璃和意大利大理石，还有一个按摩浴缸，可以欣赏西西里的景色。"

但是，那天下午晚些时候，莫蒂打电话过来告诉爱泼斯坦一切都安排好了。"我们明天要和他们开会，"他说，"一点钟在小酒吧。"

"谢谢。不过，你没必要来。这不是你喜欢做的事。不会有裸女。"

"这就是让我担心的地方。你如何生活,那是你自己的事儿,可你都六十八岁了,犹达,你不会永远活着,你终于离婚了,自由了,你想的是拉比和森林,忘记了到处总有裸女这个事实。我此刻就在看呢,她穿着黄色连衣裙。我告诉你,这是一种享受,而且你不能用森林纪念你父母。在我的记忆中,他们对树木没有任何兴趣。我错了吗,犹达?不过,一个女人,这是你的父亲可以理解的,还不如这样纪念。想想我说的话。明天一点钟见。"他说。在继续这通电话之前,莫蒂给康蒂纳的老板打电话,让他把最贵的一瓶霞多丽葡萄酒留好。

几天后,爱泼斯坦站在一座山顶上,旁边站着犹太国家基金外联部负责人,还有一位林业专家,以及莫蒂,他坚持要离开他工作的房地产办公室,来陪伴爱泼斯坦。犹太国家基金开发部总监在国外,但爱泼斯坦拒绝等待。于是,外联部的负责人被派去了,是一个戴着廉价太阳镜、穿鞋不得当的小公关。她一整天都在开车,带他看了三个不同的地方,现在已经来到了最远的地方,开始失去耐心。她最后带他来的地方已被森林大火烧毁,急需恢复。他的钱足够用来重新种植整个地区,她解释说。有一天,他的孙辈会到他们祖父母的森林里来散步,他的孩子的孩子,如果上帝允许的话,子子孙孙都会去。

但是,在观察烧焦的树桩时,爱泼斯坦摇了摇头。"不是这个。"他嘟囔着,然后转身向汽车走去。

那他到底在寻找什么呢？外联部负责人问道。

"你听见他了。"莫蒂从后面尖声叫道，又一次坐到林业专家旁边。对方是一个穿着卡其布短裤的年轻女子，精通树木方面的知识。对他来说，她是这一天唯一能让人开心的人。"他说不好，所以不好。"

外联部负责人推下凉鞋的襻带，在驾驶座上揉起泡的脚后跟，爱泼斯坦只是重复说，他看到那个地方时就会知道。于是，她忍住沮丧的情绪，发动引擎，把空调开到最大，用一块纸巾吸干了额头上的汗水，这也顺带擦去了橘色妆容。在她身后，莫蒂开始从皱巴巴的烟盒里抖出一支香烟，但感觉到了林业专家不满的神色，便又把烟盒塞回了口袋，咳嗽了一声，又看了看手机有没有信号进来。加利特倾身向前，向爱泼斯坦讲述了基金会在旱谷为防止水土流失所做的造林工作。但是，爱泼斯坦对在旱谷种植不感兴趣。所以，过了一会儿，她也陷入了沉默，靠回座位。她几乎告诉了爱泼斯坦她知道的一切，比如有关地中海地区，有关伊拉诺-土拉尼安和撒哈拉-辛迪地区，有关干旱和半干旱地区，有关年平均降雨量，有关每一德南[①]的幼苗，有关土壤质量、山坡和平原，有关约旦裂谷、希伯仑山的岩性，有关地中海橡树、开心果、角豆、柽柳、阿勒颇松树和基督刺的优点，那些名字在她听来似乎在他的内心深处飒飒作响，却从来没有触及他真正想知道的任何东西。

[①] 前奥斯曼帝国的土地丈量单位，在以色列约等于 900 平方米。

二十分钟后,他们重新进入了一个手机信号区,外联部负责人的电话显示收到办公室的短信,提示他们最后一个方位。莫蒂呻吟着瘫倒,头向后仰,要么是因为刚刚传到他自己手机上的短信,要么是因为他觉得爱泼斯坦不会满意,他尽力了。

他慢慢地转过头,睁开眼睛,看着加利特。

"亲爱的,"他用希伯来语平静地说,"除了树以外,还有你喜欢的东西吗?因为如果你从此罢手的话,我就可以让你和你的男朋友在埃拉特的一家旅馆住一周。我的朋友正好在红海上有一个地方。你可以潜水,躺在沙滩上,你会发现你很快会忘记土壤流失的事儿。"加利特只是翻了个白眼,莫蒂便转过脸去,望着外面的沙漠。

于是,在下午将近五点钟,他们开车穿过约旦河谷回到希伯伦山之后,终于到达了这里,到达了位于内盖夫[①]北部的一座山坡上。在这里,只有天空和落日下变成红色和金色的石质土地,他们请爱泼斯坦想象一片森林。

光线充满了他的头脑。从底部到边缘都充满了,并有漫过他的危险。当这种感觉过去、光线消失之后,敬畏感就像沉积物一样留在身后,是一片像世界一样古老的细沙。他头晕目眩,离开其他人,独自站在倾斜山坡上露出地面的一处地方,看到无数排树苗展现在烈日下。

[①] 内盖夫是以色列南半部地区,略呈三角形,西南与埃及的西奈半岛毗邻,东南以阿拉伯谷地与约旦为界,南顶端抵亚喀巴湾,大部分为干旱高原。

加利特告诉他说，有一段时间，整个地中海南部和东部，从黎巴嫩一直到北非和希腊，都覆盖着森林。但是，一发生战争，就会掠夺木材，打造舰队，最后人们被淹死，船沉入海底。渐渐地，树木消失，泥土干涸，沃土被热风吹走，或者被雨水和河流冲走。有六百座城市曾经在北非海岸繁盛，如今人口减少，沙子刮过，覆盖空城的废墟。早在公元前四世纪，柏拉图就写道，曾经覆盖阿提卡①全境的森林遭到破坏，只留下了土地的骨架。因此，这里也曾是这样，加利特告诉他。先是蒂尔和西顿的神庙，后来是耶路撒冷第一圣殿和第二圣殿，黎巴嫩山上的树木被砍伐殆尽；公元前590年，先知以赛亚便讲述了巴珊等地森林被摧毁，以及公元一世纪犹太战争时大片大片的森林遭到破坏。耶路撒冷也曾经被松树、杏树和橄榄的森林环绕，整个地区从朱迪亚丘陵一路延伸到海岸；爱泼斯坦意识到，这一切曾被郁郁葱葱的黑森林覆盖，经过一辈子无知说出来之后，forest（森林）就成了 for rest（用来休息）。

　　莫蒂走到他身后，点起一支烟，呼了口气。即使是他，也被眼前的广阔震撼。他们站在一起，沉默不语，就像私交深厚的老朋友一样。实际上，尽管他们彼此认识这么多年，但他们从来没有真正谈过任何事。

　　"犹太人和山峦是怎么回事？"爱泼斯坦最后说，与其说是对莫蒂，不如说是自言自语，"他们永远都要在那里体验

---

① 阿提卡，希腊中东部区名，南和东濒爱琴海。公元前十三世纪时已建独立居民点，有海上贸易，首府雅典，公元前11世纪时以巨型画瓶艺术著称。

自己的重要经历。"

"结果又匆匆忙忙地下来了,"莫蒂把烟在一块石头上捻灭,"除非不得不把他们装进尸体袋带下来,比如从马萨达,或者从博福特,比如伊齐的儿子。就我个人而言,我更喜欢留在山下。"但是,爱泼斯坦背对着他,所以莫蒂看不到他有何反应。

"犹达,"过了好一会儿,他又说,"我们在这里干什么?我是在认真地问你。我认识你都一辈子了。这些天,你看起来不像你自己。你记忆力变差了——尽管你都认识她五十年了,但前几天你不记得恰亚叫恰亚,接着你在付款后又把钱包落在了桌子上。你瘦了。你看过医生了吗?"

但是,爱泼斯坦没有听到,要么是选择不听,要么是不想回答。几分钟过去了,他们坐在那里,默默地望着远处闪闪发光的群山,直到最后爱泼斯坦开口说话。

"我还记得七八岁时我们搬到美国后不久的情景。有一个孩子,比我大两三岁,放学后和我一起同行。有一天,我流着鼻血回到家里,父亲在走廊里发现了我,拽住我让我说明缘由。他脸色铁青。'你立马拿着棍子回去,把他打得头破血流!'妈妈听到了这件事,冲进了房间。'你在说什么?'她对他大喊,'这是美国。他们这里不是这么做的。''那他们怎么做?'父亲吼叫着问道。'他们去找当局。'母亲说。'当局?'父亲嘲笑她说,'当局?你认为当局会怎么做?不管怎样,那是告密,我们的犹达不是告密者。'母亲反驳道,我绝不会像他一样粗野。之后,父亲又转过头看着我,我能看得出他在仔细考虑问题。'听着,'他最后眯起眼睛对我说,'忘了棍子吧。你直接走到他身边,就像这样抓住他,'他说着,一只大手抓住我的脖子,把我的脸拉向他的脸,'然后你告诉他,你再这样做,我就宰了你。'"

莫蒂笑出了声,听到爱泼斯坦回忆过去,他松了口气。

"你认为你的妈妈会想要这个吗?"莫蒂朝荒芜的山坡扬了扬下巴,问道,"这就是你这么做的原因吗?"

做你想做的,你是自由人,他的母亲曾经对他大喊,语气强硬得像在说"要是你想杀了我都可以"。在他的独立意识里,嵌入了母亲的指令,所以在他最自由的时刻,他觉得她像地心引力一样吸引着他。连远离她到头来也是走向她。所有那些特质和煽动性的东西都源自这种矛盾的状态。不,他的母亲——她不是一股使人平静的力量。她最喜欢的珠宝是一串双股珍珠,有时候那串珍珠挂在她的脖子上,爱泼斯坦情不自禁地感觉到,她对它们的喜爱与珍珠形成的过程有关。将异物层层包裹才产生了如此光泽。她让他觉得对抗才能产生活力。

"她想在阳光岛上的一座破公园里有一把长椅。如果是这样的话。"

"那为什么?我不明白,犹达,我真不明白。这不关我的事儿,但你们的父母——他们是节俭的人。他们不喜欢浪费。一棵树,两棵树。可是,四十万棵啊?为了什么?你还记得我二十一岁第一次是怎么来美国的吗?我剪掉的自己的脚指甲,你的妈妈都不会让我扔掉。"

爱泼斯坦不记得了。那时他应该已经结婚了，约拿和露西都出生了。他应该是全神贯注于工作和各种形式的斗争。

"他们带我来看你和丽安妮。我来到你位于公园大道的公寓，感觉就像是另一个世界。我从来没有见过人这样生活。你带我去一家高档餐厅吃午饭，还坚持要了一只龙虾。因为你想招待我，想给我留下深刻的印象，或者你想和我开个玩笑，我说不清是哪一个。侍者把这个红彤彤的硕大生物——如此可怕——端到桌子上，放在我面前，我所能想到的是每七年来一次的红色蝗虫。你起身去了洗手间，只留下我独自跟那只龙虾待在一起。过了一会儿，我再也无法忍受它那双小黑眼睛盯着我，于是就把餐巾蒙在了它的头上。"

爱泼斯坦微微一笑。他也不记得了，但听起来并非不像他。

"那天夜里，我回到了位于长滩的房子。你的妈妈把我安置在你的旧卧室里。躺在你的床上，听着你的父母亲在厨房里争吵，我一直在想着那只龙虾。自从到美国后，这是我第一次感到想家。我只想回到以色列。尽管在那里可能会遇到蝗灾，但它们是我的蝗虫，至少我明白它们的意思。我躺在那里，听着你的父母争吵，想着做你是什么感觉。突然，我听到有什么东西砰的一声重重地撞在墙上。然后一片寂静。那时，我已经不小了，刚服完役，反应机敏，我从床上跳起来跑进了厨房。我看见你的母亲倚着墙，捂着脸，明白了有些东西无论在哪儿都是一样的，就像我又回到了童年时代的厨房，跟自己的母亲在一起。"

爱泼斯坦抬头望着天空,只见西边一片血红。如果他更熟悉莫蒂的这一面,隐藏在粗俗和俏皮话之下的另一面,如果思想本身不是那么抽象,他就可能会说起,由于混乱,有时候就会出现一些奇异的图像,在它们永不褪色的生动性中显现出的是人生的总和,当一个人离开时,能想起的就是那些。他的一切几乎都是暴力:他父亲的或他自己的。

相反,他说:"我现在想到父母,我觉得,老天,居然有那么多争论。斗得没完没了。那么具有破坏性。回想起来,我意识到父母从来没有鼓励过我去做成什么事,构建任何东西,而是把东西拆开。有一天,我突然想到,只有在争吵时,我才会感到真正的创造力。因为我总是这样定义我自己——首先是反对父母,然后是反对所有的一切和所有其他人。"

"你在说什么?就因为这个?迟到的愿望是停止争斗并创造一些东西?犹达,我们报名参加一个陶艺课吧。它会让你省很多钱。我想起来了,我认识一个在雅法有画室的画家。只要给他一小笔钱,他就乐意去里约热内卢住一个月,然后把他的画室留给你。"

但是,爱泼斯坦并没有笑出声来。

"好吧,我真的不明白。你有三个孩子。你是大律师。你的人生经历多了去了。难道这还不够吗?如果我们说的是我,几乎所有事儿都是彻底的失败,那就另当别论了。"

"所有事吗?"爱泼斯坦真的想知道。

"这是我的一部分,与犹太人身份息息相关,与我该死的归属息息相关。"

爱泼斯坦转过头去看堂弟,但就在这时候,莫蒂站了起来,向上拽拽宽松的牛仔裤,用手机拍下了一张照片。他一脸懒散的表情,爱泼斯坦无法继续说下去。他转头又面对沙漠,被西沉的太阳照亮。

"就是它,"他轻声说道,"去告诉她这就是那个地方。"

在回去的路上,车里寂静无声。夜幕笼罩着群山,气温下降。爱泼斯坦打开车窗,冷空气灌进他的肺里。他开始轻轻地哼起了维瓦尔第。情况进展怎么样?还有一些东西,一些东西,一些东西。他听到了男高音,看到了盲女的德国牧羊犬闭着眼睛,倾听人类听不到的声音。

口袋里的手机开始振动,他没有理会它。不久它又匆匆振动起来,他就检查了一下,发现是克劳斯纳,他已经错过了克劳斯纳的三个电话。看到日期,他意识到这一定是克劳斯纳打来叫他去参加团聚的。他回头看了看外面越来越暗的风景,一想到真正的大卫在此地散步、战斗、爱和死去,他就不由自主地感到一阵微微的战栗。

当电话再次响起时,他做出让步,接了电话,想了结这件事。

"朱尔斯!你在哪里?你已经在耶路撒冷了吗?"

"没有。"

"那在哪里?"

"在沙漠里。"

"沙漠?你在沙漠里干什么?我们一小时后出发!"

"是今晚,对吗?我一直很忙。"

"幸好我打通了你的电话。我开始担心了。还有时间。我眼下在大厅里监督准备工作——别挂断——音乐家们刚到。"

"听着,我眼下正在回特拉维夫的路上。这是非常漫长的一天。"

"过来半小时。只是感受一下气氛。吃些东西。耶路撒冷离你并不远。我不想让你错过,朱尔斯。"

爱泼斯坦感到那个躲在萨法德神龛里的小个子男人又一次伸出粗糙的手去抓他的裤腿。这一次,他却不想屈服。

"想想弥赛亚可能会出现在宾客名单上。但是,不,真的,我不想去。"

听了这个笑话,克劳斯纳没有生气,也不愿接受否定的回答,说他会在半小时后再试一次。爱泼斯坦向他道别,按掉了电话。

"这一切是怎么回事?"莫蒂问道。

"是我的拉比。"

"老天,我怎么和你说的?"

但是,爱泼斯坦现在真的筋疲力尽了。开车、太阳、跟人们在一起的漫长一天,已经使他筋疲力尽了。他想要的是淋浴冲走灰尘,独自躺在空调下面,想着有一天森林会覆盖在山坡上,在月亮下飒飒作响、生机勃勃。莫蒂不理解。施洛斯也不会理解。丽安妮也不理解,她从来没有理解过他,虽然他一再向她显露自己。他不再需要得到理解。外面的夜色越来越浓了。他一路放低车窗,以便风淹没堂弟的声音,呼吸着沙漠的芳香气息。

  他没有去参加团聚,那天晚上,虽然筋疲力尽,但爱泼斯坦睡不着觉,一直熬夜看着在床头柜上的那本封面褪色的书。一天下午,走在艾伦比大街上时,他在橱窗里看到了这本书。那里摆满了褪色的英文书,所有的颜色都在变成蓝色。他沿着狭窄小巷走进拥挤、蒙尘的书店去打听。立体声音响上播放着爵士乐,店主在杂乱的书桌上清点账目。橱窗里的书很久不曾拿出来过,花了很长时间才找到钥匙。最后锁被撬开了,潮气和破碎纸张的霉味扑面而来。店主伸手拿出了《诗篇》,爱泼斯坦把它夹在腋下,出了店门,又回到拥挤的大街上,朝海边走去。

  《圣经》中有比大卫更复杂的英雄吗?大卫操纵了扫罗①、约拿单②、米甲③、拔示巴④,以及所有亲近他的人的爱。一个武士,一个杀人犯,渴望权力,愿意不惜一切代价成为国王。对他来说,背叛算不了什么。死亡算不了什么。没有

---

① 《圣经》记载,扫罗是以色列第一位国王,在位时间是公元前 11 世纪。
② 约拿单是《圣经》中以色列国王扫罗之子,因与大卫的深厚友谊而闻名,在基利波山战役中被杀,大卫为此哀痛万分。
③ 米甲是以色列第一位国王扫罗的女儿。
④ 拔示巴是《圣经》中的一个重要人物,她原来是赫梯人乌利亚的妻子。有一次大卫看到拔示巴在洗澡,爱上了美丽的拔示巴,诱奸拔示巴怀孕后,大卫借故杀死了拔示巴的丈夫乌利亚。上帝惩罚大卫,刀剑永远不离开他的家,他们的长子也夭亡。在拔示巴成为大卫的妃嫔后,又为大卫生了一个孩子,就是著名的所罗门王。

什么东西能阻挡他的欲望。他拿走了他想要的一切。然后，为了让他从过去的状态中解脱出来，大卫的作者们把他描述成有史以来最哀伤的诗篇。在生命的尽头，他偶然发现了自己最激进的东西。发现了优雅。

第二天早上，爱泼斯坦起得很晚，是被旅馆电话的铃声惊醒的。是前台的电话。有人在楼下等他。

"谁？"他问，还处在睡梦中。他没有期待任何人会来：他没钱可以捐赠了。

"耶尔。"前台说。

爱泼斯坦眯眼看了看钟表。才刚过八点钟。"耶尔谁？"他问道。除了埋葬在海法的母亲的堂弟，他不认识什么耶尔。沉默了一阵，随后电话里传来了一个女人的声音。

"喂？"

"什么事儿？"

"我是耶尔。"她停顿了一下，仿佛在等待他的记忆被轻轻推醒。情况有那么糟吗？爱泼斯坦疑惑，用一个指关节揉着眼睛。

"我有东西给你。父亲让我确保你能拿到它。"

爱泼斯坦依旧感到茫然，他回忆起，星期天早晨出现曙光时，他如何再也无法在硬邦邦的吉尔古尔小床上忍受一分钟，便用冷水洗了一把脸，然后去寻找一杯茶来抚慰自己仍不舒服的胃。途中，他差点儿跟从房间里出来的佩雷斯·哈伊姆撞了个满怀。佩雷斯挽起袖子，在二头肌周围绑上了经文护符匣，就像瘾君子绑止血带一般。然而，正是爱泼斯坦感受到了这种渴望：对直达心脏的静脉的渴望。他用手指触摸胸口，压在无法承受他那簌簌跳动的心脏上。

"你想让我把它放在前台吗？"她问道，"我赶时间。"

"不！不要。"他匆匆说道，已经起身，伸手去拿裤子，"等一下。我正在下来呢。"

他用颤抖的手指把扣子扣进衬衣的扣眼，刷了刷牙，把水泼在了脸上，然后不禁望着镜子里滴水的脸，惊讶地发现自己的头发已经长这么长了。

还没等她看见他，他就在大厅里看到了她，只见她在打电话，额头高而苍白，皱着眉头。她穿着皮夹克和牛仔裤，他还看到这位拨示巴的鼻翼上有一颗小钻石。继续走近，他被她侧影里某种熟悉的东西打动了。那是两周前那天夜里他没有注意到的。当他说出她的名字时，她抬起头，他们的目光第二次相遇。但是，如果她还记得的话，她也没有显露出来。

她正在写一部关于大卫王生平的剧本，并参加了她的父亲在耶路撒冷组织的大卫王后裔团聚聚会，电影导演也来了。那天晚上结束时，她正准备开车回特拉维夫，拉比让她把这个给爱泼斯坦——她从包里拿出一个金色文件夹。上面刻着"大卫王朝"的字样，文字上方有一个盾牌，盾牌上有犹大王国的狮子和大卫王之星。她把它递给他，但爱泼斯坦一动不动。

"你在拍摄一部电影吗？"他惊奇地问，"关于大卫王？"

"为什么惊讶？当我告诉别人时，他们的反应总是一样的。但是，从来没有一部关于大卫王的好电影，不像摩西，哪怕他是整个《圣经》中最复杂、最完整、最迷人的角色。"

"我不是那个意思。我只是碰巧——"但是，他没有告诉她，许多晚上以来他一直在读《诗篇》。他身上的闪光点，还有缺陷，可能都可以追溯到一个古老的故事，"我对大卫感兴趣"。

"那你昨晚本该来参加的。"

"应该吗？"

她笑了笑，描述了客人如何从假石拱下进来，两边站着身穿皇家装束的使者，依次报出每个客人的名字，还会吹一声号角。一个穿天鹅绒的竖琴手在门厅里拨动着金色琴弦。你也可以演得很精彩，她说。

她又瞥了一眼电话，告诉他说，她必须走了，约会要迟到了。

"你要去哪里？"爱泼斯坦问道。

"雅法。"

"我也要走那条路。我可以乘出租车载你一程吗？我想多听听有关这部电影的情况。"他不再说他好奇为什么拉比的女儿想要拍一部关于大卫王的电影。她用讽刺的目光看待她父亲心爱的项目，似乎尽可能远离宗教。

她戴上太阳镜，从地板上拎起沉重的包时，目光掠过他的肩膀，微微一笑。

"不过，我们已经相互认识了，不是吗？"

要带何物

我们离开餐厅后只开了十分钟,就看见一排绿色军车出现,挡住了道路。西北部的交通已经陷入停顿状态,每辆车都被士兵们拦下检查。弗里德曼把收音机调到了新闻频道,新闻迫不及待地涌进了车内。当我问他发生了什么事时,他说什么都有可能:墙被炸开,炸弹威胁,城市里的一次恐怖袭击。

我们缓慢前行,气氛变得越发不祥。当我们终于挪到队伍最前面时,两名胸前横挎自动机枪的士兵包围了我们的车辆,用一面连接着长柄的镜子望进车窗,检查车底。我既无法理解他们的问题,也无法理解弗里德曼的回答。在我看来,要让这些穿迷彩服的青少年满意很难,他们必须服从那些对他们来说意义不大的命令。女兵身材高大,内八字脚,尽管在对抗青春痘,但有朝一日会变得美丽;男兵矮胖,汗毛重,傲慢自大,对检查岗赋予他的权力太感兴趣。烦躁的弗里德曼很快就对提问感到恼火,这只会助长那个男孩的傲慢——他还没有成长为男人,也许这就是问题所在,至少是许多问题中的一个。我等待着弗里德曼透露他有人脉,可以立即放行,并连连道歉。但是,当他终于从背心的一个大口袋里掏出钱包时,从里面掏出卡片并用颤抖的右手递出去——不过是一张身份证。那个士兵一把夺过,短暂地端详了一眼，然后转过身，用希伯来语对我说话。

"我是美国人。"

"你和他在搞什么？"他用下巴指了指弗里德曼，他的下巴上有道沟，就像拇指指纹一样。

"什么？"

"你怎么认识他的？"

"我们几天前见过面。"

"见面为什么？"

弗里德曼试图用希伯来语打断他，但那个士兵举起一只手，说了几句尖刻话，让他安静。"你为什么会遇见他？"他又问道。

各种各样的答案纷纷掠过我的脑海。我想告诉他，弗里德曼是我的父亲派我去联系的一位远房亲戚，这个谎言至少与事实有拐弯抹角的联系。

"我们没有一整天的时间。"

"他有个项目，他觉得我可能会感兴趣。"最后，我说了一句话，这句话在我嘴里说出来之前似乎无伤大雅。

那个士兵紧皱浓眉，两道眉毛显得更粗，他转到汽车后部，打开后备箱。

"你还没让我说完啊，"我对他喊道，试图纠正自己的错误，同时又保持着这样一种错觉，就是我一点也不在乎他怎么想，他那一点点的权力与我毫无瓜葛，"如果你想知道的话，我是作家。我写小说。"但是，这句话及其意义使我觉得既笨拙又可怜。

"这是你自己打包的吗?"他指着来自斯宾诺莎大街的手提箱。

"我自己?"我拖延着回应道。我们周围的其他汽车都已通过检查,车里的乘客带着浓厚的好奇心注视着我们。我想,如果现在他们能认出我来,并从车里出来告诉我,他们用我写的一个角色给一个可怜的孩子起了名字,那就好了。汽车纷纷驶远,显然我的幻想几乎没有实现的机会,但是不管怎样,读者对作家有用的那一刻总值得怀疑。

"它一直在你的手里?还是有人让你带什么东西?"

我知道我应该直接撒谎,但我说道:"不,我没有打包。我们是一小时前在特拉维夫捎上的。但是,里面只有手稿。你自己去看吧。"我想问他是否读过卡夫卡。当然,《变形记》或者说《吉尔古尔》或其他名字都是他在拉阿纳纳① 或吉瓦塔伊姆② 的中学里指定阅读的。"这只是一个简单的误会,"我继续说道,"只要你打开,一切就会明朗——"

我感觉到弗里德曼的手按在我胳膊上,但为时已晚。那个士兵从腰带上摘下对讲机,开始用无线电向上级报告。回答含糊不清,声音低沉,仿佛来自远方。那个士兵听着,眼睛盯着箱子。轮到他回应时,他似乎要发表一次专题演讲,不仅是对从马克斯·布罗德的情人的年长女儿的公寓里取出的破旧手提箱,而且还对许多其他东西——历史的模式、人类关系的缺陷、互不对应的讽刺意味、卡夫卡的天才。我听

---

① 拉阿纳纳位于以色列中央区。
② 吉瓦塔伊姆是以色列特拉维夫以东的一座城市。

到他说了两次,背对着我们,向山脚下打着手势,那里有红色泥土,一些白色石头像骨头一样露出来:卡夫卡,然后又是弗朗茨·卡夫卡,尽管后来我纳闷这是不是我听过的 davka 这个词,在英语里没有准确的词来翻译,但它总结了犹太人做事的方式恰恰反着来。

"你不能做些什么吗?"我对弗里德曼说,现在我对别人要求我做的每件事或需要我忍受的事都失去了耐心,"你为什么不和上级谈谈呢?"

那个士兵还在一边打电话,一边打着手势,从后备箱里一把拎起手提箱,拖到地上。手提箱发出沉闷的砰砰声。他猛地拉起折叠式把手,把手提箱推给女兵。女兵用怀疑的目光打量了一下它的重量,好像她怀疑死去的卡夫卡本人蜷缩在里面。慢慢地,她拖着它走向那排军车。

"你以为我没有试过吗?"弗里德曼说,听起来很无奈,甚至感伤。如果之前我觉得他有某种权威的话,现在它就要在我眼前消散了。他看上去不仅年事已高、奈何不得,而且不可战胜的复数——当谈到对我的工作感到自豪时,他用的是"我们"——现在已经变成了古怪的单数。"他想制造问题,所以他就制造了一个。应该乐观点儿,不是吗?他们不光折磨阿拉伯人。"

那个士兵又回到了我这边。

"你有护照吗?"

我在手提包里翻来翻去,直至在包底找到护照。他眯起眼睛,看看照片,瞧瞧我,又瞅瞅照片。的确,这张照片是几年前拍的。

"取掉眼镜。"

一切都变得模糊了。

"你在照片里更好看。"他把护照塞进衬衣口袋。

他命令我们下车。此前,狗一直保持平静,但当弗里德曼伸手去够门把手时,它突然狂吠起来。这让那个士兵连连后退,双手本能地握住步枪。我自己做好了最坏的打算,想象一颗子弹穿过这只动物的头骨。但是,过了一会儿,他放松了手指,小心翼翼地伸出手,伸过车窗,拍了拍狗。不自然地微笑了一下。

"在这里等着,"他仍握着步枪,命令我,"有人会过来。"

看到弗里德曼把破旧的皮包抱在胸前,回头瞥了我一眼,消失在一辆军用卡车后面时,我才愈发恐慌起来,意识到也许他无权从伊娃·霍夫的公寓里拿东西出来。我回想起他匆匆跑出斯宾诺莎街的公寓楼,以及他发动汽车时从额头上擦汗的情景。

我陷入了什么样的困境?当他拖着一只手提箱从伊娃公寓——那被死死守护的堡垒——出来时,我为什么没有问他呢?谁在乎他是谁?他可能是大卫·本·古里安本人,如果一个女人在她的母亲死后坚守着这些文稿,声称自己与它们息息相关,为了让这些文稿归她所有而拼命搏斗,她曾经说过除非自己死了,否则谁也别想拿到。是什么让我接受了这样一个事实?在所有人当中,为什么穿着狩猎背心、戴着有色眼镜的弗里德曼获得如此特权,可以带走哪怕一页,更不用说整整一只手提箱了？

但是，现在提问为时已晚。那个内八字脚的女兵已经回来了，一言不发，示意我跟着她。她驼着背，看起来是那种之前习惯了在低垂、狭窄的洞穴中穿行的女孩，如果幸运的话，总有一天她会来到开阔的天空下。她把我带到一辆有篷的吉普车前，车里两边都放着长椅，大概是用来运送士兵的。

"进去。"

"进那里？我不想。除非有人告诉我发生了什么，否则我哪里也不去。我有权和别人说话，"我说，"我想给美国大使馆打个电话。"

那个女兵咯咯笑了起来，微微晃动肩膀，调整沉重步枪的皮带。

"你可以的，你可以的。冷静下来。没什么好担心的。你可以给任何人打电话。你有电话，不是吗？"

"我是国际上知名的作家，"我愚蠢地说，"如果没有合理的理由，你不能就这样把我拉走。"

"我知道你是谁，"她把一缕头发从脸上拨开说，"前男友把你的书送给了我一本。如果你想知道，我得说我不喜欢这类书。不要生气。放松，好吗？放松。你越早上吉普车，就越有利。谢克特曼会照顾你的。"

她用希伯来语和那个在吉普车后面等着的高个子士兵讲了个笑话。他的脸有些像我的中学同学。他伸出一只手扶我上去。这个姿势让我产生了一种困惑的信任感，或许是我太累了,不想再争论下去。在帆布遮盖下,车里有一股橡胶味、霉味和汗味。

司机发动引擎时,女兵拍了拍额头,吩咐谢克特曼再等一会儿,谢克特曼对前面的司机大喊了一声。女兵跑回去找她忘记的东西了,谢克特曼双手交叉放在膝盖上,对我微笑。

"这么说,"他说,"你喜欢以色列?"

女兵回来时,牵着弗里德曼的狗。我抗议,试图解释那不是我的狗,是弗里德曼的,但女兵似乎不知道弗里德曼是谁,她已经忘记了他的存在。多么可爱的狗!她抚摸着它的耳朵后面说。有一天,她最后离开这里时,她自己也想养一条这样的狗。

"可以,"我满怀希望地说,"你可以带走这狗。"

但是,谢克特曼爬下来,把老狗抱在怀里,放进吉普车。一时间,当它依偎在他怀里时,我想我们仨看起来就像某种怪异的托儿所。接着,狗又跳到地上,仿佛它知道了一些我不知道的事——仿佛它也已经忘记了弗里德曼的存在——它舔了舔我的膝盖,转了两圈,蜷缩在我的脚边。那个士兵举手把塑料袋递给了我。那是我从姐姐的公寓里拿出来的,里面有一套换洗的衣服和我的游泳衣。谢克特曼小心翼翼地把它藏在他的座位下,旁边是弗里德曼的手提箱。

吉普车的引擎轰鸣着发动起来。随后,我们沿着碎石铺成的路肩颠簸前进,直到巨大的轮子抓住地面。但是,我们没有转身返回耶路撒冷,而是继续走弗里德曼要走的路,一直走到一切计划和建设都结束的地方。四周突然间变成了沙漠。此时，有关卡夫卡花园的想法竟然出现在我的脑海中，弗里德曼曾经告诉我，他在他居住的任何地方——在北方的集体农场里，在特拉维夫住过的各种房子后面，都耕种过，直到他最终成名——因为他从来没有真正变老，他一直都是明信片上的样子，让人第一眼就不禁倾心——他不得不永远离开这座城市。我想象着他的花园里种满玫瑰、忍冬、仙人掌和芬芳的紫丁香。当我们的军车驶进金黄色的群山时，我异常清晰地看到了卡夫卡。只见他把小铲子小心翼翼地靠在一堵石墙上，抬头望着天空，好像在观察风雨欲来的迹象。突然——它们总是突如其来，这些灿烂的童年火花——我想起了哥哥在希尔顿酒店游泳池发现耳环一年后发生的事。当父母亲出国去俄罗斯时，我们会住在伦敦的祖父母家里。一天下午，我和哥哥想吃附近一家商店出售的巧克力，我现在都不知道我们为什么当时不向祖母要钱：我们一定以为她会拒绝，或许我们对偷偷地把巧克力藏起来的想法兴奋不已。在半独立式住宅前面的花园里，我的祖父种了一些玫瑰。在我看来，它们成为一切玫瑰的原型；如果不想起那些娇嫩芳香的英国花朵，我就无法思考或说出这个词。我们在厨房里发现了祖母的大剪刀，用它小心地把花剪下。我们冷静地用铝箔把花梗包起来，并决定有必要撒个谎来说服人们买这些花。我们站在街上，开始唱起了歌："卖玫瑰，卖玫瑰，儿童慈善玫瑰！"一个女人停下了脚步。我还记得她很可爱，她的呢帽下面有一头整洁的黑发。她放下了正拎着的包。"你们确定是为了慈善吗？"她问我们。后来是她的问题使我们失去了兴趣。她给了我们重新考虑和坦白的机会，但我们没有接受，而是继续演下去。我们点了点头：完全肯定，没错。她拿出皮夹，又接过我们手上的玫瑰——六到八朵。我的哥哥接过硬币，我们便快步走开。而当我们向商店走去时，一种沉重的罪恶感突然降临到我们身上。我们做了一件无法挽回的事，就是剪掉祖父的玫瑰，卖掉它们，对一个陌生人撒谎。所有这些都是为了满足自己的胃口。对错误行为进行反思，却无法纠正错误，让我心头沉重。我不记得最后是我率先开口说话，还是他先转向我，但我清楚地记得那句话：你感受到我的感受了吗？别无他言。我们弯下腰，沿着人行道在地上挖了个坑，把硬币埋了下去。我们对任何人都只字不提自己所做的事，这是不言而喻的。有一天，我给孩子们讲了这个故事。他们都来劲了，一遍又一遍地要我讲。一连几天，他们不断地提起。可你为什么埋钱？我的小儿子不停地问。是为了摆脱它，我告诉他说。可它还在那里，他摇着头说。直到今天，如果你去那个地方挖，硬币还会在那里。

　　风不时地从吉普车后部吹进来，掀起帆布边，它们像被困的鸟儿的翅膀不停地拍打，谢克特曼注视着我，会冒昧地对我微笑，一种温柔而会心的微笑，甚至可能因悲伤而感动，狗——我从来没有问过它的名字——会发出一声呻吟，好像它已经活了一千年，而且已经知道每个故事的结局。

最后一任国王

　　一切对爱泼斯坦来如此新鲜——波浪闪耀的白光，黎明时宣礼师的呼唤，食欲不振，身体轻盈，脱离秩序，远离理性之岸，奇迹和诗歌——爱泼斯坦租了一套公寓，若是在以前他绝不会住的地方。太阳没有把他吵醒，因为他已经醒了，所有窗户都打开了，海浪声听起来就像在他的房间里撞击。他激动起来，赤脚踱步，发现整层楼都朝淋浴间地漏倾斜，就像一段时间后大海最终会把它淹没一般。中介刚打开门锁，爱泼斯坦就宣布他要了，并当场付了三个月的现金租金。他穿着锃亮的鞋子，在这间破旧不堪的公寓里显得格格不入，也就是说，很像美国人的做派。中介见过多少这样的人？富有的美国人来到以色列，去探究受美元保护的丰富而真实的犹太血脉，因此他知道它在这里延续着，不必觉得心酸。中介够精明，抬高了租金，同时声称，因为是耶尔的朋友会给他特别价。但是，看到爱泼斯坦那么满意，他仍后悔没有把房租说得更高。尽管如此，他知道最好不要相信美国人的第一股热情。他知道他们的感受，来以色列一个星期，每个人都喜欢上这里的紧迫感、争吵和温暖，热衷于坐在咖啡馆里聊天、进入彼此的生活；虽然以色列外部被边界困扰，日常生活却没有边界感。这里没有孤独病，每个出租车司机都是先知，每个小吃摊店主都会告诉你他的哥哥和妻子的故事,接下来排在你身后的那个人又插嘴,很快东西的低劣质量就变得无关紧要了,因为故事、混乱和疯狂——生活!——更加重要。他们来到特拉维夫,发现它如此性感,大海,以及力量,接近暴力,对生的渴望,还有,尽管以色列人一直生活在一种存在主义的危机中,并感觉到他们的国家迷失了方向,至少他们仍生活在一个依然重要、值得为之奋斗的世界里。最重要的是,他们爱上了在以色列体会到的感觉。这就是我们祖先生活的地方,当他们躲进西墙下的隧道,潜入巴尔·克赫巴挖的隧道,攀登马察达①,站在地中海地区的阳光下,徒步旅行,在内盖夫露营,来到加利利海,他们的孩子如果在这里,可以赤脚无拘无束地长大,与过去的联系是通过一个个片段的行为与过去联系在一起:我们迷恋的正是这种陌生感。

但是,中介很清楚,一两个星期后,他们这些美国人开始有了不同的感受。力量开始散发出侵略性的臭味,直截了当变成了咄咄逼人,以色列人竟然没有任何礼貌,他们不尊重个人空间,不尊重任何事,在特拉维夫,人们只会坐在那里聊天和去海滩,这渐渐让人恼火。这个城市真是乱糟糟,不是吗?一切不是新建的东西都在崩坏,到处都有一股猫尿味,窗户下面积了污水,过了一星期也没人来。事实上,以色列人很难应付,如此顽固和棘手,如此不合逻辑,如此粗鲁。原来他们中的大多数根本不在乎犹太性,而那些在乎的

---

① 马察达是死海东岸的山地要塞。

却高高在上,完全不会想到后来的定居者,坦率地说,整个国家都是一群讨厌阿拉伯人的种族主义者。于是,还没等他们给在尼夫·泽德克新建的玻璃高层建筑的两间卧室付押金,便坐进去机场的出租车里,他们的手提箱萦绕着扎阿塔尔①的香气,装满来自哈佐菲姆的银制犹太饰品,他们的雷克萨斯钥匙挂在一个新买来的护身符上。

于是,房产中介点了一支烟,烟雾从他的嘴里袅袅飘出来,又被他的鼻孔吸回去,眯眼看着他的富有客户,说他随时可以开车去自动取款机取钱。他补充说,他的摩托车停在前面,随手打开一扇窗户,让大海的气息帮助爱泼斯坦思考。但是,爱泼斯坦不需要想。五分钟后,当他们飞快地骑过坑坑洼洼的道路时,他紧紧地抱住中介的腰,毫不在意别人的目光。

那天晚上,天空从橘黄色变成了紫色,爱泼斯坦没穿衬衣,站在海边,感到一种勃勃生机,感到一种小鸟般的自由,而且相信自己终于明白了,他放弃和付出的一切都是为了这片大海。这种轻盈。这种渴望。这种古老。这种灵活性——他成了陶醉在雅法的色彩中的人,等待着自己的手机传来另一边的信息;来自一个更大的存在;来自西奈山②的摩西,他看到了一切,现在急着下来告诉他;来自一个将他自己留给对方的女人;来自他恳求把四十万棵树种到沙漠里

---

① 扎阿塔尔其实是中东对牛至、罗勒-百里香、百里香和香薄荷一类香料的统称。也是当地的一种混合调味品的名字,这种调味品就是用上面的干香料磨碎加芝麻,还可以加其他的香草并按口味加盐混合而成。
② 据《圣经》记载,摩西在西奈山上接受十诫。

的人们。

他的日子变得漫无边际。水天之间的界线消失了；他自己和世界之间的界线消失了。他望着海浪，感觉自己也是没有止境，重复着，充满了看不见的生命。他桌上的那些书的线条浮现在眼前。黄昏时分，他会出门散步，焦躁不安，等待着，迷失在一条条狭窄的街道中，直到他转过一个拐角，又一次回到海面上时，他都被晒脱皮了。

是外景制片主任邀请了他。他们在阿亚米的咖啡馆等耶尔，外景制片主任已在喝第二杯意大利浓咖啡。爱泼斯坦凌晨四点钟就醒了，已经好几天没有跟任何人说话。外景制片主任留着简洁的莫希干式发型，巧妙掩饰了逐渐后退的发际线。他一开口就停不下来，爱泼斯坦一声不吭。他向爱泼斯坦宣布，以色列的电影制作处于其创造力的顶峰。直到2000年，这位以色列天才才开始制作电影。当爱泼斯坦问那之前在做什么时，外景制片主任似乎被难住了。

半小时过去了，耶尔还没到。于是，外景制片主任从年轻女侍者那里点了第三杯意大利浓咖啡，拿出手机，向爱泼斯坦展示电影片断和剧照。爱泼斯坦仔细端详耶路撒冷一座老房子的照片。那是一间昏暗的下沉式客厅，里面摆满了图书和油画，从窗口可以看到有围墙的小花园。他想，这个房间没有什么不寻常之处，它的各部分却毫无疑问地凝聚成一种温暖、智慧和诱人的东西。外景制片主任说自己在无意中发现这座房子之前，已经探访了五十户人家。他一走进来，就知道正是这个地方。一切都适合拍摄，一丁点儿家具也不用搬。就连蜷缩在椅子上的小狗也很完美。但是，要说服业主，这真是一项艰巨工作！他不得不来回跑了四趟，最后一趟是带着那对老夫妇需要的一个难找的部件，给老水龙头换上，是他从一个管道工那里买的。他在那个管道工的店里取过景。这就是达成协议的原因：一个已经遗失多年的小铜圈。但是，他一把他们争取过来，隔壁邻居就使起了绊子。那位老妇人尽其所能地阻止拍摄，整天坐在窗前，对他们尖叫，拒绝把猫咪关进屋里。相反，当摄像机开始运转时，她故意让猫咪出去。拍摄不时地被这个脾气暴躁的女人打断，她扬言要把惊慌失措的导演逼疯。但是，他——埃兰——找到了解决途径。他听了又听，慢慢地明白了老妇人是嫉妒，就像小孩子似的，她觉得自己被遗忘、被忽视了，而他要做的就是给她一个微不足道的角色，她就能立即合作。他们不得不把她坐在轮椅上过人行道的一幕拍了十次，轮椅是他借来的道具，因为每次她要么对着镜头微笑，要么试着挤出一句即兴台词，但最终这样做仍然值得：从那以后，老妇人就安静了，并把她的猫咪当成一条巨蟒般看牢——上帝不让它逃走——怕它把她的电影整个吞没。是的，不管你怎么想，找到合适的拍摄地点其实只是他工作的一小部分。他工作的真正本质是管理这个世界与导演试图创造的世界之间的边界。在房子和街道、家具和天气的现实中，导演想要创造另一种现实，因为不管镜头持续多久，他都要靠埃兰来守护它们之间的边界。要确保现实世界中没有任何不想要的东西渗透到另一个世界，消除那些潜在的威胁。为此，一个人必须拥有众多才能。最重要的是，一个人必须善于跟人打交道。几星期的拍摄结束后，外景制片主任说，他精疲力尽，只想像隐士或厌世者一样生活。那你接下来要做什么？爱泼斯坦问道。

但就在这时候，耶尔到了，平静地道歉，就像她刚从一幅画上走下来似的。如果说爱泼斯坦刚才没有迫切的讲话愿望，现在他又发现在她面前他几乎说不出话来。她带来了导演丹。丹四十多岁，长着一双小眼睛和又尖又凸的鼻子，犹如一只大部分时间待在地下的动物，永远被一种疯狂的欲望控制，想要挖出一条通向光明的道路。爱泼斯坦以前见过他，立刻就对他产生了反感。他对耶尔有明显的企图。一想到她被他有部落文身的手臂抱住，爱泼斯坦就想哭。

外景制片主任兴奋地对他发现的地点进行了描述：靠近死海古卷被发现的地方的洞穴，但距离任何考古遗址都足够远，他们可以在没有许可证的情况下在那里拍摄，保留着纯粹的、如《圣经》描述的景象。这些洞穴的采光方式特别，只见上面有一个洞，送入一束束阳光。完全有可能是大卫的藏身地。至少，艾赛尼派[①]可能在两千年前就占据了，当时他们正在准备光明之子与黑暗之子的战争。

但是，导演和耶尔——黑暗之子与光明之女——情绪低落，任何洞穴，无论多么真实，都无法将他们解救出来。那

[①] 公元前2世纪至公元2世纪巴勒斯坦的一个古犹太教派别，其信徒过着组织严密的群体生活，财产共有，普遍认为《死海古卷》是他们所写。

天早上，他们收到了坏消息：Hot 和 Yes 都没有通过。耶尔向爱泼斯坦解释说，凭她所写的大纲，他们已经从耶路撒冷电影基金会和拉比诺维奇基金会获得了制作经费。一开始，似乎足够用，可是后来他们发现想把电影拍好的话并不够。他们曾经希望一家大型有线电视公司会支持这个项目。拍摄本应在两周内开始，如果资金不够，一切都将不得不暂停。

他们需要多少钱？爱泼斯坦条件反射般问道。

他的树木生长在基内雷特①的一个集体农场。在为两百万美元的捐款签名后一个月，爱泼斯坦去看了树。犹太国家基金会负责人从南美回来了，亲自带他去的。他们在集体农场为婚礼出租的葡萄棚架下吃饭，喝起了山谷对面姐妹集体农场酿造的葡萄酒。爱泼斯坦的酒杯又斟满了，后来他喝得醉醺醺的，被一辆拖拉机拉到田地里去。空气中弥漫着粪肥的气味，但景色广阔丰饶，有绿色的田野、黄色的草儿和褐色的小山。爱泼斯坦站在那里，休闲鞋陷入了泥土，随后看到一排排微微抖动的树苗。这是所有的吗？他问道。共有四十万棵？在他看来，即使有这么多，也还是不够。犹太国家基金会负责人跟她的助理确认，助理进一步证实还有十五万棵树苗，是阔叶树而不是松树，将从另一个集体农场运来，但他在这里，他看到的就是索尔和伊迪·爱泼斯坦森林的核心部分。

---

① 基内雷特位于以色列北部。

他的那些书摊开放在桌子上。他在读《以赛亚书》和《传道书》。他还读诗人比利亚克编辑的《传奇之书》，尤其是《圣经》人物部分。艾伦比街上旧书店店主知道他在挖掘矿脉，总是有东西在等着他。现在，将近午夜时分，在雅法的公寓里，爱泼斯坦放下书本，又一次开始踱步。树苗还需要六个星期才能移植。到了三月，春天来了，那时候山谷就会开满鲜花，毛茛属植物和仙客来将会覆盖群山，树苗也会准备好。人们将会把它们挖出来，用粗麻布包裹，运到内盖夫北部的山上，然后一群劳工把它们种好。在以色列，温暖的阳光几乎总是照耀，树木的生长速度是美国的两倍。到了夏天，它们已经长到了跟爱泼斯坦齐胸高；到了秋天，它们将会超过他。加利特正在监督这个项目；在这一点上，爱泼斯坦一直坚持己见。急躁时，他每天给她打一次电话。他对森林和树木的热情始终不曾减退，只有她才能跟上他的思路。"腐殖质"这个词——她指的是树木生长的肥沃土壤，当树木死去时，这些土壤就会得到补充，它们从地下深处吸收的矿物质也会留在土壤中——让爱泼斯坦的脊椎感到一阵颤栗。他对侵蚀这个话题产生了极大的兴趣，不仅是在洼地，暴雨从荒芜的斜坡上倾泻而下，寻找通向大海的最短路径，而是全世界范围内，以及整个人类历史上的土壤侵蚀。艾伦比大街的二手书店没能买到关于森林的任何书，加利特便安排把某些书送到爱泼斯坦的雅法公寓。在这些书中，他读到了亚述、巴比伦、迦太基和波斯等大帝国是如何被大规模砍伐森林带来的洪水和荒漠化摧毁的。他读到了古希腊森林砍伐如何导致了文明消失，意大利原始森林的毁灭如何导致了罗马毁灭。就在他读书时，大海的滔天黑浪拍打着他的窗户，他自己的树苗也在生长，树叶在舒展，枝叶伸向天空。

爱泼斯坦又拿起书来：上帝啊，救救我，因为水已经涨到了我的脖子。

他的电话响了。

没有立足之地
我进入了深水，
洪水淹没了我。

是莎伦，电话接通时气喘吁吁，因为他很少接电话。她仍然没有放弃寻找他丢失的手机和外套。爱泼斯坦站在冰冷的雅法地板上，这一切像很久以前发生的：广场酒店的阿巴斯，一瘸一拐的衣帽间服务员，拿刀抵住他胸膛的抢劫犯。但是，莎伦并没有忘记，而且——爱泼斯坦不在，在没有得到进一步指示的情况下——始终紧追不舍。她兴奋地报告说，她追踪电话位置到了加沙。

加沙？爱泼斯坦转向南方，透过黑洞洞的窗户向外张望，反问道。

她解释说，利用"找到我的 iPhone"功能，她能够通过全球卫星定位系统追踪到它。在与孟买一名技术人员通话数小时后，她已经脱离了"丢失模式"，启动了一款应用程序。这个应用程序可以远程控制手机拍照。不出几个小时，莎伦骄傲地宣布，最晚明天，爱泼斯坦的手机拍摄的照片就会被传输到她的电脑上。

爱泼斯坦想象着，被炸毁的建筑物照片存在丢失的手机里，旁边是露西发给他的孙子们的一连串照片。

莎伦的语气现在变成了一种担忧的口吻。可是，你怎么样了？她有两个星期没有他的消息了；她留的信息也没有得到回复。他想让她订他的回程机票吗？

他向她保证说，他很好，现在不需要她做任何事。他不想再深入说下去，便匆匆挂掉电话，没有问她，就算丢失的手机拍的照片传过来了，她接下来打算做什么。

他穿上夹克，走下黑暗的楼梯井，懒得开灯。当他走到楼下的楼梯口时，一只猫咪从一扇敞开的门里跳出来，从他的腿边绕了过去。楼下的邻居出来道了歉，抱起那只姜黄色的猫咪，请他进来喝杯茶。爱泼斯坦婉言谢绝，解释说，他需要呼吸些空气，也许改天再说。

在由巨石和混凝土块建成的码头上，几个阿拉伯人在黑暗中钓鱼。你们想钓什么？爱泼斯坦用简单的希伯来语问道。共产主义者，他们告诉他说。他表示听不懂，他们就用拇指和食指比画——他们要找的鱼是多么小。他站在那里看了一会儿他们抛线，然后碰了碰其中最年轻的人的胳膊肘，向南指了指，指向开阔的水面。到加沙有多远？他问道。那个男孩咧嘴一笑，绕起鱼线。为什么？他问道。你想去看看吗？不过，爱泼斯坦只是在试图估算距离。这种技能似乎和其他技能一样正在慢慢地抛弃他。

他是苏富比拍卖行老相识。古代大师绘画、现代艺术、地毯的各个负责人都知道他。原始雕刻和古罗马玻璃工艺的策展人也知道他。在十楼点卡布奇诺时，爱泼斯坦会被挂毯专家拦住，请他必须去看看来自布鲁塞尔的作品。在预展时，他不属于"请勿触摸"一类人，可以触摸他想触摸的东西；当他到达一个拍卖会时，他的竞买号牌总是准备好了。但是，不管他多么出名，也不管他们多么渴望拍卖他的《天使报喜》——他们也很了解，早在十年前，他拍下了这幅画——出于法律责任的原因，他们无法自己挑选这幅画。而且也没有时间组织第三方运，如果他想把它加入拍卖行列：展品总目将在两天内收盘。

施洛斯不可能。爱泼斯坦的三个孩子也一样，他们就像不同的警报。莎伦对他很关心，当她发现他决定卖掉《天使报喜》，以资助一部关于大卫王的电影时，很可能给丽安妮或玛雅打电话。爱泼斯坦决定给第五大道的公寓大堂打电话。第一次打过去时哈龙不在，只有那个小斯里兰卡对方报出名字，爱泼斯坦也没想起来。如果应答人是吉米，那个瘦削的日本人，乘电梯时一言不发，爱泼斯坦可能就会进一步解释他的意图。然而，那个斯里兰卡人总是表现出太多的好奇心，不值得信任。几个小时后，当他再打电话时，哈龙到了，第一声铃响之后，他就接了电话。他让爱泼斯坦等着，去拿自己放在抽屉里的黄色拍纸簿和钢笔。

"是的,先生。"他说,一边平衡着手臂上的拍纸簿,一边把手机夹在耳朵和肩膀之间,开始记下对方的指示。噢,不会,这根本不麻烦,他今晚可以打包——是的,他会格外小心——将近六百岁——真是太棒了,是的,先生——明天早上首先去苏富比、第七十二街和约克——噢,他会像抱着新生婴儿一样小心——是的,圣母马利亚,先生,哈哈,有趣极了——噢,真的,圣母马利亚!——当然可以,爱泼斯坦先生,一点儿也不麻烦。

早上五点钟,哈龙当班结束,把制服挂在地下室办公室,拿了爱泼斯坦公寓的备用钥匙,坐电梯上去,到了门前,用手指触摸那块伊斯法罕的祈祷地毯。是为了匍匐,而不是为了擦脏脚。他脱下鞋子,放在黄铜脚凳下面,用钥匙开了门,在黑暗中寻找电灯开关,一时间被眼前的空间惊得目瞪口呆。这间起居室大到足以容纳他两个兄弟在旁遮普省的房子了。他朝公园方向望去。那只隼此刻还在窝里睡觉,它的新配偶正准备下蛋。不久,哈龙就不得不紧盯天空中一群群贪婪的乌鸦。去年,一只雏鸟从建筑物正前面的一棵树上掉了下来,他跑去救它。惊呆了片刻之后,这只鸟又恢复了正常,飞走了。忠实的门卫把鼻子贴在冰冷的玻璃上,依然漆黑的天空中什么也看不见。

他在主卧室里找到了那幅画,就像爱泼斯坦描述的那样。比他想象的要小,但它的光芒如此耀眼,他没有立刻拿起它。他几乎站在它上面,有一种侵犯了某种私密东西的感觉。然而，他无法将目光从女孩玛丽和天使身上移开。过了一段时间，他才注意到卡在画框外的角落里还有第三个人。那潜伏的身影困扰着哈龙。他到底是谁？约瑟？无用的约瑟，他不得不暗示自己也在现场？但是，不，他根本不像约瑟；一个长着这样一张脸的男人肯定和跪在天使面前的女孩毫无关系。

当哈龙把包裹夹在腋下走出大楼的员工出入口时，天空已经开始放亮了。春天快来了，但天气依然很冷，他呼出的白色的哈气。离苏富比开馆还有三个小时。于是，他走进公园，抬头望着光秃秃的树梢。他喜欢坐着吃午饭的长椅被一个穿着脏靴子的流浪汉占了。那个人裹着一条破烂的毯子。毯子是肥土的颜色和质地。这个人在练习躺在地下的感觉，哈龙想着，在第四把长椅上坐下来，把那个珍贵的包裹放在膝盖上。天空被一棵大树的树枝遮住了一部分，但他仍能看到足够多的鸟。他盯着飞掠而过的麻雀看了一会儿。低头看时，他惊奇地发现街灯透过包装照在圣母的光环上。一个出生在旁遮普省农民家庭的人，手里拿着一幅十五世纪意大利人杰作——他突然感到有一种冲动，想把这幅小画撕成两半。对他的哥哥们来说，这样一件东西毫无价值可言，他感觉到一种悲伤的距离再也跨不过去的悲伤的距离。

好像有意要去打扰他似的，一只乌鸦飞掠而来，昂首阔步穿过草地，开始对他尖叫起来。这些胆大妄为、阴险狡诈的鸟儿——它们似乎从他用橡果保护一只雏隼的那一刻起就记住他了。现在，每当遇到他，它们就会愤怒地大叫。哈龙抓住自己的包裹，站在那里，挥动着他那只自由的胳膊，也对着乌鸦大声叫喊：从哪里来就滚回哪里去！那只鸟儿扑扇着翅膀飞走了，黑翼羽毛映射着蓝色的天空，流浪汉在褐色毯子下翻了翻身。过了一会儿，一个乱蓬蓬的脑袋冒了出来，接着是他那张饱经风霜的脸。

"混蛋！"

"对不起。"哈龙嘟囔着，又神情严肃地坐下来。

流浪汉从水平方向注视着他。

"你在找什么，无人机？"

"并不是。"

"昨天我看见一架无人机就在那扇窗边"——流浪汉用一根手指指着街对面一幢大楼的高层——"在那里盘旋了两分钟，往里看"。

"真的吗？"

"间谍任务。"他用一只胳膊肘支撑起身体说。

公园里慢跑的人多了起来，流浪汉望着他们从小路上跑过。

"你不是在找无人机，那又是什么？"

"其实，是一只隼。"

"你错过了它。欧亚红隼。今天早上抓到了一只鸽子。一口咬掉了鸽头。"

"真的呀！"

但是，那个流浪汉已经把毯子拉回到鼻子上方。

哈龙竖起衣领，望着风飞快地卷走云朵，知道那只隼宁愿等到天空完全亮了再飞扑出去猎食。门卫觉得自己有了困意，就眨了眨眼，用指甲抠了抠手掌。上完夜班后，他通常会直接回家上床睡觉。慢慢地，他闭上了眼睛，下巴靠在胸前。

他猛地惊醒，看见那只隼在空中翱翔。他的心怦怦直跳，头往后仰，他大叫着一跃而起。噢，多美啊！门卫简直不敢相信自己的运气。那只隼乘着一股气流，翅膀伸展开来，几乎静止不动；只有身体的倾斜才使它转向，在树梢上方高高地盘旋了一圈。随后，它盘旋着飞扑而下。

哈龙朝它扑下去的方向飞奔而去，推开像鞭子一般抽打在身上的树枝，一直跑到树林那边绿草茵茵的空地上。到了那里，只见在一片阳光下，那只华丽的鸟儿站在那里，肩膀弓起，脖子弯曲，几乎温柔地搂住了在爪子里挣扎的猎物。不一会儿，一切都结束了。那只软弱无力的老鼠挂在隼嘴上。那只鸟扑棱着，沉重的翅膀拍打着再次叼起了它。

直到看不见那只隼之后，哈龙才低下头，意识到自己两手空空。他又叫喊了一声，心咚咚直跳，他穿过树林，跑回长椅。但是，他看得见长椅也空空荡荡。他不愿相信，不顾一切地用手指抚摸着木椅，仿佛圣母像仍在无形中闪耀。

他转过身，看到那个无家可归的人躺过的长椅现在也空了，只剩下了那条垂下来的褐色毯子。门卫呻吟着，双手举到头上，扯着稀疏的头发。他拼命地转着圈，扫视着一条条小路和一排排树木。但是，除了麻雀之外，一切都静止了。

到沙漠去

我不知道在谢克特曼把我丢到那里之后过了多长时间。在寂静的沙漠中，又发起烧来，我完全迷失了方向。可能是一周，也可能是十天，要么时间长得多。家人可能一直在拼命地寻找我。父亲应该是搜索者中最坚定、最不知疲倦的人。父亲——他具有在巨大压力下组织和完成任务的非凡能力，具有人们常说的威仪和钢铁意志。他应该立刻就打了电话给西蒙·佩雷斯——五十年前，他与我的祖父相识，参加了我的父母亲在希尔顿酒店的婚礼。甚至有一次，他在一次晚宴上告诉我，他读过我的书，喜欢我的书，不过我并不相信他。然而，尽管有这些俗套的联系，但谁也猜不到西蒙·佩雷斯可能为我的父亲做了什么，因为到那时候佩雷斯恐怕已经出不上力。是的，我断定父亲会是搜索队的首领，而母亲在痛苦中手足无措，基本上毫无用处。当然，不会告诉我的孩子们。至于我的丈夫，我真的不知道他会如何回应我失踪的消息：十有八九他会觉得矛盾，甚至觉得松口气，一想到可以不用在我怀疑的目光下继续过日子。

谢克特曼说会有人来找我。他的任务是把我和手提箱、狗一起丢在那个沙漠小屋里，估计在我完成任务后，会有人回来接我。这项任务本身从来没有被直接提及。他一定以为我知道我应该在那里干什么。他以新郎带着新娘进新居时那种羞怯而微妙的骄傲神情，小心翼翼地领我进屋，带我看了看厨房及黑炉子，铺着格子呢毛毯的窄床，最后还瞅了瞅靠窗的工作台，只见窗台上有两三只死苍蝇。房子很小，小得让人想笑，别忘了四面都是沙漠。书桌上放着一只玻璃杯，里面有几支钢笔，一叠用光滑的椭圆石压着的纸，还有一台旧打字机。不过，那是希伯来语的，我笨拙地抓住装着换洗衣服的塑料袋说。我从来没有在打字机上写过任何东西，也没有使用过一台打字机，所以我只能推测。我指出这一点的原因，是为了巧妙地引起谢克特曼的注意，使他注意到眼前的一切是有问题的。但是，他一副漫不经心的样子，只是用品评的目光看着打字机，无非是一个喜欢把机器拆成小零件的人的兴趣。

  他主动要给我煮咖啡，我双臂抱紧，靠墙站在那里，看着他在小小的厨房里走来走去。他不可能超过二十岁，但他打理水壶和炉子的方式表明，他从小就习惯了为自己做事。窗棂上镶着白色花边，让人想到高山小木屋，仿佛悬挂它的人希望从窗外望过去，能看到一堆堆亮晶晶的雪。但是，我们所能看到的只是向四面八方伸展开来的一片苍白干燥的景色，司机靠在吉普车上抽着烟。

  我本可以拒绝，或者大喊大叫，或者奋勇抵抗，这样他们就不会把我留在那里了。我不可能给任何人打电话，因为我的电话没有任何信号。我觉得我本可以求助于他们，至少可以求助于谢克特曼，他继续微笑着，看着我，好像他后悔不得不把我一个人留在那里。但是，我没有反对，甚至没有抱怨，我最多只是指出打字机对我没用。也许我想用自己的特立独行和专业感给他留下深刻的印象。或者不想让他对"无数才能"产生误解，因为在他开车离开的那一刻，我要施展自己的才能。或许我怀疑自己已经走得够远了，再也不能回头。不管怎样，从谢克特曼伸手扶我上吉普车的那一刻起，我什么都同意。我记得，我只问了一个关于弗里德曼的问题。

我担心他，我们一边喝咖啡，我一边对谢克特曼解释说。我想知道他们把他带到了哪里，他是否还好。但是，谢克特曼像从没听过弗里德曼的名字，当我进一步追问他时，他承认他从来没有听说过弗里德曼。他似乎是在中途加入的，不知道在我成为他的照顾对象之前发生了什么，也不知道之后会发生什么。他知道的只是他的那一部分，这包括拎着手提箱、领着狗、把我从耶路撒冷边缘的路障旁带到沙漠中的这个棚屋里。但是，我想这就是他们在军队里做事的方式，从不把整个故事告诉任何一个参与者。我想，在军队里，是完全不同的一套讲述。你会对自己的部分感到满意，却不知道它如何与整体呼应，但你永远不必担心整体，因为在某个地方，一个无所不知的人已经把所有东西都想出来了，包括最后的细节。故事是存在的，谁知道它从哪里来、到哪里去，你要做的就是专注于你自己的那一部分，你可以打磨它，直到它照亮周围的黑暗。根据这个模式，想象一个人可能知道整件事，看起来真的像一种纯粹的虚荣心。考虑到这一点，我也暂时忘记了弗里德曼。而当我发现谢克特曼的目光越过咖啡杯看着我时，我吓了一跳，所有的担心都涌了回来。如果有人告诉我弗里德曼没事，我就会欣慰很多。我认识他的时间很短，但在那一刻，我想念他，就像我在医院里最后一眼看到祖父活着时的心情，当时我告别，他在我身后喊道，你要是能回来就回来。然后说，走吧，我会等着。如果听不见我了，你就把门打开。在我看来，弗里德曼一直在试图告诉我一些事，而我过于迟钝，无法理解。

我需要知道他出了什么事，我又对谢克特曼说。我的焦虑一定十分明显，因为他伸出手按我的肩膀，告诉我不要担心。我不胜感激，想要相信他。我想这一定是从俘房开始的，因为他们和俘房的人建立了联系：一个意想不到的怜悯之举产生了一种只能被称为爱的东西。我想象着我们在谢克特曼为我的生日带来的小电视上观看足球比赛的情景，只能收到阿拉伯语的。

你知道我有子女吗？我平静地问他，希望能延长这段亲密的时光。他摇了摇头。我告诉他，是两个男孩，大一点的应该是你年龄的一半大。那小的呢？他礼貌地问。不知出于何种原因，我说，那个小的可能此刻正站在窗边等着我呢。

我看到一滴黑暗渗入谢克特曼的眼睛。也许我是在设法试探他，看看他的真实感受是什么。一低头，我发现自己的手指在颤抖。

我们默默地喝完了剩下的咖啡，然后就到了他该走的时间。他递给了我几支烟，我接住，就像我愿意接住他给我的任何东西一样。我从门口看着他爬上司机旁边的副驾驶座，目送吉普车远去，变得越来越小，直到最后它变成了一团尘埃。等那团尘埃消失之后，我转身回屋。

我洗了那些杯子，让它们在水槽边晾干，接着又给狗喂了些水。随后，我走进房子里唯一的另一个房间，看了看那只还直立在门边的手提箱。但是，我断定现在还不是时候。相反，我把注意力转向书架上那几本旧书。它们都是用希伯来语写的，我试着理解书名。其中一个书名引起了我的注意。它叫做 יערות ישראל——《以色列的森林》——里面是黑白照片，照片上的地方看起来根本不可能像是在以色列。是狼可以哺育人类幼崽的野生森林，积雪覆盖的茂密森林。我久久地看着那些照片，无法理解那些说明文字，不得不满足于想象它们说了什么，但是因为我无法想象那些在以色列不可能生长的森林，所以我可以自由享受那种无法调和的魔力。在其中一张照片中，我发现一只小白兔几乎完全被雪伪装了起来。

衣橱里有一些生锈的工具、两把铁锹、一个看起来像牛奶桶的东西、一只急救箱、几卷麻绳、一条羊毛围巾、一个帆布背包，还有一双后跟磨得光滑的皮拖鞋。我蹬掉鞋子，穿上拖鞋，然后走向浴室。水龙头流出的水呈褐色，就像从管道进来的是沙漠本身，而厨房的水龙头流出的水仅仅是浑浊和苦涩的。我从那里喝了水。

看过里面所有的东西之后，我走到外面。房子的一侧是一张刻满小刀划痕的野餐桌，背面是一口盖着的石井。一定有地下泉水或地下蓄水层，因为房子周围有许多灌木丛，还有三四棵带刺的小树。也许是西番莲或金合欢。不久，雨会到达这里，沙漠也会绿茵覆盖，但这里依然干燥荒芜，只有几处孤独的生活地点。我看到了许多动物，它们的饮用水源肯定就在附近。山里有长角的野山羊，还有一小群羚羊来啃食灌木丛，还见过一只沙狐，长着琥珀色的毛皮，大而尖的耳朵，小而薄的鼻子，匆匆地跑过，从敞开的门往里看，好像它有些想去迎接一个熟悉的人。但是，它一看到我，就小跑着走了，不想进来。也有许多老鼠，它们想来就来，想走就走。

我里里外外检查了房子之后才走近工作台。应该说，我是漫不经心地走近了它，没有在那里做任何事的计划，更不用说写作了。我在椅子上坐下来，漫不经心地把手指放在打字机的字母键上，才恍然大悟。原来这里正是卡夫卡的房子。他临终时独自住过的房子——在他渴望得到的最低限度的条件下，第二次生与死，最后只面对他自己。这就是弗里德曼一直想让我领悟的东西。

那之后不久，或许是第二天，我就病倒了，四肢沉重无力，起初我以为这只是睡眠不足造成的疲惫。整个下午，我都躺在床上，无精打采地望着窗外，望着在阳光下不断变化的沙漠，一动不动地躺着，好像已被自己要面对的一切搞得筋疲力尽。我开始微微颤抖，轻微的疼痛从头骨和四肢蔓延开来。我认为这一定是受了心理影响，是一种逃避写作或者眼前的处境，或者充分考虑我心中已经知道将要发生之事的方法。我不再害怕身体上的痛苦,但我确实害怕情感上的痛苦——我自己的痛苦,更害怕的是我可能给孩子们造成的痛苦,我身体里的每一样东西都准备尽可能长时间地保护他们。如果可能的话,我想永远保护他们。但是,到那时候,我开始意识到自己只能推迟他们的痛苦。我越是拖延,我和他们的父亲越是坚持我们已不再相信的方式,他们最终受到的伤害就会越大。我知道我应该补充一句,就是我害怕自己的丈夫也会感到痛苦,尽管如此,但我发现写下那个句子很难。在接下来的几年里,虽说他的行为方式几乎一成不变,却不断让我感到震惊。我们渐渐远离自己的婚姻,两人都受了很多苦,而我的确相信,如果他没有变成一个我不再认识的人,我本可以一辈子都对他怀有深情,我跟这个男人一起生了孩子,他把自己的爱倾注在他们身上。很长一段时间以来,我不仅困惑地端详他的脸,而且端详他的整个身体。我想经常出现这样的情况:一个人与另一个已经相处很久的人分离之后,许多被对方的存在压抑或约束的事情会纷纷涌现。在关系结束之后的几个月里,一个人似乎能以闪电般的速度成长,就像在一部自然纪录片中倍速播放以显示植物的生长过程。但在现实中,这个人一直在表面下成长,只有在他们新的自由中,在他们惊心动魄的孤独中,才允许这些东西冲出地表,在阳光下舒展自己。然而,我和丈夫之间有过太多的克制和沉默。因此,当我们分开、最终拥有各自的空间后,出现在眼前的那个人已无法接近。也许他不想被紧紧地抱着,或者是不能,这我不怪他。现在,在悲伤的另一面，我想到了他，这反而让我惊讶。有一段时间，我们一直以为我们在朝着同一个方向走。

　　一个人会在什么时刻退出婚姻呢？不同于爱和关怀，时间的承诺是可以衡量的，所以嫁给一个人就是把自己与对方永远连在一起。现在，我想我是因为时间的流逝而退出，对我来说这是唯一的可能，就像在失眠的阴霾中只能收拾手提箱一样。我在卡夫卡的床上醒来，从时间的旧秩序中跌落，进入了另一个秩序。窗外只有时间，窗内也只有时间：穿过地板的光线是时间，犹如发电机发出的嗡嗡声，犹如给房间带来昏暗照明的灯泡发出的滴答声，犹如风吹过屋角的呼啸声，所有这一切都只是时间从某个地方卷走并沉积在这里，放弃了对序列的任何依附。

　　很久以前，结婚之前，我读了一本关于古希腊的书。那时我对希腊特别感兴趣，我和男朋友一起去了伯罗奔尼撒半岛，在突兀地伸入大海的玛尼半岛上住了一段时间。我们都试图在那里写作，结果只是在一间老鼠出没的小屋里做爱和吵架。那本书充满了许多引人入胜的东西，我还记得它相当深入地研究了古希腊关于时间的词语，一是 chronos，它指的是按时间顺序排列的时间，二是 kairos，它是用来表示发生具有重大意义的事件的时期，不是定量的，而是具有永久性，并包含可能被称为"至高无上时刻"的时间。而当我躺在卡夫卡的床上时，我周围聚集的好像就是那种时间。当我恢复健康时，我将会努力筛选这一切，找出自己的生命迄今为止秘密汇合的至高无上的时刻。在我看来，在干草堆里找到这根针至关重要，因为这一时刻来了又去，我根本不知道它带来了什么。我逐渐确信它一定是在我童年时期出现的，就像一只扑向灯光的飞蛾，结果撞到了纱窗上，我八九岁时，之前晚上睡觉所有门窗都敞开着。我在小屋前面花园读那本书时想起了那一幕，而厨房里，托起架子的重滑轮上，老鼠钻来钻去，后花园的阴凉处，男朋友一页一页地写着，仿佛只是在打发时间，其实是等着我找到新理由向他发泄我的愤怒——从那本书里我还得知，在古老的修辞艺术中，kairos 这个词指的是，当一个开口出现时，必须迅速穿过，如果你想压倒任何残留的抵抗，就必须使出所能召集的所有力量穿过。现在我明白了，由于懵懂无知，我没有抓住，甚至没有意识到这一时刻——如果我拥有必要的力量，就可能会让自己直接进入另一个我一直感觉到存在于地下的世界。在遗忘中，我失去了机会，从那时起，不得不借助指甲一路爬到了那里。

有时候我相信那是卡夫卡的床，有时候我又不相信，有时候我愉快地想我几乎忘记了卡夫卡到底是谁。他的手提箱立在门边，但有时候我不再记得它属于谁，也不再记得它里面有什么东西，虽然我从来没有忘记它至关重要，而且无论现在发生什么，我都不会忘记。某个人的生活，也许是我自己的生活，依赖于它。有时候我把那条狗叫作卡夫卡，因为这个名字随时可用，因为把它用在狗身上有一种清醒的感觉。它也来了，虽然这可怜的动物是那么饿，但它可能会回答任何问题。也许是饥饿促使它的眼睛产生了这样一种深刻的智慧。我把碗橱里能找到的东西都给了狗。我想它能感觉到这是更大的付出，这唤起了它的忠诚。而当我生病时，屋里除了一大堆名叫班巴①的花生口味的点心以外，再没有多少可吃的东西了。听到摆弄袋子熟悉的声响，它马上就会过来。移动时，大片大片的灰尘或干皮就会从它身上升腾，我突然想到这也是一种时间的形式，无论它还剩下多少时间。

　　有时候我对狗说话，它会一边狼吞虎咽地吃着我口袋里的零食，一边竖起耳朵听我的长篇大论。有一次，吃完了班巴，我转向它说："你为什么不吃腌牛肉三明治呢？"这是病床上的祖父问我他是否还活着之前对我说的话。但是，我知道自己没死。相反，在生病中，有时候我感觉自己精力充沛。我想，我觉得比小时候更有活力。醒着倾听各种各样的风声，倾听屋子的膨胀和收缩，倾听一只被网缠住、还没有放弃的苍蝇的翅膀拍打声，还有倾听阳光在地板上嬉戏的低沉稳定的声响。尽管我做得相反，没有在家里大吵大闹，但我表现得总是有点儿野蛮，现在独自一人，身体发烧，没有在水槽里洗衣服，白天经常睡觉，晚上醒来，懒得梳头和扫地，沙漠细粒慢慢地覆盖地板。在壁橱里，我发现了一件旧羊毛外套。于是，我开始穿着它，甚至上床睡觉也穿着它。当疼痛难忍时，我就会盯着墙上或天花板上的变色部分或窗户上的一点污迹，并尽力强迫自己把每一丝注意力都压在上面。或者是由于这一点，或者是由于独自待在床上自然形成

---

① 班巴是一种用爆米花和花生酱做成的以色列零食。

的耐心，我慢慢地意识到自己的视力在变得敏锐。我做了实验，端详毯子上的纤维，就像昆虫腿上的毛发一样立起来，我发现自己向内审视也有一样的效果。有一阵子，在我看来，我的视力犹如锋利的剃刀，不管盯着的是什么东西，都无处遁形。但是，后来一个不祥的念头萦绕不去：在一生的大部分时间里，我一直在模仿别人的想法和行动。我做过或说过的那么多事都反映了自己周围人的一言一行。如果我继续这样下去，我心中依旧燃烧的生命的微光很快就会熄灭。我很小的时候，它曾是另一个样子，但我几乎已不记得，它被深埋在下方。我只能肯定那样的时期存在过，我直接观察世界上的事物，而不需要使它们服从于秩序。我只是以自己生来就有的独创性看到了所有的事物，而不需要给它们赋予人的翻译。我似乎再也做不到那样了，后来我开始慢慢地学会用别人的眼光看待一切，学会模仿别人的言行，并模仿他们的言行来塑造自己的人生，好像我从来没有想过其他的生活可能。

是我自己在经受剖析，这不是不可能，因为有时候疼痛难忍。它完全贯穿了我的身体，直达身体的核心；我只有过一次这样的感觉。但是，正如我说过的那样，身体上的疼痛不再让我害怕。大儿子出生后，我就不再害怕了。在我分娩的前一天晚上，一个女人来给我一些她不再需要的婴儿衣服。她坐在我的沙发上，告诉我，在分娩的阵痛中，她最不想做的就是仰卧，从腰椎往下都是麻木的。相反，唯一能想到的办法就是站起来，径直走向痛苦，用所有的力气去面对它。这听起来像是常识,第二天晚上羊水破了,我发现自己在医院里痛得弯下腰时,我拒绝了一切,甚至拒绝静脉注射。我一到那里,他们就坚持要扎进我的手背。接下来的十七个小时,我径直走向痛苦,牵领一个将近十磅重的婴儿穿过始终让我觉得如此狭窄的通道。经历了撕裂、失血后,我平躺在床上,终于能再次说话,试图整理碎片般的意识。我告诉一个打电话来的人,对方想知道生孩子到底是什么感觉,我说我觉得就像在一个黑暗的山谷里遇见了自己。我走下去,在地狱之谷遇见了自己。所以,这种痛苦、这种自我的剥皮或现在发生在我身上的一切,都不会对我造成伤害。这种疼痛,仿佛我的整个生命正从骨头上削掉。或许我不害怕痛苦,因为我相信我的疾病——无论它是什么——也是一种健康的形式,是一种已在变形的延续。

我一定是在发烧最厉害的时候走到了距离房子有半英里远的地方,压根不知道怎么到了那里。我望着天空中的一个黑点,以为那是一只在头顶盘旋的鹰。它大声叫着,仿佛是我发出的叫声,我突然感到自己肺部后面正在绷紧的是快乐。小时候,这种狂喜有时会毫无预兆地向我袭来。一种如此强烈的喜悦,我的胸口简直承受不住。的确如此,因为我感觉内里空空的。我完全飞到了空中。这难道不是希腊人描述的狂喜之意吗?在玛尼半岛的那座花园里,我爱怒交加地读了《停滞期:走出自我》这本书。不过,尽管我当时可能非常钦佩希腊人,但最终我永远也不会是那样,如果你是一个站在沙漠里完全脱离了自己、脱离了旧秩序的犹太人，那将永远是不同的东西，不是吗？莱希·莱查①，上帝告诉亚伯兰②，亚伯兰还没有成为亚伯拉罕：去吧——你要离开本地、本族、父家，往我所要指示你的地去③。但是，莱希·莱查从来没有真正想过要从他出生的地方越过河流来到迦南的未知地。我认为，要这样读就会不得要领，因为上帝的要求是这样难上加难，几乎是不可能的：让亚伯兰离开自己，这样他可能会为上帝的意图腾出空间。

在风暴眼中——我不知道还能叫它什么。一定也是在那个时候，为了制止疼痛带来的冲击，我决定把床拖到外面去。要使它通过门很难。我不得不把床转一个角度，好让床头板穿过去。自然，床头板卡住了，我不得不从窗户爬出来，绕到前面去拽它。当我疯狂地拖拉时，狗在屋里面嗥叫，在床的另一边四处乱窜，嗅来嗅去。我想，它以为我是想把它困在里面，然后离开。床头板突然穿过了门，我倒在地上，狗冲出了屋子。

我把床拖了二十来英尺，才觉得满意，铺平床单和格子呢毯，在浩瀚的天空下躺下来。狗终于冷静下来，躺在床边的石地上，下巴趴在床垫边上，等着看我还有没有什么可补

---

① 莱希·莱查，希伯来语，意思是"为了你自己而走、走向自己或找回你自己"。
② 亚伯兰，亚伯拉罕（Abraham）或易卜拉辛（Ibrahim），原名亚伯兰或亚巴郎（Abram），是犹太教、基督教和伊斯兰教的先知，是上帝从地上众生中所拣选并给予祝福的人，同时也是传说中希伯来民族和阿拉伯民族的共同祖先。
③ 《圣经·旧约·创世记》第 12 章 1 节。

充的。它一定生过幼崽，也许很多，因为它的乳头忧郁地耷拉下来。我不知道它的孩子们目前在哪里。我不知道它是否考虑过它们。也许我是这样对它说的：作为必须将生命带到世界上来的生物，它从受孕开始就把给予生命的故事写进了自己的身体，别无选择，似乎只有去实现。能感受到它体内生命强烈的律动，它和爱之间恐怕没有什么区别。我不记得我还说了什么。

傍晚时分，我看到头顶上飘过几朵粉红色云彩，沙漠正在变成赭色，气温也非常适宜。我对自己的工作成果感到满意。所以，过了一会儿，我决定把剩下的家具也拖到外面去。阅读椅上盖着一块旧帆布，用来遮盖被撕破的座位，还有工作台，甚至打字机、一叠纸和石制镇纸，它现在可以起作用了，因为没有它，书页就会被风吹散。起初，一切看起来就像摆在沙漠上的旧物甩卖，根本不是我想要的场景，所以我花了很长时间把杂乱的东西布置好，调整每一对物品之间的距离，竭力做到完美。接近完成时，我急忙跑回屋里，拿出拖鞋，把它放在床边。我把《以色列的森林》放在了床头柜上。

我感到一阵疲惫，简直再也不能走一步了，就倒在了床垫上，无法想象自己哪里来的力量。然而，躺在户外，我感觉到自己在接近那种圆满，那种圆满有时候感觉隐藏于一切事物的表面之下，正如卡夫卡曾经写过的那样，尽管遥远，但没有敌意，并非不情愿，并非听不到，如果我们用正确的名字称呼它，它也许就会实现。

我一定是睡着了。等我又睁开眼睛时,已是夜里。我在寒冷中瑟瑟发抖,仰望着满天繁星,把那件旧羊毛外套裹得更紧了。在寻找那些星座时,我想起了我和男朋友沿着玛尼半岛弯曲的海岸线一路开到了人称地狱之门的地点。过去的生活总会浮现,但在我结婚的十年里,那个特别日子比其他日子更常浮现在我的脑海中,现在我又想起了它。为了看到洞穴的小口,我趴在地上,男朋友掀起我的裙子,从后面骑上了我。高高的草叶在风中飒飒作响。为了不尖叫出声来,我用牙齿咬住了他的胳膊。我们到家时,发现一只老鼠在电热器里把自己烤焦了。那天夜里,我们别无选择,只能在黑暗中彼此怜悯。此刻,我仰面平躺在星空下,突然意识到这就是我在希腊发火的原因:抵抗让位于几乎令人震惊的爱,那让人猝不及防。我相信我不曾知道没有暴力的真爱,在那一刻,躺在沙漠的天空下,我知道自己再也不会相信任何不含暴力的爱了。

我虚弱得只能把床拖回屋里,留在房间中央,此时,我发现可以透过三扇窗户看到外面。我仅有的一本英文书是《寓言与悖论》。在重读了那节关于天堂的内容之后,我望着窗外,突然意识到我误解了卡夫卡,没有认识到他的作品的源头,即天堂和尘世之间的源头。卡夫卡曾经说过,他比任何人都更了解人类的堕落。他的感觉来自这样一种信念,就是大多数人都误解了被逐出伊甸园是对吃知识之果的惩罚。但是,正如卡夫卡看到的那样,被逐出天堂是因为没有吃生命之树上的果实。如果我们吃了园里其他树的果实，我们就会意识到自己内心有永恒存在，意识到卡夫卡所说的"坚不可摧"。他写道，如今人们在识别善恶方面的能力基本相同。行为能否与认识相符，差异才会出现。但是，我们缺乏按照自己的道德行事的能力，所有的努力都会以失败告终，最终只能在尝试中毁掉自己。在伊甸园里食人的智慧，我们只想排泄出去，但我们不能那样做，于是创造了理性，如今世界已经充满了理性。"整个可见的世界，"卡夫卡沉思道，"可能只不过是一个想要休息片刻的男人的理性化而已。"如何休息？通过假装知识本身就可能是目的。与此同时，我们继续忽略自己内在的永恒、坚不可摧的东西，就像亚当和夏娃致命地忽略了生命之树一样。继续忽略它吧，即使我们不能没有信念而活着，信念总在我们心中，它的枝条向上伸展，在阳光下舒展。卡夫卡暗示，从这个意义上说，天堂和这个世界之间的界限可能是虚幻的，我们可能永远不会真正离开天堂。从这个意义上说，即使现在，我们也可能在不知情的情况下到达那里。

显然，没有人回来找我。也许他们已经忘了。或许谁拥有整个故事，谁就会受到召唤，或在战争中被杀。为整个故事祈祷。我甚至都没有尽力去做：手提箱原封不动地立在谢克特曼放下的地方。但是，不，这并不完全正确。在此之前，有时候也是在发烧时，我常常想到卡夫卡的来世。我最喜欢想象他的花园。也许是周围沙漠的荒芜使我渴望繁茂，渴望密匝匝、简直熟透的树叶的气味，但我发现自己不断想起他们芳香的小径，他们忙着养蜂，忙着打理乔木、果树和葡萄藤。在工作或休息时，他们中间总是有卡夫卡，混合泥炭或石灰，用手指拨开硬芽，拨开根团，一边看着忙碌的蜜蜂，一边仍穿着殡仪员般的深色衣服。我从来没有想象过他穿着适合户外工作或炎热天气的衣服。即使在我对他的花园的想象与我知道可以在那里生长的东西一致之后，在我想象出金银花和石榴树后，我也仍然只能看到他穿着那套僵硬的衣服。那套西装，有时候戴着那顶古怪的圆顶礼帽，看起来总是太小，不适合他的脑袋，好像最轻微的风就可能把它吹掉。如果我不能完全接受他脱掉了旧衣服，无论那与他的新生活多么不符，我想那是因为我不能完全接受他宁愿种树、浇水、施肥和修剪，而不是通过调整穿过其叶子的光线，或用一两句话来表达三百年的变迁，最终在飓风中将其杀死。飓风给它的根带来了太多的盐，令其沦为制作斧头的原料。最终，他无法接受他想在大自然严酷而有限的条件下辛苦劳作，因为他的力量已经扩展到能够超越他们，因为在他的散文中，有着总是与永恒相连的东西。

　　书架上有一本希伯来语字典，我翻了翻，试图想象卡夫卡死于布拉格后，他真的进入了希伯来语，继续用那些古老的字母书写。卡夫卡和希伯来语联合的结果，是伊娃·霍夫在斯宾诺莎街的公寓堡垒里一直隐藏着的东西，得到双层笼子和她的偏执狂的保护。存在像已故卡夫卡这样的东西吗？

在以色列国家图书馆和作为布罗德代理人的伊娃·霍夫之间正在进行的诉讼中，潜台词其实是：努力保存卡夫卡神话与国家宣称卡夫卡是犹太文化的代表和顶峰之间的斗争，这取决于大流散的概念，取决于弥赛亚式的观念，即只有在以色列，犹太人才能真正成为犹太人吗？那天弗里德曼送我到姐姐的公寓时，他会意的微笑再次出现在我眼前：你认为你的作品是属于你的吗？直到他走了，我才准备好和他争论。我想告诉他，文学永远不能被犹太复国主义利用，因为犹太复国主义是以犹太人离散、过去和犹太人问题这三方的终结为前提——而文学则存在于无穷无尽的领域，那些写作的人没有希望结束。采访伊娃·霍夫的记者曾经问她，如果卡夫卡还活着的话，她认为卡夫卡会怎么做。"卡夫卡不会在这个国家待两分钟。"她回击道。

我起身把希伯来语字典放回书架时，狗从角落里看着我。我发烧时，它一直卧在那里，只有不得不出去大小便时，它才会吠叫，否则它不会离开我身边。我会很难忘记它那双又黑又湿润的眼睛里的神情：仿佛它明白我自己不明白的事。但是，现在它似乎知道我已经不发烧了，开始伸展四肢，甚至用尾巴敲击地板，仿佛也意识到时间又回到了我们身边。我去厨房给它打水时，它跳起来小跑着跟在我后面，脚步就像踩着一根新弹簧，仿佛在我发烧的过程中，它度过了许多年。没有吃的了，厨房里空荡荡的。我没有兴趣去发现挨饿或看着狗挨饿是什么感觉。整个晚上，我都听见它肚子饿得咕咕叫。

手提箱还等在门口。我的手指一触到把手,狗就兴奋得直喘。我把手提箱拖过空房间时,它一直盯着。手提箱比我料想的轻得多。这么轻,一时间我想知道是军队把手提箱放错了,还是弗里德曼真的从斯宾诺莎大街拿走了什么东西。

我给一些大罐子装满水,把它们放在我在壁橱发现的发霉的帆布背包里。我还穿着那件可能是卡夫卡的大衣,但我没有把它放回衣架,而是把扣子扣到下巴。接着,我最后环顾了一下房间。他在这里的时间和我在这里的时间相比,似乎没有更多的记忆。我拉上薄窗帘,窗帘几乎挡不住光线。为卡夫卡祈祷。愿他的灵魂与生命捆绑在一起。他可能住在那里,但我永远不能。孩子们需要我,我也需要他们。他们出生时,我本可以生活在自己内心深处的那个时期毫无疑问已经过去了。

我打开门,狗没有犹豫。它跑了三四十步,才转过身等着我,似乎想向我表明,它认识道路,我可以放心让它领路。家具依然摆放在沙漠上。两只拖鞋并排放在风沙飞扬的地上,不知谁会来穿。雨很快就会到来,落在所有的东西上。我回头看了看房子,从外面看,它显得更小了。

狗匆匆地向前跑着,一会儿嗅着地面,一会儿又回头看我是不是跟在后面。手提箱在我身后的岩石地面上一路颠簸着。一开始看起来轻飘飘的东西很快就变得沉甸甸的,像往常一样。如果我落后太多,狗就会绕着我的脚小跑。我停下来坐在地上时,它就会嗥叫着舔我的脸。

我们走了好几个小时。太阳开始西下,把我们的影子投射在我们前面。手掌皮肤变得粗糙起泡,手臂失去了知觉,我曾经对狗领路的超常能力坚信不疑,此时因为疲惫而变得不堪一击,害怕我会死在那里,或者失去神志,再也见不到自己的孩子。我不再推手提箱,这让我对自己不无反感,因为我担心发现穿过曾是海底的沙漠的手提箱其实空空如也。狗可怜地看了一会儿,然后抬起鼻子对着天空嗅了嗅空气,好像是为了证明它已经在做别的事。

我们到达大路时天色已晚。我想跪下来,对着沥青碎石路面大喊。我和狗分享了最后的水,我们相互蜷缩着取暖。我时睡时醒。当我们听到从山的另一边传来发动机越来越响的嗡嗡声时,肯定已经快早晨六点钟了。我跳了起来。出租车绕过拐弯处疾驰而来,我拼命向司机挥手。司机猛踩刹车,慢慢地向我们滑来,然后摇下车窗。我解释说,我们迷路了,身体也不好。他把音响里传来的米兹拉希音乐关小了一点儿,微微一笑,露出一颗金牙。他说,他正在返回特拉维夫的途中。我告诉他说,我们也是去那里。他怀疑地看着狗,狗的身体变得紧张而僵硬。如有必要,它似乎准备冲上前去咬住他的颈静脉。它看起来根本不像牧羊犬,既不是德国牧羊犬,也不是任何别的牧羊犬,但最后弗里德曼是对的,它就是那个样子。它是一条了不起的狗,想想我差点儿把它交给那个士兵。出院后,我试图找到它。我有些期望它会在我把它留在急诊室门口的地方卧等。而等我出院时,它一定早就走了。它已经尽了自己的职责,去找它的主人了。后来,我也去找他。但是,没有弗里德曼的任何踪迹。在特拉维夫大学的办公室里，他们告诉我说，他们没有什么埃利泽·弗里德曼的任何记录——就这件事而言，文学系或其他任何系从来没有雇佣过这个名字的人。我把他给我的名片弄丢了。我也查了电话名单，尽管在特拉维夫有数百个名叫弗里德曼的人，但那里也没有埃利泽。

莱希·莱查

当这些照片出来时，既没有看到瓦砾，也没有看到火焰。第一张像彩色塑料袋旁边的一只脚。第二张是同一只脚，模糊不清。第三张仅仅是一缕颜色。一张张地，直到第六张照片下载完毕，在他的屏幕上打开，爱泼斯坦发现自己在看着一个孩子的眼睛。是一个不过八九岁的男孩。如果考虑到营养不良会使一个孩子显得瘦小的话，也可能有十一岁。他顽皮的脸上满是污垢，眉毛下面的黑眼睛熠熠闪光。尽管他的嘴闭着，但他似乎在呵呵笑着。爱泼斯坦被迷住了，过了一分钟才意识到围着小脖颈的海军蓝衣领是他自己的，那件大衣是他自己的。他想象着那个男孩小心翼翼地穿过垃圾堆，跳过一个个轮胎，沿着一条小巷飞奔，破烂的下摆拖得像斗篷似的。突然，屏幕上的脸被施洛斯打来的电话取代了。他按了一下红色按钮，把律师打来的电话发送到已经满了的语音信箱。

现在是凌晨四点钟。爱泼斯坦坐在马桶上，让淋浴喷头里的热水驱走骨头的寒意。手纸卷儿不得不放在门外，而一旦做了这个小小调整，他就体会到淋浴喷头的便利，它就在正上方。他清洗着自己，就像他的母亲教他做的那样在脚趾间擦肥皂。水池上方的镜子变得模糊不清。他站起来擦玻璃，手指下面露出了他的眼睛，又再次消失在蒸汽下，他重复了这个把戏。接着,他去找到了自己的衣服,在寒冷中瑟瑟发抖,在地板上留下了一溜湿漉漉的脚印。他光着身子站在穿衣镜前,看到了自己瘦削、青筋突起的腿和腹部周围松松垮垮的皮肤。不久,他就走开,匆匆穿上了衣服。

他把那本《诗篇》塞进公文包,从夹克口袋里摸出钱包,用围巾裹住脖子,在黑暗中站了一分钟,试图回想是否忘记了什么东西。随后,他把身后的房门反锁上。他叫的出租车已经在楼下等着了。一只猫跑进了前灯的光束中,哀号起来。爱泼斯坦坐到副驾驶座上。司机向他打招呼,沉默了一分钟后,开大了收音机里播放的米兹拉希音乐。

在距离恩盖迪不远的沙漠里,外景制片主任及其汽车等在路边的指定地点。拍摄进展不顺,他一边说,一边用闲着的手拨弄日渐稀疏的头发。爱泼斯坦介意他抽烟吗?爱泼斯坦摇下车窗,死海的硫黄味随即而来。因为在他们从他那里得到资金之前,预算吃紧,他们不得不做出妥协。这使原本喜怒无常、脾气暴躁的导演变成了暴君。就连他也开始鄙视导演了,外景制片主任告诉爱泼斯坦。一直以来,他只需顾着讨好他为之工作的那些导演。他所做的一切努力,以及他投入的数不清的时间,都是为了讨导演欢心。这对丹却不起作用。在他看来,什么都不够好。要不是他那么有才华,没有人会忍受这一点。他对鸡毛蒜皮的错误都会大发雷霆,而且咋咋呼呼地羞辱那些负有责任的人。当助理导演让拔士巴回家,以为自己已经结束了这一天的工作时,丹扬言要割掉他的命根。当歌利亚的胫甲无处可寻时,他也发飙。"歌利亚有四句台词,"他尖叫道,"其中一条是'把我的铜胫甲拿给我!',这么说,他的胫甲到底在哪里?"不到一个小时,道具师就找到了一些胫甲,并把它们喷成了金色,这看起来有足够的说服力。丹看了一眼,就气得扔椅子。第二天,当技术人员没有用滑动台架拍摄一个战斗画面时,丹怒气冲冲地离开了片场。耶尔在休息车上劝了他一个多小时,他才消气。不过,他并没有平静地回来,而是要招更多的非利士人来。看到他刚刚解雇了选角导演,资金已无法负担更多的额外支出,埃兰——尽管现在想杀死丹——却在脸书上发布了招募群演的告示,他的摇滚明星堂弟把它分享给了自己的三十万粉丝,并且暗示他自己可能会出现。

来了多少人?爱泼斯坦问道。

外景制片主任耸了耸肩,抖了抖香烟灰,说明天就知道了。战斗场面被推迟到他们找到起重机为止。

他们到达片场时,太阳正冉冉升起。丹和耶尔从集体农场附近的一家酒店出发,还在路上,但摄影指导已经就位,想在光线依然神奇时尽快开始,要在旷野拍大卫躲避扫罗的三场戏。首先,大卫和他的一伙不义之徒出现在富有的迦勒人拿八的家里,要求提供食物作为回报,才能保护拿八的牧羊人和三千只羊不受伤害。之后,是拿八去世和他的妻子亚比该被迫嫁给大卫的场景。到了中午,阳光过于强烈时,摄影指导想在洞里拍摄。在那里,在国王小解时,大卫会悄悄地从扫罗的斗篷角上偷取东西。赶在日落之前，他们将完成电影结尾的最后一个镜头。

　　大卫正在车上完成化妆。三十只羊在贝都因牧羊人的带领下上路了。在爱泼斯坦看来，扫罗过于急切，他穿着戏装四处游荡，与摄影助手开玩笑。爱泼斯坦身旁是扫罗的前妻亚希暖，她一边念台词，一边用手指卷着一缕头发。她告诉他，自己遇到了麻烦。爱泼斯坦问她为什么，她解释说她的角色是剧本中比较有争议的一个。她只在整部《圣经》中提到过两次：一次是作为扫罗的妻子——约拿单的母亲，还有一次是作为大卫的妻子。他娶亚比该时，她显然已经嫁给了大卫。然而，没有任何证据表明一定是大卫偷了扫罗的妻子——相当于一次未遂政变——这就是他不得不逃到荒野的原因，也是扫罗想追杀他的原因。但是，因为《撒母耳记》的目的是建立大卫的王权，使之成为一种神圣的意志，《圣经》作者不能对亚希暖的崩溃过程进行过多研究，亚希暖解释说，这将会暴露出大卫真正的野心和狡猾。不过，他们也无法完全忽视当时所有人都知道的一切。所以，他们不得不偷偷地把亚希暖的名字塞进去。噢，对了，顺便说一下，大卫还有另一个妻子，哎哟——然后掩盖它，正如大卫与非利士人会合，可能真的想攻打犹大本族的城邑一样，正如他对亚吉[①]所说的。可是，耶尔有不同的看法，亚希暖告诉爱泼斯坦。她的大卫有点儿更接近真实的大卫，她的剧本也强调

[①]《圣经》中的人物，非利士人，迦特之王。

了女性角色，这对亚希暖来说是一件好事，否则她就连一个角色都没有了。尽管如此，她在婚礼场景中只有三句台词，所以她不得不加进去许多台词。她把剧本交给爱泼斯坦，让他给她提示。

漫长的早晨过后，他们停下来吃午饭，只有最后一个镜头要在傍晚拍摄。到了三点半，扮演老大卫的演员仍未露面。卫星电话传来一个消息：扎米尔生病了。他本以为没什么，也不想取消，但现在看来不行了。他从伊奇洛夫医院打来道歉电话，他正在那里接受一些检查。导演太累了，已无力斥责。他慢慢地把剩下的咖啡倒在沙漠上，自言自语地走开了。片场现在差不多空了。其他演员都已经回到了集体农场，只有一小群人开着吉普车来到这个偏僻的地方。耶尔与几个负责人围在一起。她比他们俩都高出一头，不得不弯下腰，才能听到他们的声音。在压力下，在混乱的现场，她独自保持镇定。如果没有她，丹就会迷失方向；爱泼斯坦明白了这一点，也就不那么关注她了。

导演正向货车的轮胎扔一个个小石块，这时候耶尔几人散了。爱泼斯坦一边呷茶，一边望着耶尔走近丹。她真是美丽。她没有把手放在他的肩膀上，也没有像其他人那样迁就他或陪在他身边，只是像女王一般安详地站在那里，等待着导演回归。直到此时，她才说话。过了一会儿，他们俩都转身朝爱泼斯坦的方向望去。他歪着头，仰望天空，又咽了一口茶。

他们从最后开始，两周前拍摄了所罗门向大卫倾身聆听垂死国王临终遗言的场景。没有给老大卫留什么台词：仅仅是他走进沙漠的一个长镜头。因此，演员扎米尔的失踪不一定是一场彻底的灾难。最后一个镜头注定是在黄昏时分，用火把点燃，一切都投在阴影中。爱泼斯坦的块头和体型跟扎米尔差不多。他们只需把斗篷的下摆缩短一厘米，最多两厘米。服装师跪在他的脚边，她给线打结时，针夹在她紧闭的嘴唇中间。而当每个人都退后一步欣赏她的手工作品时，他们得出的结论是有些地方不对。耶尔向丹低头说了什么，爱泼斯坦抻直了沉甸甸的皮带扣。看起来他既不像帝王，也不像堕落的人，服装师一边低声对他说，一边对他的袖子做了一个无关紧要的快速调整。道具师发现了一顶王冠。但是，他认为金色太亮了，就用黑色鞋油把它涂暗些。

火把被点燃了。他需要做的就是走在那两排人之间，朝摄像机的相反方向走，然后继续走，直至导演喊停。而就在他们开拍前，一阵风刮来，刮灭了一半的火把。他们又点燃了火把，但过了一会儿又熄灭了。有人说，那天夜里会有暴风雨。当雨最终到达沙漠时，总是格外猛烈。制片经理查看了他的安卓手机，宣布该地区有山洪灾害预警。丹查看了他的苹果手机，说没有任何关于山洪暴发的消息。爱泼斯坦又抬头看了看天空，但没有看见云彩。第一颗星星已经出来了。风刮得很猛，照明师无论做什么，都无法点燃火把。空气中弥漫着煤油的味道。制片经理说，如果没有火把，他们也只好将就了。但是，丹拒绝让步。没有火把光，场景就没用了。

二人继续大声争吵。不久，制片人也加入进来，以及摄影指导，他要的光很快就要消失了。风刮着。爱泼斯坦在脑海里听到了维瓦尔第的声音。他想到了自己的树，甚至此刻也在生长。山腰不可能离这里很远。他们可能已经开始运送树苗了吗？他早已忘了日期。肯定有人会告诉他吗？他想给加利特打电话，但他的手机在夹克口袋里，服装部的人拿走了他的外套，还有他的裤子。

羊毛披风让人痒簌簌的。他从两排火把走开，在一把椅子下面找到他的公文包时，别人还在争论，没有人注意到。他脱下披风，披在背上，朝上面的山岭走去。从那里，他就能看到。有一阵子，他还能听到他们在争吵。风吹拂着他的头发，他伸手拢回头发，意识到自己仍然戴着失去光泽的王冠。他取下王冠，放在一块巨石上，然后转过身，进入由千年之水和千年之风雕刻而成的旱谷。如果下雨了，在没有森林的情况下，雨水就会从山坡上瀑布般倾泻而下，淹没古老的小路，把所有东西都带向大海。气温在下降。他想要自己的大衣。那个男孩穿着更好。他到达山岭时呼吸粗重。山下，他听到他们在喊他的名字。朱尔斯！但是，他们的声音回荡在那块古老的岩石上，没有他的回应，又滚了回来：犹太人！犹太人！犹太人！现在他能够看到很远的地方，一直看到约旦。他抬头一看，那颗星星不见了，乌云遮住了月亮。他能闻到从耶路撒冷刮来的暴风雨的气息。

现在，非利士人出现在山顶上，人头攒动。他们中的一些人知道自己是非利士人，而另外一些人只知道是某种庞大东西的一部分，因为一些基本原因而聚集在一起，就像自行聚集拍打岸边的海浪一样。

那些非利士人站在那里等候。屏住了呼吸。一顶头盔当啷一声掉在地上。一面红旗在风中飘扬，绸面被撕裂开来。山谷一片寂静。但是，没有大卫的任何踪迹。

这时候，一个非利士人高高地举起一只手臂，用他的苹果智能手机拍了一张照片。你在哪里？他打字问道，然后整理了一下战斗装备，点触发送，把他的信息发送到云中。

已在那里

　　我在急诊室度过的那个夜晚感觉就像过了三个夜晚一样。护士给我打了一针氢吗啡酮，终于使我平静下来，虽然感到头晕目眩。此前的几个小时，我望着那个丰满的埃塞俄比亚女人。她很美，耐心地坐在敞开的帘布的另一边，抚摸着怀孕的肚子。但是，在针扎进我的脊椎、刺痛蔓延到我的脚趾之后，我不再需要她了，她也一定不再需要我了，无论我是否和她的疼痛有关，因为过了一会儿，她就站起来走开了，这是我最后一次见到她。此时，她一定有了孩子，孩子也有了名字，而我不再拥有他们从来没有发现的病毒，也无需再检测。

　　最后，头顶上的窗户里光亮的变化表明黑夜正在消逝。医院里面也在发生一些变化，或者说我仰面躺在轮床上时这样想。一切都平静下来了。夜班已经结束了，那些花了许多时间来应付急诊的医生和护士现在要洗手回家了，交接时，他们匆匆地以速记方式填好表格，谁什么时候该做什么，直到最后完成了各自所有的职责，可以自由地换上行装，穿过自动门离开，离开时已到了第二天早上。那家医院谁不想被放出来呢？我曾经多次想过放弃没完没了的等待，自己穿过那些门逃出来。有一次，我试着从轮床上滑下来，静脉注射针头还插在胳膊的静脉里，但我没走多远，那个无礼的护士就挡住了我的去路。

　　某个时刻，我的体温又开始飙升，这才终于引起了医生的注意。事实上，是那个拿着拖把和听诊器的阿拉伯人注意到了我的病情。我躺的地方半遮着帘布，从那里我可以望到那个埃塞俄比亚妇女占据的小空间，在她和我之间的过道上，医护人员来来往往，还有急诊室的病人，越来越多的住院病人，他们坐着轮椅、轮床，偶尔有自己走路的。我还记得那个阿拉伯人走了过去，我目送他推着那个长矩形拖把，在后面留下了鼻涕虫般湿漉漉、亮闪闪的印迹。几分钟后，他又出现了，把拖把朝反方向推。当走到我的隔间时，他停下来往里看。他有一双和善深沉的褐色眼睛，看起来年纪大得不适合做这种工作。过了一会儿，他放下拖把，走近我。我想他可能会把他脖子上的听诊器取下来给我听听，或者我希望他会这样做，因为那时我需要这个善举。他却伸出一只手，手背贴在我的额头上，接着贴在我的脸颊上，用他的语言轻声说了些什么，就走了，拖把还留在原地，这样我就明白他会回来。他回来时，是跟一个我以前没有见过的护士在一起。这个护士身材苗条，金发，发根却是灰色的。我再次尝试描述发生在我身上的一切。

　　护士把一只手放在我的胳膊上，转向手推车上的电脑站，明确表示，她需要知道的一切都不会来自我，而是来自另一个更可靠的来源。她站起来时，转过身，用希伯来语问了护工一个问题。护工肯定地回答了她。他趁机拿起拖把，然后退回过道上。他站在那里，双手扶着拖把柄，这双手刚才还摸过我的额头。现在护士把包着一次性塑料膜的温度计放在我舌头下面,体温计开始疯狂地发出哔哔声。护士一把抽出温度计,脸上露出不安的神色。

她走了,端着一杯苦糖浆回来,然后又消失了,大概是去找医生。接下来我记得,那个仍站在过道上的护工偷偷地看了看四周,先是向左,然后向右,直到肯定没有人,才再次走近,把拖把靠在墙上,手又放在我的额头上。这一次,他的手掌朝里,我感到他凉爽的皮肤。我抬头看着他的脸。在我看来,他在专心倾听,仿佛是在竭力倾听,不是用仍然一动不动挂在脖子上的听诊器,而是用手,仿佛他那冰凉的手指是灵敏的仪器,能读懂我的心思。尽管我知道这不可能——我在他的触摸下唤起的"记忆"。

我会想起冬天的一个下午,我的情人拎包回到家里走进卧室的情景。他对我说,脱衣服。那是一个晴朗的日子,外面冷得他戴手套也没用。我会记得,从我躺着的地方,我能够看到法国梧桐树的秃枝。梧桐树带刺的果实属于早已过去的季节。我把衬衣拉过头顶。我说,别拉上窗帘。一时间,他似乎在考虑这个问题。随后,他还是把它们拉上了,并从包里掏出四根黑绳。绳子非常漂亮,乌黑光滑,但很粗,需要一把锋利的刀才能把它们割开。他熟练地把我的手腕绑在床头的栏杆上,这使我很吃惊。你买的时候告诉他们这是干什么用的吗?我问道。是为了绑人,他回答。你知道他们问我什么吗?我摇了摇头。是女人还是孩子?他告诉我,冰冷的手指滑过我的乳房,滑过我的肋骨,然后小心翼翼地转动着我的项链，直到他找到搭扣。你说了什么？我颤抖着问道。都有，他低声说道，以款款柔情抚摸着我。我反而平静下来，想哭。

此时，短暂的冬季战争结束了。一枚导弹穿过"铁穹"防空系统，在阿洛佐罗夫街和本·埃兹拉街的转角处炸死了一名男子。屏障被打破了，天空中出现一道裂缝，但另一个世界的现实并没有如潮水般涌来。只是引发加沙另一场暴力袭击，然后是脆弱的停火。出院后，我在特拉维夫又待了一个星期，由盖拉·巴托夫医生监护。她是一位身材娇小、令人信服的全科医生。疗养期间，我一直受到她的照顾。我发烧时断时续，巴托夫医生一直等我不发烧的状态持续四十八小时才放心，一系列检测的结果也出来了。让她感到蹊跷的是，我并没有表现出更多的兴趣去探究到底是什么感染了我；她把这看成是一种症状，一种格外的冷漠。

疼痛已经过去了，但在疼痛之后，我虚弱疲惫，仍然没有多大食欲。我的父亲没有给佩雷斯打电话，而给他的堂弟埃菲打了电话。埃菲派警察去砸我姐姐公寓的门，在以色列就是这样，他们就让坏门留在那里。有人把这当成是邀请，搬走了墙上的电视，还在床上躺了躺，吃掉我留在冰箱里的桃子。

我告诉家人说，我去沙漠露营做研究，一直没有电话信号，而且病了一场。现在看来，我没事儿就够了，而父亲硬要让埃菲来探望我。结果，我发现自己与闯入者僵持了两个小时。埃菲终于理解，如果我不想去，他就不能强行把我带到他在耶路撒冷的家，在娜玛的照顾下康复，于是他决定开车送我回希尔顿酒店。在路上，我请他告诉我有关弗里德曼的一切，但他说得越多，细节似乎就变得越来越模糊，直到最后他完全放弃这个话题，这让我怀疑他到底有多了解弗里德曼。

这一次，我被安排住在酒店北侧的一个房间，可以俯瞰下面的游泳池和西边的大海，我很乐意下去活动一下腰。总经理打电话欢迎我回来。这一次，他真的送来了果篮，里面装满了被称为"沙穆蒂"的雅法甜橙。"沙穆蒂"源自阿拉伯语，是"灯"的意思。要么是他忘记了先前的谨慎，要么只是我想象而已。第二天早上，在去吃早餐的路上我看见他时，他微笑着向我打招呼，金色翻领夹闪闪发光。两名军官将我的护照留在了前台，他把护照装在酒店信封里送了上来，连同一小盒巧克力。

在以色列的最后几天，我总躺在游泳池边的一把椅子上，身体依然虚弱，感觉自己的大脑被掏空了，连阅读的注意力都没有了，所以我眺望着拍岸碎浪，或者盯着寥寥几个敢在冬季游泳的人，大多数是上年纪的人，慢慢地游过游泳池。我问负责雨伞和毛巾的年轻侍者，伊扎克·珀尔曼有没有再来。但是，他从来没有听说过这个名字，愿上帝保佑他。我把手机带在身边，希望弗里德曼打电话——"出其不意"，就像埃菲第一次说的那样——但他从来没有这样做过。虽然退烧了，但我的梦依然栩栩如生，而我打瞌睡时，弗里德曼经常出现在梦中,与最近发生的一切混在一起。这些梦使我身心俱疲,我宁愿睡觉时不做梦,不让大脑活动,但到了此时,能睡着就很不错了。我在外面待到很晚,服务员早就撤了椅垫。地中海的五点钟,光线如此美丽,不难理解一些帝国——希腊和亚述帝国、腓尼基和迦太基帝国、罗马帝国、拜占庭帝国、奥斯曼帝国——如何在这里兴衰沉浮。

我就是躺在游泳池边时抬头看了一会儿希尔顿酒店影影绰绰的怪诞景象,手搭在额头上,看见他在那里,在十五六楼的阳台上。他是唯一一个在整座大楼北侧的人。一时间,我感觉他要耍什么把戏。二十年前,从林肯艺术中心出来时,我看到一小群人抬头望着一座楼,楼上的每扇窗户都暗着,只有一扇窗户例外。在那个被照亮的长方形里,可以看到一对夫妇正在缓缓跳舞。所有其他窗户都黑洞洞的,这可能只是偶然的发现,而这对夫妇大概也不知道下面聚集了一小群人在看他们。但是,他们的动作中有一种刻意的东西,让人觉得他们知道。我想一定是这件事把我的注意力吸引到了那个站在十五楼阳台上的人身上:当他从栏杆上探出身子时,一种强烈的意图和戏剧性的感觉使他的身体充满了活力。我被吸引住了,无法移开视线,觉得自己应该打电话给游泳池管理员,可我该怎么说呢?

一切发生得很快。他把重心向前移到双手上,一条腿跨过金属栏杆。一个从游泳池里出来的女人惊呼。不出几秒钟,那个男人就跨出了另一条腿,坐在栏杆上,距离地面有两百英尺高。突然,他似乎充满了巨大的潜力,仿佛整个余生都猛冲向他。随后，他张开双臂，纵身跃起，像一只小鸟。

三十六个小时后，出租车载着我从肯尼迪机场出来，匆匆穿过积雪，最后转向了我的街道。橙色黄昏浸润了快餐店和殡仪馆上，落在浸信会教堂和皇冠高地①的哈西德教堂上。当我拎着手提箱走上前台阶时，司机等了一会儿。我们屋里的灯都亮着。透过前窗，我可以看到孩子们在地板上玩耍，低头玩着游戏。他们没有看见我。有一阵子，我没看见自己坐在角落里的椅子上，已在那里。

---

① 皇冠高地是纽约布鲁克林区的一个社区名称，因在20世纪定居在那里的大量正统犹太人而家喻户晓。

作者后记

  这本书的名字取自朗费罗翻译的《但丁》一书的以下诗句,是几年前驱车前往耶路撒冷的途中读到的:

> 我们的人生旅程走到一半时,
> 我发现自己步入了一片暗黑森林,
> 因为那条坦途已经走丢了。

  在此,我免除本书中所有人名的一切责任,包括埃利泽·弗里德曼。他要是想联系我,知道能在哪里找到我。